Companhia Das Letras

O GRANDE GATSBY

FRANCIS SCOTT KEY FITZGERALD (1896-1940) viveu, no auge de sua carreira, como seus personagens, abastados aristocratas nova-iorquinos. O casamento com Zelda Fitzgerald foi quase tão celebrado quanto seus romances, e sua escrita era considerada a crônica fiel da extravagante Era do Jazz. Estreou na literatura com o romance *Este lado do paraíso* (1920) e publicou, entre outros, *Tales of the jazz age* (1922), *Suave é a noite* (1934), *All the sad young men* (1926). Postumamente foram publicados o romance inacabado *The last tycoon* (1941), e *The crack-up* (1945), uma seleção de ensaios, notas e cartas editada por Edmund Wilson.

Ainda que tenha escolhido retratar a vida fácil dos endinheirados, ele pôs em toda a obra o próprio sentimento ambivalente sobre o "sonho americano". Os problemas com o alcoolismo e a degeneração mental de Zelda mais tarde o afastariam da literatura. Estava quase esquecido, trabalhando em Hollywood, quando sofreu um ataque do coração fatal em casa, em Los Angeles.

VANESSA BARBARA nasceu em 1982, é jornalista e escritora. Publicou *O livro amarelo do terminal* (Cosac Naify, 2008, Prêmio Jabuti de Reportagem), *O verão do Chibo* (Alfaguara, 2008, em parceria com Emilio Fraia) e o infantil *Endrigo, o escavador de umbigo* (Ed. 34, 2011). É tradutora e preparadora da Companhia das Letras, cronista da *Folha de S.Paulo* e colaboradora da revista *piauí*.

PAUL ANTONY TANNER (1935-1998) foi um crítico literário inglês apaixonado pela literatura americana. Seu trabalho serviu de inspiração para que a Universidade de Cambridge incluísse na sua grade curricular os primeiros cursos sobre o tema. Em 1964, tornou-se diretor de estudos de língua inglesa no King's College, Cambridge, onde também lecionou durante 38 anos, de 1960 até sua morte em 1998. Entre as suas publicações estão *Adultery in the Novel* (1979), *Henry James* (1985) e *Jane Austen* (1986).

F. SCOTT
FITZGERALD

O grande Gatsby

Tradução de
VANESSA BARBARA

Introdução e notas de
TONY TANNER

15ª reimpressão

COMPANHIA DAS LETRAS

Grafia atualizada segundo o Acordo Ortográfico da Língua Portuguesa de 1990, que entrou em vigor no Brasil em 2009.

Published by Companhia das Letras in association with Penguin Group (USA) Inc.

TÍTULO ORIGINAL
The Great Gatsby

CAPA E PROJETO GRÁFICO PENGUIN-COMPANHIA
Raul Loureiro, Claudia Warrak

PREPARAÇÃO
Leny Cordeiro

REVISÃO
Isabel Jorge Cury
Jane Pessoa

Dados Internacionais de Catalogação na Publicação (CIP)
(Câmara Brasileira do Livro, SP, Brasil)

Fitzgerald, F. Scott
O grande Gatsby / F. Scott Fitzgerald ; tradução Vanessa Barbara ; introdução e notas Tony Tanner. — 1ª ed. — São Paulo : Penguin Classics Companhia das Letras, 2011.

Título original: The Great Gatsby.
ISBN 978-85-63560-29-2

1. Ficção norte-americana I. Tanner, Tony. II. Título

11-09110 CDD-813

Índice para catálogo sistemático:
1. Ficção: Literatura norte-americana 813

EDITORA SCHWARCZ S.A.
Rua Bandeira Paulista, 702, cj. 32
04532-002 — São Paulo — SP
Telefone: (11) 3707-3500
www.penguincompanhia.com.br
www.companhiadasletras.com.br
www.blogdacompanhia.com.br

Sumário

Nota do editor: Os leitores que ainda não conhecem o livro devem levar em conta que detalhes do enredo serão revelados nesta introdução.

Introdução

TONY TANNER

De início, não era para se chamar *O grande Gatsby*.[1] Numa carta a Maxwell Perkins (*circa* 7 de novembro de 1924), Fitzgerald escreveu: "Decidi que vou insistir com o título que dei ao livro, *Trimalchio em West Egg*". Trimálquio é o novo-rico vulgar e de imensa fortuna do *Satyricon*, de Petrônio; um mestre das alegrias gastronômicas e sexuais que oferece um banquete de luxo inimaginável, do qual indiscutivelmente participa — ao contrário de Gatsby, que é um espectador sóbrio e isolado das próprias festas. É um verdadeiro glutão, ao passo que Gatsby mantém uma curiosa distância de tudo o que possui e exibe, tanto que às vezes recua do próprio discurso e o submete à avaliação, como se fossem palavras alheias, e tanto que ostenta camisas que nunca usou, livros que nunca leu e convites para nadar na piscina que nunca utilizou.

Se Fitzgerald concebia Gatsby como uma espécie de Trimálquio americano urdido pela licenciosidade desenfreada dos anos 1920, por certo o sujeitara a uma notável metamorfose. (Gatsby é chamado de Trimálquio apenas uma vez no romance.) Mas há alguns claros traços genealógicos do remoto ancestral de Gatsby. Em *Satyricon*, Trimálquio é mencionado pela primeira vez na conversa entre dois amigos que discutem onde será a festa daquela noite: "Sabe onde vai ser hoje? Na casa de Trimálquio, um homem muito rico que tem um relógio e um corneteiro de uniforme na sala de jantar, sempre pronto a lhe anunciar quanto tempo de sua vida já passou". A preocupação de Gatsby com o tempo — seu aprisionamento, recuperação, repetição — é igualmente obsessiva (assim como a de Fitzgerald, que, nas palavras de Malcolm Cowley, parecia escrever cercado de relógios e calendários). Um dos poucos e desajeitados gestos "pontuais" de Gatsby quase resulta na queda de um relógio. Sem dúvida, uma parte dele gostaria de quebrá-los todos. A obsessão se explica em parte pelo medo trimalquiano da transitoriedade — há sempre pouco tempo restante — e, de mais imponente (e mais tolo), pela absoluta recusa em aceitar a irreversibilidade linear da história. "Expulsem o corneteiro", diria Gatsby, "não quero mais ouvir seu anúncio."

Quando o antepassado ilustre de Gatsby é visto pela primeira vez, está "intensamente ocupado com uma bola verde, que não podia mais apanhar se tocasse no chão". Gatsby vem a orientar sua vida com base não numa bola verde, mas numa luz verde. "Há sempre uma luz verde brilhando a noite toda na extremidade do seu cais", ele diz a Daisy. Vista do outro lado da água (e de tudo o mais) que o separa de Daisy, a luz verde oferece a Gatsby um foco apropriadamente inacessível para seu desejo, algo que dá definição ao anseio enquanto retarda indefinidamente sua consumação, algo para onde esticar os braços, como ele faz, em vez de agarrar, como tenta fazer. A frágil magia do jogo implica manter a luz verde à distância ou, pode-se dizer, manter a bola verde no ar. Ao tocar o chão, a bola verde seria um lembrete forte demais daquela gravidade inelutável que puxa os objetos de volta para a terra, sejam bolas ou sonhos. O mesmo ocorre com a anulação da distância: aproximadas em demasia, as luzes podem perder seu esplendor celestial e retornar à sua mediocridade entediante. Só é possível desejar uma estrela fora do seu alcance.

> Daisy tomou o braço de Gatsby, mas ele parecia absorto no que acabara de dizer. Talvez lhe ocorresse que o significado colossal daquela luz se esvaíra para sempre. Comparada à enorme distância que o separava de Daisy, a luz lhe parecera antes muito próxima, quase a ponto de tocá-la. Tão próxima quanto uma estrela da lua. Agora era de novo uma luz verde no cais. Sua coleção de objetos mágicos havia diminuído.

Talvez sim, talvez não. Ou talvez lhe tenha ocorrido algo diferente. Sem dúvida, o romance tem grande avidez por "objetos mágicos", um gosto pelo "colossal" e uma preocupação em estabelecer e diferenciar os períodos — momentos, configurações — em que uma luz pode ser uma estrela de "significado colossal", e não uma mera sinalização do cais. Essa é a versão de Nick Carraway, e podemos imaginar se, em retrospecto, a luz verde não teria brilhado mais para ele do que até possivelmente para Gatsby.

Dos inúmeros pratos servidos no banquete de Trimálquio, gostaria de citar um especificamente:

> Foi colocado diante de nós, que estávamos ainda no antepasto, um prato tendo em cima uma cesta, na qual se via, encolhida, uma galinha de madeira, com as penas em leque como se estivesse chocando. Aproximaram-se logo dois escravos e, sempre ao som da música, introduziram as mãos na palha, tirando do interior dela ovos de pavão que distribuíram aos comensais. [...]
>
> Deram-nos colheres pesando não menos de meia libra, com as quais quebramos a casca dos ovos, feita com pasta de farinha. Quase atirei fora o que tocara, pois me pareceu ver saltar um pintinho. Mas ouvi um comensal de profissão dizer:
>
> — Quem poderá adivinhar o tesouro que está aqui dentro?

> Continuei, então, a quebrar a casca com a mão, e encontrei um papa-figo dos mais gordos, nadando em gema de ovo apimentada.*

Em outubro de 1922, os Fitzgerald se mudaram para uma casa em Great Neck, Long Island, uma península às margens da baía de Manhasset. A casa era modesta em comparação com as opulentas residências de verão das velhas e verdadeiramente ricas famílias americanas — os Guggenheim, os Astor, os Van Nostrand, os Pulitzer — situadas na península do outro lado da baía. Aquilo, é claro, forneceu a Fitzgerald a topografia básica do romance: de um lado, o novo-rico Gatsby e o velho-pobre Nick, de outro, os ancestralmente endinheirados Buchanan (mas o que seria esse "ancestral" nos Estados Unidos?). Ao serem transportados para o romance, os "Necks" originais se tornaram "Eggs".

> A trinta quilômetros da metrópole, um par de ovos gigantes, idênticos no contorno e separados apenas por uma singela baía, se projetam sobre a massa de água salgada mais dócil do hemisfério ocidental, esse grande celeiro inundado que é o estreito de Long Island. Eles não são perfeitamente ovais — como o ovo de Colombo, são achatados na ponta —, mas sua semelhança física deve ser fonte infinita de assombro para as gaivotas que os circundam. Para os que não voam, mais interessante é notar sua dessemelhança em todos os outros aspectos exceto a forma e o tamanho.

* As citações do *Satyricon*, de Petrônio, foram baseadas na tradução de Miguel Ruas da coleção Mestres Pensadores (Escala/Ediouro, s.d.), com algumas adaptações para os propósitos desta introdução. (N.T.) Todas as notas do tradutor estão no rodapé. No final do livro, numeradas, estão as notas da edição original.

Esse é um dos questionamentos mais ricos e instigantes por trás do livro. Como resultado da "domesticação" do continente selvagem descoberto por Colombo, o que foi chocado? O que encontramos ao tirar a colher do grande ovo — ou seriam ovos — da América? Uma coisa repugnante, abortada, atrofiada e natimorta, passível apenas de se jogar fora? Ou um tesouro, algo especial (o papa-figo ou *beccafico* é considerado uma iguaria), maravilhoso e raro? Seriam os subprodutos da América tão "dessemelhantes" quanto esses dois Ovos sugerem, numa lógica em que os Buchanan de East Egg representam e incorporam uma espécie de materialismo voraz, autoindulgente e hipócrita que o sucesso implacável do capitalismo no século XIX encorajou e propiciou, enquanto a aliança entre Nick e Gatsby em West Egg acenaria para a possibilidade, a necessidade, de algo a mais que o materialismo nunca poderá suprir — um anseio nostálgico por algum tipo de ideal que se recuse a ceder ao domínio acidental dos assuntos do dia? Sob essa perspectiva, ao retrocedermos o suficiente na história americana, então arquetipicamente Benjamin Franklin seria o gênio propulsor de East Egg, enquanto Jonathan Edwards* seria o espírito guardião de West Egg. Essa é uma compreensível e justificável leitura da notável "dessemelhança" dos dois tipos mais interessantes chocados pela América — o próprio Nick fala do "estranho e um tanto sinistro contraste" entre os dois Ovos. Porém, segundo seus próprios termos, essa é a perspectiva "dos que não voam". Vistos de uma altura suficiente, é sua "semelhança física" que vira "fonte infinita de assombro". Este romance de fato trata

* Jonathan Edwards (1703-58), teólogo calvinista, considerado um dos grandes pensadores da história dos Estados Unidos. Foi o principal divulgador e intérprete do primeiro reavivamento religioso do país, com milhares de conversões e o surgimento de inúmeras igrejas.

de dessemelhanças e semelhanças, e não há como ignorar as diferentes aspirações e destinos dos protagonistas sem asas. Contudo, perto do final, Nick resume: "Hoje percebo que, afinal, esta é uma história do Oeste — Tom, Gatsby, Daisy, Jordan e eu éramos todos do Oeste, e talvez tivéssemos uma deficiência em comum que nos tornava sutilmente inadaptáveis para a vida no Leste". Haveria um ovo Buchanan e outro ovo Gatsby? Este último, um aborto, e o primeiro, um tesouro? Ou será que, levando em conta as mutações e variações, o celeiro produzia uma única espécie de animal? Depende, é claro, da altura em que você voe e da distância de que você observa — o que aponta para uma questão essencial levantada pelo livro: o que seria uma visão "distorcida"? Que mistura de proximidade e distância permitiria uma percepção melhor e mais apropriada? Como Nick deveria enxergar o que viu?

No conto "Winter dreams" [Sonhos de inverno], escrito por Fitzgerald em 1922, Dexter Green é filho do dono de uma mercearia em Minnesota, um rapaz ligeiro e alerta do Meio-Oeste que é "guiado de forma inconsciente pelos seus sonhos de inverno". Os invernos são caracteristicamente "deploráveis"; os sonhos, em contrapartida, se voltam para alusões de "grandiosidade".

> Porém, ainda que seus sonhos de inverno estejam de início restritos a reflexões sobre os ricos, não vá pensar que o rapaz é apenas esnobe. Ele não quer associar-se aos objetos e pessoas deslumbrantes — ele quer as coisas deslumbrantes em si. Às vezes, procurava alcançar o melhor sem saber por quê — outras vezes, deparava-se com as misteriosas negações e proibições às quais a vida se entrega [...]. Ele ganhou muito dinheiro. Era verdadeiramente maravilhoso.

Dexter Green é um Gatsby embrionário, e podemos ressaltar a curiosa distinção feita pelo narrador — "não quer associar-se aos objetos e pessoas deslumbrantes, [mas] ele quer as coisas deslumbrantes em si": não a associação, mas o *controle*. No entanto, como seria possuir uma coisa ou uma pessoa deslumbrante? Poderia alguma vez essa tentativa de superar a associação, buscando a apropriação, *não* se deparar com "negações e proibições"? Essas são questões implícitas que irão permear o romance posterior.

Assim como muitos ambiciosos filhos de imigrantes, Dexter não podia se dar ao luxo de ser natural e espontâneo, pois isso poderia trair algo de sua origem "camponesa". Ele se constrói cuidadosamente, tal qual seu próprio guarda-roupa. "Ele reconhecia o valor de tal maneirismo e o adotara." Isso serve para proteger o eu do mundo lá fora, por assim dizer. O resultado é bom — "Ele ganhou muito dinheiro. Aquilo era maravilhoso" —, porém precário e vulnerável. Quanto mais ele ganha, menos ele tem. A certa altura, simplesmente se deixa dominar e cativar (e ser usado, e abandonado) por uma garota rica, descuidada, caprichosa, volúvel e superficial, Judy Jones, que se anuncia e se revela num sorriso "radiante, abertamente artificial — convincente" (como o sorriso de Gatsby). Mas ela talvez não seja mais artificial e autoconstruída do que o próprio Dexter, e podemos pensar nisso como um artifício agarrando outro artifício e reagindo a ele. Também podemos, pelo menos um pouco, pensar em Gatsby e Daisy dessa maneira. Para Dexter, é irrelevante se Judy é sincera ou está representando quando decide seduzi-lo mais uma vez, antes de tornar a desapontá-lo: "Nenhuma ilusão do mundo onde Judy crescera podia curar a ilusão de Dexter quanto ao seu caráter cobiçável". Pode parecer que Judy era a coisa-protagonista deslumbrante de seus sonhos de inverno, mas, de forma curiosa, ela é uma personagem secundária, quase uma função em torno da qual ele agrega um vocabulário pessoal de deslumbramento inefável, entregando-se a ele: "beleza", "romantismo", "grandiosidade", "êxtase", "magia das noites", "fogo e amabilidade". Ele se relaciona mais com as palavras do que com Judy. Logo no início do namoro, ele confessa: "Não sou ninguém [...]. Minha carreira é basicamente uma questão de futuros". No entanto — e esse é um estágio mais importante de seu relacionamento com Judy —, seu futuro é basicamente uma questão de passados.

Na juventude, Dexter trabalhou como *caddy*. Agora um homem rico, tinha recursos para pagar seus próprios *caddies* quando ia jogar golfe. Mas seguia olhando para eles, "tentando captar um vislumbre ou um gesto que lembrasse a si mesmo, que diminuísse o abismo entre o passado e o presente". A intensidade do sentimento não vinha da posse, mas da iminência ou da efetividade de sua perda. "Mais belo ao se esvair", escreve Emily Dickinson; resplandecente porque está se extinguindo, sugere Fitzgerald ("Seu estado de espírito era de uma apreciação intensa, uma noção de estar magnificamente sintonizado com a vida e, ao mesmo tempo, irradiar um brilho e um glamour que ele poderia nunca mais conhecer"), resplandecente porque o brilho se enfraquecia. E quando de fato enfraqueceu e o mundo ficou embotado de vez, então o único futuro que importava emocionalmente *era* mesmo o passado.

O conto termina com um incidente ocorrido muitos anos depois que Dexter já se resignara à ausência de Judy em sua vida. Num encontro fortuito, Dexter fica sabendo que ela se casou com um brutamontes que "bebe e fica a vadiar" — uma sombra, ou melhor, uma alusão a Tom Buchanan. Também descobre que ela provavelmente o ama e que perdeu toda a sua beleza: em outras palavras, desleixo e degradação por toda parte. E agora Dexter se depara com uma perda ainda maior:

> O sonho se foi. Algo lhe fora tirado. Com certo pânico, forçou a palma da mão contra os olhos e tentou trazer à memória a imagem da água batendo em Sherry Island, o alpendre à luz da lua, tecidos de algodão nos campos de golfe, o sol tórrido e sua penugem dourada da nuca. E seus lábios úmidos de beijos, seus olhos plangentes de melancolia e seu frescor feito um conjunto de lençóis novos e finos pela manhã. Ora, essas coisas não pertencem mais a este mundo! Chegaram a existir uma vez, mas já não existem.
>
> Pela primeira vez em anos, as lágrimas correram pelo seu rosto. Mas dessa vez era por si mesmo que chorava. Não se importava mais com lábios, olhos e gestos. Ele queria se importar, mas não conseguia. Pois ele mesmo havia ido embora e nunca mais voltaria. Os portões se fecharam, o sol baixara e não havia beleza senão a beleza cinzenta do aço que resiste a todas as intempéries. Até o pesar que ele outrora suportava foi deixado no domínio das ilusões, da juventude e da riqueza da vida onde seus sonhos de inverno certa vez floresceram.
>
> — Há muito tempo — ele disse —, há muito tempo havia algo em mim, mas agora isso se foi. Agora que se foi, está acabado. Não posso chorar. Não consigo me importar. Isso nunca mais voltará.

É a prosa de alguém muito jovem, e um lamento assim tão pungente não só pela perda, mas também pela perda do sentido da perda, tem um teor quase pós-adolescente. Citei o trecho inteiro para sugerir o quanto Fitzgerald teve que extirpar ou, digamos, absorver antes de atingir o comando perfeitamente tonal de *O grande Gatsby*. Com base nesse trecho e em inúmeros escritos iniciais de Fitzgerald, é possível dizer que o autor não se distanciou o suficiente da turbulência emocional de sua própria biografia. Ele precisava inserir alguma coisa ou alguém entre sua vida e os escritos para evitar cair num beco sem saída sentimental. O trecho também revela, de forma incipiente, uma percepção que acredito ser absolutamente central na obra de Fitzgerald; ou seja, que o Sonho Americano — a despeito de como o interpretemos — não é um indicador de aspiração, mas uma questão de privação. Porém, como Gatsby mostra, há outro agravante. Dexter cede um tanto avidamente à ideia de que seu futuro é uma questão de passado. Gatsby também reconhece isso, mas não fica por aí, pois insiste que o passado pode ser transformado em uma questão de futuro por alguém que já o fizera, incluindo ele. Adeus, corneteiro de uniforme!

"Não sei se lhe interessa saber que um conto meu chamado 'Absolution' [Absolvição] [...] era para ser um retrato da juventude de Gatsby, mas acabei desistindo por querer preservar a ideia de mistério" (carta a John Jamieson, 15 de abril de 1934). O quanto da grandeza de *O grande Gatsby* depende daquilo que Fitzgerald suprime é uma questão à qual retornarei adiante. Aqui iremos analisar o que ele inicialmente resolvera descrever como episódio crucial da infância de Gatsby.

Um garoto de onze anos chamado Rudolph Miller — o jovem Gatsby — se rebela contra o pai "incompetente" e é forçado a se confessar, porém acaba mentindo. Ele conta sua história ao padre Schwartz, a quem admite ser culpado de não acreditar ser filho dos pais (uma fantasia que o próprio Fitzgerald possuía — "de que eu não era filho dos meus pais, mas de um rei que governava o mundo inteiro" — exatamente como em "Romances familiares", de Freud). Ele troca a tristeza de ser Rudolph Miller pela suntuosidade de imaginar-se Blatchford Sarmenington. "Ao tornar-se Blatchford Sarmenington, uma suave nobreza emanou dele. Blatchford Sarmenington vivia grandes e arrebatadores triunfos." Mas ele guarda a mentira do confessionário para si mesmo; de fato, tal qual a fantasia secreta, a mentira secreta vem a constituir sua personalidade essencial.

> Cruzando uma linha invisível, ele se tornara consciente de seu isolamento — consciente de que a solidão se aplicava não só aos momentos em que era Blatchford Sarmenington, mas a toda a sua vida interior. Até então, esse fenômeno, composto de ambições "loucas" e pequenos medos e vergonhas, havia sido uma reserva pessoal, ignorada pelo trono de sua alma oficial. Agora ele percebia inconscientemente que suas reservas pessoais eram ele mesmo — sendo todo o resto uma fachada de enfeites e uma bandeira de convenções. A pressão do ambiente o conduzira ao mundo secreto e solitário da adolescência.

Com efeito, o garoto está rejeitando o pai biológico e rebelando-se contra o pai espiritual, como se afirmasse: o mais importante é que sou *essencialmente* minhas "reservas pessoais" — minhas recusas, meus repúdios, minhas fantasias e, sim, minhas mentiras culpadas. Se você quiser a *mim*, não chame por Rudolph Miller. Chame por Blatchford Sarmenington. Chame por Jay Gatsby.

Contudo, o aspecto mais interessante da história é o estado curiosamente perturbado do padre Schwartz. (Não me preocupo aqui em relacionar, de forma especulativa, sua figura à gente como o padre Sigourney Webster Fay, que sem dúvida teve grande influência sobre o católico Fitzgerald. André le Vot fez isso muito bem na biografia *F. Scott Fitzgerald*, Penguin, 1983.) No início do conto, o padre fica nitidamente perturbado pela "loucura cálida das quatro horas" — uma "terrível dissonância" composta do farfalhar de garotas suecas, luzes amarelas, aromas doces e os trigais de Dakota, que são "terríveis de olhar". Após ouvir o relato do garoto, o padre irrompe num monólogo apreensivo, que é confuso, se não insano.

> Quando muita gente se reúne nos melhores lugares, as coisas reluzem [...]. O segredo é pôr um monte de gente no centro do mundo, onde quer que ele esteja. Então,

> [...] as coisas reluzem [...]. Minha teoria é que, quando um bocado de gente se reúne nos melhores lugares, as coisas reluzem o tempo todo [...] Você já foi a um parque de diversões? [...] É tipo uma feira, mas muito mais reluzente. Vá a um parque à noite e fique um pouco afastado dele, num lugar escuro — sob árvores frondosas. Você verá uma enorme roda de luz girando no ar, e uma fila comprida de barcos cruzando a água. Haverá uma banda tocando em algum lugar, além do cheiro de amendoim — e tudo cintila. Mas você não vai se lembrar de nada parecido, sabe. Tudo ficará pairando no ar como um balão colorido — como uma lanterna amarela num poste [...]. Mas não se aproxime [...]. Porque, se o fizer, sentirá apenas o calor, o suor e a vida.

Essas são, de fato, as últimas palavras do padre, e podemos interpretá-las como a expressão de um delirante remorso por toda a sexualidade e glamour, o calor e as luzes que, na condição de padre celibatário, ele teve que reprimir e afastar. Mas, enquanto a trêmula expressão de avidez e excitação é estimulada pelo pensamento, pelos sentidos e pela apreensão de algum tipo de esplendor cintilante — sexual e imaterial, incandescente e transcendental — gerado pela reunião dos belos e abençoados (ou amaldiçoados), glamorosos e vistosos, num "centro" mítico e inatingível — um parque de diversões celestial —, suas palavras vêm atestar um desejo confuso e inarticulado — mas qual? Um desejo pela luz que não está na terra nem no mar? — isso se localiza no centro da obra de Fitzgerald, a fim de ser concedido ou discutido, conforme o caso. É uma espécie de neoplatonismo instintivo que brota entre os trigais infindáveis, as garotas intocáveis e o brilho ocasional de um Meio-Oeste em geral triste e deplorável.

Mas há uma diferença crucial entre a ânsia de Dexter Green em possuir as coisas deslumbrantes e o conselho do padre Schwartz de se afastar da luz ofuscante, e está precisamente na compreensão deste último de que pode ser perigoso aproximar-se demais, arruinando a visão dos prazeres terrenos (e celestiais?). Rudolph Sarmenington Gatsby é parte Green e parte Schwartz (e André le Vot mostrou o quanto Fitzgerald era cuidadoso em sua atribuição de cores — falaremos disso mais tarde). Gatsby acha que pode tomar — ou retomar — a garota deslumbrante. De fato, ele tenta transformar sua casa num centro reluzente e glamoroso só para atraí-la: "A sua casa está parecendo a Feira Mundial", diz Nick, vendo aquela mansão "iluminada do porão ao teto". Sabemos que, na infância, Fitzgerald ficou maravilhado com o esplendor da Exposição Pan-Americana de 1901, em Buffalo, onde havia uma "deusa da luz cujo brilho podia ser visto de lugares tão distantes quanto as cataratas do Niágara" (Le Vot, p. 27), e Gatsby também utiliza a magia da eletricidade (ele é, afinal de contas, um leitor dedicado de Benjamin Franklin) para sinalizar o que espera e acredita ser mais que uma descarga elétrica. Porém, apesar de sua dedicada ânsia por retomada e reconstituição, ele acaba desfrutando (e até experimentando) melhor seus sonhos e desejos à distância. Gatsby não fica à vontade diante da luz que ele mesmo acendeu em sua casa e costuma ser encontrado, como aconselhou o bom padre, "um pouco afastado dela, num lugar escuro". Quando ele de fato se aproxima e encontra "o calor, o suor e a vida" — sobretudo na pessoa de Tom Buchanan, na crueza presunçosa de seu discurso, na insolência altiva de sua hipocrisia, na brutalidade de seu "corpo cruel" —, Gatsby é de fato destruído. A parte Green se foi: tudo é Schwar(t)z.

Fitzgerald concebeu *O grande Gatsby* no verão de 1922, mas só foi escrevê-lo no verão de 1924, quando morava na Riviera (ele revisou de forma crucial as provas em Roma, nos meses de janeiro e fevereiro do ano seguinte). É exatamente quando Nick Carraway escreve o *seu* livro sobre o verão com Gatsby de dois anos antes — mas então ele já está de volta ao Meio-Oeste. Fitzgerald introduziu um narrador que se encontra a meio caminho entre o próprio autor e suas indulgências oniscientes. O livro de Fitzgerald é o livro de Nick, mas Nick não é Fitzgerald, a despeito da quantidade de fragmentos biográficos que julguemos discernir. Nick é um personagem de habilidades literárias assumidamente limitadas (havia escrito apenas "uma série de editoriais muito solenes e óbvios para o *Yale News*") e, quando Nick tenta descrever Gatsby, nós também lemos Nick.

Entre os escritores que admirava, Fitzgerald tinha inúmeros precedentes para a introdução do narrador. Ao discutir como um escritor pode extrair o máximo de importância de seu material, Henry James enfatiza o valor de escolher um tipo específico de narrador: "Tiramos o melhor de um assunto conforme a importância que ele tem para certos indivíduos". Ele aponta a necessidade de se escolher um "meio reflexivo e enriquecedor" e acrescenta:

> Queremos que seja claro, por Deus, mas também queremos que seja denso, e obtemos a densidade a partir da consciência humana que entretém e registra, que amplifica e interpreta [...]. Os prodígios, quando manifestados diretamente, têm um efeito arriscado; por outro lado, conservam toda a sua essência quando transparecem em uma outra história — a história indispensável da relação *normal* de um indivíduo com alguma coisa.

Gatsby é uma espécie de "prodígio" do estilo e da pretensão — prodigiosamente bandido e romântico — e Nick é, ou assim insiste, nada além de "normal", embora acrescente: "uma das poucas pessoas honestas deste mundo". Gatsby é sem dúvida engrandecido — engrandecido e ofuscado — por meio da história de Nick, e

Nick decerto o "amplifica e interpreta" — pode-se julgar que de forma excessiva.

Joseph Conrad fez uma de suas inovações mais importantes na arte da ficção ao introduzir e desenvolver o narrador-marinheiro Marlow, sobretudo ao tentar construir uma narrativa capaz de entender lorde Jim. Seria Jim um covarde ou um idealista? Covarde *e* idealista? Qual a importância e as implicações para "nós" — marinheiros, britânicos, confiáveis e decentes homens ocidentais — de suas aspirações e fracassos, sonhos e deserções? Marlow investiu muito em Jim, bem como em suas tentativas de recuperação e evolução narrativa. Sem dúvida, Jim era "um de nós". E contudo... *Mutatis mutandis*, muito disso é análogo à relação entre o narrador-corretor Nick e o enigmático Gatsby. Seria Gatsby romântico ou bandido? Bandido *e* romântico? Quais as implicações para nós, americanos, de seus planos grandiosos e da "poeira imunda" que inevitavelmente "flutuava na superfície de seus sonhos" e de seu desafortunado despertar? Nick investiu muito — muito *mesmo* — em Gatsby e em sua própria tentativa escrita de recuperá-lo, ou melhor, celebrá-lo de forma elegíaca. "É uma gente ordinária. [...] Você vale muito mais do que todos eles juntos." De fato são ordinários, assim como Nick também o é — ou pelo menos é isso que nos transmite. Sem dúvida, a América pode produzir algo melhor do que os Buchanan e mais esplêndido do que os Carraway. Porém...

Não é possível avaliar até que ponto o livro *é* a versão de Nick. Em busca de certeza, ele reúne informações de diferentes fontes. Além da própria memória, há documentos, como o livro juvenil de Gatsby, *Hopalong Cassidy*, com a inscrição frankliniana "agenda" na guarda, e a lista infinitamente sugestiva do próprio Nick com os convidados de Gatsby no verão de 1922, que hoje está "esfarelando nas dobras", sugerindo talvez a inevitável desintegração de outros repositórios de tempo — incluindo a memória do narrador. Então há o comprido relato oral dos primórdios do relacionamento entre Gatsby e Daisy, que lhe fora fornecido por Jordan Baker, e as informações sobre a vida passada de Gatsby, Dan Cody e os anos da guerra, dados pelo próprio Gatsby durante a funesta e desesperada vigília após o acidente fatal. Mas é Nick que transcreve esses relatos; não podemos saber o quanto ele reformulou e traduziu de suas fontes — transformando, embelezando, exagerando, reescrevendo. De acordo com as convenções da narrativa ficcional, quando um narrador põe o discurso de outro personagem entre aspas ou travessão, é que aquelas são as palavras exatas: ele tem a obrigação de lembrar tudo à perfeição, o que é ligeiramente implausível. Pois bem, pelas minhas contas rudimentares, cerca de 4% do livro está nas palavras do próprio Gatsby, e é revelador saber que Fitzgerald *reduziu* consideravelmente o montante de discurso direto dado a Gatsby no rascunho do romance. Por exemplo: "'Jay Gatsby!', ele gritou de súbito numa voz retumbante. 'Lá vai o grande Jay Gatsby. É isso que as pessoas vão dizer — espere só para ver.'". Com tais rompantes, Gatsby entregaria a si mesmo, revelando-se de forma demasiado crua e inequívoca. Por meio da subtração sistemática, Fitzgerald torna seu herói muito mais misterioso, menos óbvio, uma figura essencialmente mais elusiva. Em lugar disso, temos mais espaço para Nick teorizar, especular e imaginar — e talvez suprimir, remodelar, fantasiar.

Seu relato é sempre marcado por palavras e expressões como: "Eu suponho", "me parece", "eu acho"; "possivelmente", "provavelmente", "talvez"; "ouvi dizer", "ele parecia dizer", "deve ter havido", "sou da opinião de que", "sempre tive a impressão". Em mais de sessenta ocasiões, ele usa as expressões "como se" e "feito" para introduzir suas próprias analogias transformadoras e metáforas metamórficas ao relato. "Talvez lhe tenha ocorrido", ou talvez não. Nunca poderemos saber. O que sabemos é o que ocorre a Nick. Por mais que possamos nos afeiçoar ou reagir ao personagem de "Gatsby" — "o homem que dá nome a este livro", como, é curioso notar, Nick faz questão de explicar —, devemos sempre lembrar que estamos reagindo ao retrato que Nick faz dele. Desde a primeira impressão de Gatsby ("um homem aparentemente da minha idade") até os dias subsequentes à sua morte, quando Nick é confundido com Gatsby ao telefone e passa a nutrir um "sentimento de desafio, de desprezo solidário a Gatsby contra todos eles", ficamos cientes da forte inclinação do narrador em se identificar com Gatsby, bem como de torná-lo herói. Por isso é tão importante para Nick ser capaz de sentir que o relato de Gatsby sobre sua vida é "a mais pura verdade", e por isso fica feliz de ter "um daqueles instantes de restauração absoluta da fé em Gatsby que eu já experimentara antes". Fora do horário comercial, quando está basicamente fazendo circular o dinheiro gerado pelo próprio dinheiro, Nick investe tudo em Gatsby — no *seu* Gatsby.

Nick se revela, ou pelo menos se descreve, como a perfeita antítese de Gatsby, como um dos "jovens homens tristes" de Fitzgerald.* (Há certa semelhança com o emocionalmente tímido Lockwood construindo sua narrativa sobre o apaixonado Heathcliff em *O morro dos ventos uivantes*.)

> Eu conhecia os outros funcionários e corretores pelo primeiro nome e almoçava com eles em restaurantes escuros e lotados, onde pedíamos pequenas salsichas de porco, purê de batatas e café. Cheguei inclusive a ter um breve caso com uma garota de Jersey City que trabalhava na contabilidade, mas seu irmão começou a

* Referência ao livro de contos *All the sad young men*, de Fitzgerald, inédito no Brasil.

> lançar olhares zangados em minha direção, e por isso deixei o relacionamento acabar naturalmente quando ela saiu de férias, em julho.

Quando se trata de envolvimento emocional ou sexual, tudo aquilo que Nick não deixa morrer naturalmente é afastado por ele próprio — como fez com um "noivado" anterior e também com Jordan Baker. Ele é um voyeur exclusivista (às vezes de forma singular: ele fala da "sensação de querer olhar diretamente para todo mundo, e ainda assim evitar todos os olhares". Nisso ele é como a sexualmente ansiosa Isabel Archer em *Retrato de uma senhora*, de Henry James, que deseja "ver, mas não sentir"). No campo do erotismo, a vida imaginada é mais segura do que a vida real.

> Gostava de subir a Quinta Avenida, de eleger uma entre tantas mulheres românticas na multidão e imaginar que, em alguns instantes, eu entraria em sua vida, sem que ninguém ficasse sabendo ou pudesse desaprovar. Às vezes, em minha imaginação, eu a seguia até seu apartamento na esquina de uma rua escondida, e ela virava para trás e sorria, prestes a desaparecer por uma porta na cálida escuridão. No hipnotizante crepúsculo da metrópole, eu sentia muitas vezes a solidão à minha espreita e dos outros — jovens balconistas pobres que perambulavam diante das vitrines, esperando a hora de entrar num restaurante para um jantar solitário — jovens balconistas à luz do anoitecer, desperdiçando os momentos mais intensos da vida e da noite.

Em oposição a isso — o que é sem dúvida "deplorável" —, não surpreende que Nick procure avidamente por sinais de "grandiosidade" (uma de suas palavras favoritas) na vida e no estilo de Jay Gatsby. Ele mesmo insinua ser tudo o que Gatsby não é. "Trinta anos — a promessa de uma década de solidão, uma lista cada vez menor de amigos solteiros, uma bagagem cada vez menor de entusiasmo e os cabelos também cada vez mais ralos" — menos de tudo. Em contrapartida, e talvez como forma de compensar tanto enfraquecimento e escassez, Gatsby personifica possibilidades mais vigorosas e fecundas, menos emocionalmente débeis e retraídas.

Nick é um espectador em busca de um astro. Ele vê Gatsby em termos gestuais: "Se a personalidade é uma série contínua de gestos bem-sucedidos, então havia algo de grandioso naquele homem, certa sensibilidade exaltada às promessas da vida". Nada de salsichas de porco e purê de batatas para Gatsby, ao menos não na versão de Nick. Por outro lado, o ponto de vista preferido do narrador, contemplativo e não gestual, é sempre o marginal. Em sua primeira festa em Nova York, o instinto de Nick é "cair fora dali", mas ele é continuamente "acossado" e "puxado de volta". "Ainda assim, encimando a cidade, nossa fileira de janelas acesas deve ter contribuído com sua cota de segredos humanos à imaginação do observador casual naquelas ruas cada vez mais escuras, e eu podia enxergá-lo olhando para cima com verdadeiro assombro. Eu estava ao mesmo tempo dentro e fora, encantado e repelido pela variedade inesgotável da vida." Propositalmente ou não, ele está citando Whitman quase que de forma literal ("tanto dentro quanto fora do jogo, assistindo-o e sendo admirado por ele"), e o "assombro" — o instinto, a necessidade e a capacidade de maravilhar-se — é tão importante para Nick quanto para outros tantos escritores americanos. Assombrar-se *com* alguma coisa envolve e implica distância e sinaliza uma aversão ou incapacidade de participar — uma rejeição (se não um temor) de todo o calor, o suor e a vida, e tem-se a impressão de que Nick, apesar de seus arrependimentos, de certa forma prefere o papel de "observador casual naquelas ruas cada vez mais escuras". Uma diferença com relação a Whitman é sua predisposição quase idêntica à "repulsa". Quando Nick não está encantado, é provável que esteja começando a sentir repugnância. A despeito da aparente racionalidade e da propalada imparcialidade de seu tom, o relato de Nick sobre Gatsby é gerado pela tendência de se mover entre esses dois extremos. Trata-se de uma oscilação bastante americana.

De início, Nick se apresenta, de modo bastante explícito, como alguém que possui um "senso fundamental de decência" acima da média, aqui expresso no desejo de "que o mundo estivesse uniforme e num estado constante de vigilância moral". Será que ele se sentira atraído por Jordan Baker porque, com seu porte ereto e corpo masculinizado ("esguia e de seios pequenos"), ela parecia um "jovem cadete"? Seja como for, é evidente que ele tem uma natureza algo autoritária e um instinto avançado de disciplina, higiene e ordem, como ele prontamente admite (é parte de seu charme como narrador). Às vezes ele se mostra quase puritano, um rematado "careta". Ele prefere que exista certa uniformidade na vida. De fato, num momento particularmente embaraçoso na casa dos Buchanan, ele admite: "a vontade que eu tinha era de chamar a polícia". Quando decide terminar com Jordan Baker, ele explica seus motivos em termos domésticos: "Mas eu queria deixar as coisas em ordem e não apenas confiar que esse mar prestativo e indiferente levaria para longe a bagunça que deixei para trás". (Podemos observar, contudo, que ele não se importou quando um elemento desconhecido levou para longe um de seus envolvimentos anteriores.) A aversão manifesta de Nick pela "recusa" e sua leve compulsão por limpeza se revelam em inúmeras ocasiões, das quais citarei apenas duas.

Na primeira reunião em Nova York, conforme as coisas se dissolviam numa incoerência cada vez maior, embora aquela fosse a primeira das duas únicas vezes em que Nick ficou bêbado na vida, seus instintos exigentes não deram trégua: "O sr. McKee cochilava numa cadeira com as mãos juntas sobre o colo, como a fotografia de um homem em ação. Sacando meu lenço, limpei de sua bochecha a mancha de espuma seca que me incomodara a tarde toda". Pouco depois, Tom Buchanan quebra o nariz de Myrtle e a festa desanda em caos absoluto. Mas é assim que são os Buchanan. "Eles eram descuidados [...]. Esmagavam coisas e criaturas e depois se protegiam atrás da riqueza ou de sua vasta falta de consideração, ou o que quer que os mantivesse juntos, e deixavam os outros limparem a bagunça que eles haviam feito." Com brutalidade, Tom faz o sangue jorrar; Nick enxuga meticulosamente uma mancha de espuma de barbear, um minúsculo fragmento daquela coisa-fora-do-lugar a que chamamos sujeira. Além de possuir uma aptidão educadamente controlada para a função de polícia moral da sociedade, Nick também tem propensão para zelador.

O grande exemplo visual disso é o último gesto que ele faz antes de deixar o Leste para sempre. Ele volta à mansão de Gatsby para admirar mais uma vez "aquele gigantesco e incoerente fracasso de residência": "Sobre os degraus brancos, uma palavra obscena rabiscada por algum moleque com um caco de tijolo se destacava à luz do luar, e eu a apaguei, esfregando os sapatos com força na pedra". Isso, sem dúvida, é parte de seu "senso fundamental de decência", e podemos prontamente partilhar e aprovar sua aversão instintiva ao vandalismo e à profanação. Mas esse gesto de "apagar" tem uma dimensão bem mais sugestiva. Embora seja um exagero dizer que a ocupação atual de Gatsby (deixemos seus sonhos de lado por um instante) seja em si uma "obscenidade", é certo que sua ocupação, riqueza e identidade estão claramente fundamentadas numa série de atividades mais ou menos sujas e criminosas. Há indícios de que Gatsby tentara aludir a isso mais de uma vez, forçando Nick a confrontar e reconhecer o fato. Ele sempre se recusa: prefere "apagar" a parte potencialmente "suja" da história, seja por omissão, negação, substituição, reinterpretação ou transformação, embora, é claro — e isso é parte da genialidade do livro —, seja possível captar vislumbres e alusões frequentes ao que ele está tentando esconder. (Por exemplo, Nick descreve o início do namoro de Gatsby e Daisy como romântico e poético, e só depois descobre que Gatsby a tomou "de modo voraz e inescrupuloso".) Para os propósitos deste livro, Nick prefere se concentrar na figura do sonhador esperançoso e desgraçado, vestido num terno cor-de-rosa. A certa altura, ele diz que vai relatar o que descobriu posteriormente sobre a juventude de Gatsby — Dan Cody e coisas assim —, "para esclarecer essa série de mal-entendidos", ou seja, os boatos delirantes e tolos que circulavam a respeito do enigmático Gatsby. Ele sem dúvida afastou tais boatos, mas é possível que tenha afastado — e apagado — muito mais do que isso. Podemos até tomar o que ele diz de Dan Cody como uma descrição fiel. Mas e quanto a este relato resumido da adolescência de Gatsby?

> Mas seu coração vivia em uma turbulência constante. As ideias mais grotescas e fantásticas o perseguiam à noite, antes de dormir. Um universo de ostentação inefável se formava em sua mente enquanto os ponteiros do relógio avançavam no lavatório e a lua banhava de luz úmida suas roupas bagunçadas no chão. Todas as noites ele acrescentava algo à estrutura de suas fantasias [...]. As ilusões lhe propiciaram um escape para a imaginação; eram uma alusão satisfatória à irrealidade da realidade, uma promessa de que a rocha do mundo estava assentada numa asa de fada.

De quem estamos falando? De Gatsby ou de Nick? Ou devemos agora dizer Nick Gatsby? O milionário tenta utilizar a luz da lua (sonho, imaginação) para derrotar o tique-taque do relógio (história, irreversibilidade), mas Nick também valoriza a luz da lua, e tenta evitar que seja conspurcada e contaminada pelas obscenidades indeléveis do real. Gatsby fornece a Nick um escape para a imaginação *deste* — incorporando os devaneios de "ostentação" mencionados por Nick — e parece oferecer-lhe uma alusão satisfatória, ou quase, à "irrealidade da realidade". A "rocha do mundo" é dura e esmaga as coisas frágeis e vulneráveis, assim como os punhos e as palavras de Tom Buchanan; Nick prefere imaginar que Gatsby a relaciona com uma asa de fada — como se algo pudesse ser *assentado* em asas de fada, ou fundado no diáfano, por assim dizer. A questão é que é praticamente impossível saber quando Nick está acrescentando ou subtraindo, quando está ampliando ou apagando, quando está apenas fantasiando ou, mais imaginativamente, omitindo por estar solidário. Num trecho, ele afirma que, talvez devido ao seu notório hábito de "abster-se de todos os julgamentos" (que são escancarados neste livro), ele é depositário de inúmeras "revelações íntimas dos jovens"; além disso, notou que os termos que eles usam para expressá-las "costumam ser derivativos e deturpados por supressões evidentes". Portanto, somos prematuramente avisados da possibilidade de que suas próprias "revelações íntimas" — talvez *todas* as revelações desse tipo — também apresentem essas características inevitáveis. Nick pode ser uma das poucas pessoas honestas deste mundo, mas Jordan Baker não está errada ao dizer, a título de despedida, que ele é também um "mau motorista".

Deixe-me explicar de outra forma. Quando Nick entra pela primeira vez na oficina de Wilson, no vale das cinzas, sua reação é a seguinte: "O interior da oficina era miserável e deserto; o único carro visível era a carcaça poeirenta de um Ford encolhida num canto escuro. Ocorreu-me então que aquela sombra de oficina só podia ser uma fachada e que havia quartos românticos e suntuosos escondidos no andar de cima". Nick não suporta a ideia de confrontar uma realidade que é *puramente* miserável e deserta, empoeirada e estragada. *Deve* haver algo além disso, uma dimensão oculta de suntuosidade e romantismo com relação à qual a pobreza e a degradação das aparências sejam apenas uma "fachada" ilusória, uma máscara enganadora. Mas a devastação nada transcendental da oficina no vale das cinzas é bastante real e não oculta nada além de uma sórdida traição conjugal. No vale das cinzas, não há nada além do que se vê. Os fantasmagóricos "quartos românticos e suntuosos" são frutos da arquitetura generosa da imaginação dele, ação simultânea de sua privação e desejo. Portanto, em lugar de repressão e falsificação, devemos mais acertadamente falar em apagamento e suplementação fornecidos por sua imaginação e, é claro, sua escrita.

Gostaria de me concentrar em três exemplos de "suplementação" evidentes em alguns dos principais trechos do livro. Sua maior sacada durante o processo de revisão misteriosamente certeiro das provas do romance, que contou com inspiradas adições e subtrações, foi a inclusão do famoso comentário de Gatsby: "A voz dela é cheia de dinheiro". A observação de Nick não só é notável como notavelmente reveladora: "Era isso mesmo. Eu nunca tinha me dado conta. Era uma voz cheia de dinheiro — era esse o charme inesgotável e oscilante de sua fala, o ritmo, a música de címbalos... Lá no topo do palácio branco a filha do rei, a garota de ouro...". Nick se entrega a uma fantasia de livre associação não sintática. Mas pode-se ter a impressão de que não é nada disso, e os címbalos e ritmos e a filha do rei não vão direto ao ponto. É mais provável que Gatsby esteja insinuando que Daisy é um produto caríssimo, que é preciso ter muito dinheiro para fabricá-la e mantê-la, e que na realidade ela *respira* dinheiro, sugerindo assim que Gatsby tem consciência disso. Nick prefere ignorar a base material, "a rocha do mundo", e levantar voo rumo ao planeta das fadas. A despeito do que Gatsby quis dizer com essa afirmação admirável e enigmática, é Nick que assumidamente considera a voz de Daisy eletrizante, cheia não de dinheiro, mas de "arrebatamento" e "promessa". Quando ele especula — "Creio que a voz de Daisy, com seu entusiasmo oscilante e febril, o prendia sobretudo por não conseguir ser superada em sonhos" —, tem-se a certeza de que era *Nick* quem se prendia à voz, que sem dúvida podia ser superada em sonhos, como ele mostra mais tarde (no trecho citado a seguir). Além de ser uma espécie de moralista desencantado, Nick se revela um ferrenho sonhador hiperbólico. Não é, de forma alguma, uma característica de todo antipática.

A certa altura, quando o narrador está completamente tomado pela história de Gatsby, que ele registra em um confiante discurso indireto na terceira pessoa, Nick se entrega a este lírico relato:

> Com o canto dos olhos, Gatsby reparou que os blocos da calçada formavam uma escada perfeita que levava a um lugar secreto entre as árvores — que ele poderia escalar, *se estivesse sozinho*, e lá de cima sugar o seio da vida, absorvendo o incomparável leite de seu assombro.
>
> Seu coração bateu mais rápido quando o rosto de Daisy se aproximou do seu. Gatsby sabia que, após beijá-la, associando para sempre suas fantasias inexprimíveis àquela respiração fugaz, *seu espírito nunca mais seria divertido como o espírito de Deus*. Portanto ele esperou, ouvindo por mais um segundo *o som do diapasão que tinia ao tocar numa estrela*. Então a beijou. Ao toque de seus lábios, ela se abriu como uma flor e a encarnação se completou.
>
> De tudo o que ele me disse, em meio a um sentimentalismo alarmante, lembro-me de uma coisa: um ritmo elusivo, um fragmento de palavras perdidas que já ouvira

> antes. Por um instante, tentei formular uma frase e meus lábios se entreabriram feito os de um homem tolo, como se detidos por outros obstáculos além de um sopro de surpresa no ar. Mas não consegui dizer nada, e minha quase lembrança se fez incomunicável para sempre. [Grifo meu.]

Talvez a primeira pergunta a fazer seja: *de quem é* o sentimentalismo alarmante? Sabemos bem que Gatsby tomou Daisy "de modo voraz e inescrupuloso" e que talvez não tivesse em mente nenhuma dessas "fantasias inexprimíveis" e "respiração fugaz". O som do diapasão tinindo ao tocar nas estrelas é assunto de uma centena de canções populares, nem de longe as melhores, que deviam estar grudadas na mente de Nick. É sem dúvida o solteirão convicto Nick que sente maior satisfação nessa escalada solitária, bem como há algo de regressivo na ideia de escalar um lugar secreto para sugar leite de assombro do seio da vida. (Há mais a dizer posteriormente sobre o seio da vida e o leite do assombro.) Tal alusão à nostalgia dos prazeres da infância se estende à palavra "divertido", e comparar as liberdades e indulgências anárquicas e narcisistas da infância à mente divina é uma tentativa audaciosa de dar um viés religioso a esses desejos regressivos. O que quer que se passasse na cabeça de Gatsby enquanto ele paquerava Daisy, sem dúvida não era nada disso, não é?

A questão ganha força quando tomamos conhecimento de que, a certa altura, Fitzgerald acrescentou às provas do livro seis páginas explicitando que o "sentimentalismo alarmante" *de fato* pertencia a Gatsby. Por exemplo: há um diálogo entre ambos no qual Nick afirma de forma simpática que Daisy é "uma bela e satisfatória encarnação do nada", ao que Gatsby retruca, com uma resignação muito mais lúcida: "Sim, é verdade [...] Mas é como amar um lugar onde você já foi feliz uma vez". Muito mais desastrosa teria sido a inserção, ou retenção, desta confissão autoanalítica de Gatsby: "'Mas a verdade é que sou oco e acho que as pessoas sabem disso [...]. Daisy é tudo o que me sobrou de um mundo tão maravilhoso que só de recordar fico doente.' Ele olhou ao redor com enorme arrependimento. 'Deixe-me cantar uma música — quero lhe cantar uma música [...]. O som dela me faz feliz. Mas não costumo cantá-la muito pois tenho medo de gastá-la.'". A canção, escrita quando ele tinha catorze anos — catorze!, o futuro desse homem é mesmo o passado —, é reproduzida na íntegra e justifica amplamente o comentário de Nick sobre o "sentimentalismo alarmante". Toda essa explicitação desastrosa e autodestrutiva foi cortada com acerto. Fitzgerald só manteve o último parágrafo do trecho citado. As partes cortadas amplificam o caráter misterioso de Gatsby, enquanto o parágrafo mantido sugere que, a despeito do tom adotado pela lembrança, nostalgia e desejo de Gatsby, ele continua irrecuperável, incomunicável, inarticulável — perdido como o Sonho Americano. E não dá mais para saber de onde vêm o sentimentalismo e os impulsos regressivos. Sentimos apenas que eles estão no ar — no ar da escrita. E a escrita é de Nick.

Talvez este seja o parágrafo mais famoso do livro:

> Suponho que ele já tinha escolhido o nome há tempos, mesmo então. Seus pais eram fazendeiros preguiçosos e fracassados — sua imaginação nunca os reconhecera como pais. A verdade era que Jay Gatsby de West Egg, Long Island, havia saído da própria concepção platônica de si mesmo. Ele era um filho de Deus — frase que, se de fato significava alguma coisa, era exatamente isso — e devia ocupar-se dos negócios de seu Pai, a serviço de uma beleza vasta, vulgar e libertina. Então ele inventou precisamente o Jay Gatsby que um menino de dezessete anos seria capaz de inventar, e foi fiel a essa concepção até o fim.

Ele supõe — mas isso não o impede de dar prosseguimento à revelação da "verdade". Essa "verdade" expressa sobre Gatsby — em que ele, de forma audaciosa, se não blasfema, invoca a autoridade de Platão e Deus — nasce do fato de que Gatsby jamais aceitara seus pais enquanto tais. Tal como Rudolph Miller, como o próprio Fitzgerald e tantos outros personagens voluntariamente órfãos da história americana, na realidade e na ficção. As razões para essa determinação ou propensão de renegar os pais — de forma mais específica, um repúdio à autoridade, prescritiva e proibitiva, dos pais biológicos ou Fundadores — vai do prático (livrar-se da identidade de imigrante) ao ideológico (desfazer-se do peso coercitivo, restritivo e predeterminado do passado). Não sou ingênuo de sugerir que a propensão de renegar os pais é unicamente americana — afinal, os "Romances familiares" de Freud já dão a entender que é uma característica mais ou menos universal; mas não há dúvida de que tem uma força incomum na América. Mais que isso, recebe aqui um aval cultural específico. De fato, é incorporada à literatura americana como uma obrigação e pré-requisito para alcançar uma identidade nacional. "Nossa geração é retrospectiva. Ela ergue os sepulcros dos nossos pais." Assim começa o primeiro trabalho de Ralph Waldo Emerson, o ensaio "Natureza". Erguer os sepulcros dos pais é exatamente o que os americanos não deveriam estar fazendo, na opinião de Emerson: os Pais Fundadores (e os países fundadores, como a Inglaterra) devem ser esquecidos. "Por que não podemos também usufruir de uma relação original com o universo? [...] O sol ademais brilha hoje [...]. Há novas terras, novos homens, novas ideias." Emerson, e tantos outros escritores que o seguiram, valorizava a autossuficiência, a autodeterminação e a invenção de si próprio — as metáforas são inúmeras. O "*self-made man*" americano é prestigiosamente legitimado e encorajado. (O livro

Self-made man, de Greeley, foi publicado em 1862.) Jay Gatsby é um jovem tipicamente americano.

Mas e quanto a Deus e Platão? Aqui pretendo evocar algumas passagens do livro para destacar uma característica particular do vocabulário de Nick. Perto do final, após resumir as providências legais e logísticas que se seguiram à morte de Gatsby, Nick escreve: "Mas toda essa parte me parecia remota e desimportante". Mais próximo ainda do final, ele faz referência às "casas insignificantes" que se dissolviam conforme a lua subia no céu. Entre os prefixos de negação "de" e "in", não há grande diferença: em ambos os casos, evocam algo não essencial. Quando Nick imagina o estado de espírito de Gatsby, que aguarda uma ligação telefônica de Daisy e em vez disso recebe uma visita de Wilson, ele se torna um tanto metafísico.

> Sou da opinião de que o próprio Gatsby estava ciente de que ninguém lhe telefonaria, e talvez nem se importasse mais. Se isso é verdade, deve ter percebido que perdera seu bom e velho mundo, pagando um preço alto por viver tanto tempo com um único sonho. Deve ter erguido os olhos para um céu desconhecido por entre as folhas ameaçadoras, e estremecido ao notar que a rosa é uma coisa grotesca e que a luz do sol castiga violentamente a grama que acaba de brotar. Um novo mundo, palpável sem ser real, onde vagavam pobres fantasmas, respirando sonhos como se fossem ar... como aquela figura cinzenta e fantástica que deslizava em sua direção por entre as árvores amorfas.

"Palpável sem ser real" é uma clara distinção neoplatônica (o verdadeiro Real deve ser encontrado, ou buscado, no reino das Ideias ou Formas imutáveis). Mas Nick descreve algo mais do que um momento de pânico existencial, tal como relatado por Sartre em *A náusea*, quando Roquentin, encarando uma árvore, experimenta a terrível sensação da absurda e horrenda gratuidade das coisas — uma epifania negativa na qual a matéria sem significado se torna monstruosa, "ameaçadora" e "grotesca". Para Gatsby, pensa Nick, é assim que o mundo vazio e destituído de seu sonho deve ter se revelado; para Nick, talvez, é assim que o mundo sem Gatsby, sem as suas fantasias obstinadas, porém condenadas, está parecendo.

Esse trecho é seguido pela descrição de Nick do que viu ao correr para a piscina onde Gatsby fora alvejado. "Havia um movimento débil e quase imperceptível na água conforme ela vertia de um cano, abrindo caminho rumo ao escoadouro na outra extremidade. Em meio a pequenas marolas que mal podiam ser chamadas de ondas, o colchão ocupado boiava à deriva. Uma breve rajada de vento que mal corrugaria a superfície da água era suficiente para perturbar *acidentalmente* seu trajeto já *acidental*." [Grifo meu.] Num livro repleto de maus motoristas e acidentes de carro, incluindo a colisão fatal que precipita a conclusão catastrófica, a palavra em itálico é muito apropriada. Mas a repetição calculada serve para nos lembrar o significado mais geral e filosófico da palavra — exato e não essencial. Nick conta que, quando Gatsby vai visitar Daisy, ele sabe que está ali por um "gigantesco acidente": de propósito ou não, ele escolhe a expressão mais adequada, já que seu relacionamento termina com e por causa de um "gigantesco acidente", este de uma espécie diversa e horrivelmente literal. Terá sido tudo uma questão "acidental", do começo ao fim? Agora que Gatsby está morto, é como se Nick tivesse que se defrontar com um universo inteiro de casualidade. Desimportante. Insignificante. Quando Tom Buchanan, confiante de haver exposto Gatsby como simples criminoso, dispensa desdenhosamente Gatsby e Daisy para que voltem no mesmo carro, Nick escreve: "Eles saíram sem dizer palavra, despedaçados e acidentados". Num mundo dominado pelos Buchanan, a pura contingência reina absoluta, ameaçadora e grotesca.

No reencontro entre Gatsby e Daisy, relatado exatamente no miolo do livro, Nick conta que Gatsby às vezes "admirava seus bens com um ar deslumbrado, como se, na presença real e estarrecedora de Daisy, nada disso fosse verdadeiro". Mais um exemplo de neoplatonismo disfarçado e uma realidade maior (ideal) que desaloja e menospreza, até mesmo desmaterializa, a mera realidade material. Não surpreende que Gatsby se sinta momentaneamente desnorteado. "A certa altura, ele quase tropeçou num lance de escadas." No que diz respeito a Gatsby, a identidade do "real" e sua localização se tornam uma questão problemática e surpreendente. Há uma cena extraordinária em que Nick e Jordan encontram o homem dos Olhos de Coruja ligeiramente bêbado na biblioteca, e ele passa a tecer elogios admirados.

— O que acham? — ele perguntou num impulso.

— Do quê?

Ele apontou para as estantes de livros.

— Disso tudo. Aliás, nem precisam se incomodar em ir checar. Eu já fui. São todos verdadeiros.

— Os livros?

Ele assentiu com a cabeça.

— Absolutamente verdadeiros: com páginas e tudo. Pensei que não seriam mais do que belas caixas de papelão. De fato, são totalmente verdadeiros. Páginas e... veja! Deixe-me mostrar.

Dando por certo nosso ceticismo, ele correu até uma prateleira e voltou com o primeiro volume das *Stoddard lectures*.

— Viu só? — ele exclamou, em triunfo. — É um legítimo exemplar de matéria impressa. Me enganou em cheio. Esse cara é um perfeito Belasco. É um triunfo.

Quanto esmero! Quanto realismo! Sabe quando parar, também; não chegou a cortar as páginas. Mas o que vocês queriam? O que esperavam?

David Belasco foi um produtor da Broadway famoso pelo realismo de seus cenários. Gatsby teatraliza a si mesmo e seu ambiente, e muitas vezes é difícil distinguir qual parte do espetáculo — o quanto do que ele exibe — é "real". Às vezes, quando se está diante do que julga ser o artifício mais óbvio — os livros da biblioteca ou o seu relato de vida embaraçosamente clichê, que não só desafia a credulidade como a supera por completo — é que se percebe a autenticidade: "São verdadeiros [...]. Absolutamente verdadeiros". "Então era tudo verdade." Dessa forma, talvez devêssemos procurar pelo "real" onde menos se espera, ao menos quando se trata de Gatsby (e da América), a fim de discernir o mérito da libertinagem, o valor do vulgar.

Cabe deter-se por um instante na palavra: "absolutamente". É a primeira coisa que Jordan Baker diz na cena de abertura, tão fora de contexto que causa um sobressalto em Nick; ela também está, em suas palavras, "em treinamento absoluto". Ao aproximar-se da casa de Nick, Daisy lhe pergunta, bem-humorada: "É aqui mesmo que você mora, meu querido? Tem certeza absoluta?"; e em outra ocasião ela compara Nick a "uma rosa absoluta" — seria difícil imaginar um retrato menos preciso da figura empertigada e retraída que era Nick. Sem dúvida, "absolutamente" se tornou uma dessas palavras vazias que fazem parte do linguajar pedante de determinado estrato social, ou mesmo de um dado período, e sem nenhum significado conceitual. Por isso não devemos nos debruçar na palavra nem lhe atribuir maior amplitude quando o homem dos Olhos de Coruja ressalta com admiração a absoluta realidade dos livros de Gatsby. Mas é claro que há no discurso narrativo de Nick uma avidez por algo absoluto, essencial, algo que seja Real de um modo mais do que contingente, material e "acidental". Há um anseio teológico e metafísico — apesar de confuso e residual — em meio a esse desejo de acreditar em alguma forma de deslumbramento que compense a tristeza pela qual ele se vê cada vez mais cercado, e por isso Nick invoca Deus e Platão de forma deliberada e corajosa, em sua elegia ao criminoso sentimental de terno cor-de-rosa. No final de *O leilão do lote 49*, de Thomas Pynchon, a heroína Édipa Maas cai numa crise existencial que envolve nada menos do que o significado da América.

> Outra forma de significado por trás do óbvio, ou nenhum significado. Édipa no êxtase orbital de uma verdadeira paranoia, ou um Tristero de verdade. Porque, ou havia algum Tristero por trás da aparente herança que eram os Estados Unidos da América, ou só havia o mero país: e, se só havia o país, então o único modo de Édipa prosseguir e nele ter alguma relevância era como uma estranha, fora dos trilhos, imersa por inteiro na paranoia.*

Nick não é nenhuma Édipa e Gatsby não é o Tristero (uma ambígua sociedade secreta que atua por trás ou além do alcance das estruturas de poder estabelecidas). Mas há uma semelhança na postura, na necessidade e nas alternativas concebidas, uma semelhança perceptível que pode ser encontrada em boa parte da literatura americana. Desde a época dos puritanos, a ideia de que "só havia o país" passou a ser intolerável e inaceitável. *Devia* haver outro "significado por trás do óbvio". Pode-se descobrir e recorrer à saída puritana (Deus) ou à transcendental (Platão), mas, de uma forma ou de outra, o impulso de fazê-

* Tradução de Jorio Dauster (São Paulo: Companhia das Letras, 1993).

-lo, ou o medo de se ver incapaz de fazê-lo, é recorrente. Ele domina e preocupa Nick, tal qual Édipa Maas, mas se Nick não parece dar indicações de haver recorrido à alternativa paranoica de Édipa, pode-se dizer que ele encontra refúgio na escrita e na fantasia para consolar-se num mundo pós-Gatsby. Ele vislumbra algumas das mais feias e sórdidas realidades sociais, sexuais e econômicas dentro da história que tem para contar, mas se recusa a deixá-las dominar sua narrativa como dominam a vida — se o fizessem, seria "só o país". Em consequência, escreve Richard Godden, "sempre que as contradições sobre determinado tópico se tornam insustentáveis, ele transforma a aspiração social em 'sonho', a política sexual em 'romance' e traduz a luta de classes como 'tragédia'" (*Fictions of capital*, Cambridge University Press, 1990, p. 92 — esse livro contém um dos ensaios mais impressionantes e profundos que já li sobre *O grande Gatsby*).

Quando Nick se apresenta ao leitor, ele fala da própria família com uma honestidade tão espontânea e desarmada que é fácil ignorar as implicações do que ele revela.

> Venho de uma família proeminente e próspera, estabelecida no Meio-Oeste há três gerações. Os Carraway são uma espécie de clã que, segundo a tradição, descende dos duques de Buccleuch, mas o verdadeiro fundador da linhagem foi o irmão de meu avô, que veio para cá em 1851, enviou alguém em seu lugar para a Guerra Civil e abriu a loja de ferramentas a que meu pai se dedica até hoje.

Por trás do vocabulário cosmético de "clã", "tradição", "duques" etc., esse "verdadeiro" esconde algo vergonhoso, covarde e materialmente oportunista. Perto do fim de *The American scene*,* tendo visitado o velho município de St.

* Livro de viagens sobre as explorações de Henry James pelo país, publicado em 1907.

Augustine, na Flórida, Henry James conta como os ilustradores da revista tramaram, ou conspiraram, para dar à localidade um forte "caráter romântico", investindo-a falsamente de todo tipo de panoramas e atributos de "antiguidade espanhola". Isso fez Henry James pensar:

> Isso revela claramente a lógica corriqueira de que, quando não se tem o que gostaria, é preciso dar a aparência de tê-lo, sobretudo adulterando o que se possui [...]. Os guardiões dos valores verdadeiros me parecem impossíveis de localizar. A questão de fato retorna, de forma bastante interessante, à verdade geral da necessidade estética, no país, de valores muito maiores e específicos do que os que nossos hábitos, aspectos e planos de fato podem fornecer, tanto no passado quanto no presente e no futuro; dessa forma, quando a necessidade estética se mistura ao anseio patriótico, é preciso improvisar uma oferta, por meio de qualquer espécie de logro perdoável — é preciso espertamente "falseá-la" [...]. Os ficcionistas improvisam, com a ajuda dos historiadores, um romântico passado local com seus próprios trajes, cumprimentos, lutas de espadas, galanterias e paixão; os dramaturgos constroem, em centenas de detalhes, uma afetada fábula — em torno da qual os elementos de confronto e contraste são os mais simples e superficiais possíveis — de que a vida das pessoas se acha por inteiro nos sujeitos, situações e efeitos do teatro; ao passo que os genealogistas retocam a cena com seus gratificantes palpites sobre a quantidade de famílias deste país que possuem sangue real [...]. É ao público que essas impressões coletivamente nos remetem, e o que de novo prova ser o aspecto mais atraente; o público tão placidamente crédulo que a insinuação mais clara de uma fraude nunca fez vacilar, a um só tempo sentimental de tanto arraigamento e simplicidade que, julgando tudo perfeitamente esplêndido, se põe de joelhos para ser enganosamente enganado.

Nick por certo não acha "tudo perfeitamente esplêndido" e tampouco estou sugerindo, nem por um instante, mesmo da forma mais metafórica, que ele se põe de joelhos diante de Gatsby para ser "enganosamente enganado". Mas há nele um quê do ficcionista e do dramaturgo descritos por James, e muitas vezes ele faz questão de *não* vacilar diante das mais claras insinuações de fraude. Ainda que ele mesmo se recuse a seguir o "logro" genealógico que parece prevalecer em sua família — preferindo dar um fim a isso, mesmo que *en passant* —, ele nunca chega a revelar, ou invocar, uma sociedade minimamente permeada pelo "logro", para não dizer pela adulteração ou falseamento, em suas múltiplas formas.

Há sem dúvida muito logro arquitetônico visível, a começar pela mansão de Gatsby, que é "uma réplica fiel de um certo Hôtel de Ville na Normandia". Na ambígua atmosfera em que Gatsby circula e age, réplicas fiéis não se distinguem de fatos falsificados. (Quando você frauda a World Series, cria um fato falsificado. Gatsby conhece o homem responsável pela fraude: é um de seus amigos mais próximos.) A mansão tem uma torre que, segundo a ótica por vezes objetiva de Nick, é "excepcionalmente nova sob uma camada rala de hera bruta". Isso exemplifica à perfeição a prática da adulteração, do logro e do falseamento que mereceram a censura de James: a crua superposição de um falso verniz de antiguidade (a camada rala de hera bruta) a uma "excepcionalmente nova" construção — ou, como diria James, uma excepcionalmente nova América. Esse desejo de acrescentar uma prestigiosa pátina de passado a um presente menos obviamente distinguível pode vir de várias frentes. Gatsby não construiu seu arremedo de mansão francesa. Ela fora planejada dez anos antes por um cervejeiro que se dedicou a infligir um passado insólito à novíssima paisagem americana, levando sua obsessão ao extremo: "[ele] aparentemente se oferecera para pagar cinco anos de impostos de todos os casebres vizinhos caso os proprietários cobrissem seus telhados de palha". Não aceitaram, e o cervejeiro morreu. Uma verdadeira loucura; à sua maneira, Gatsby também procura "repetir o passado" — "Como, não dá para repetir o passado? É claro que dá!". As coisas não são muito diferentes na sofisticada East Egg. Os Buchanan vivem numa "mansão colonial georgiana, toda branca e vermelha", com um "jardim italiano". Tom possui o pior tipo de mentalidade "colonizadora" — todos existem só para satisfazer suas necessidades e apetites —, mas não é significativamente mais ligado, ou arraigado, à história antiga da América do que Gatsby. Sua casa pertencia originalmente a "Demaine, o cara do petróleo", e pode-se notar a habilidade e a discrição com que Fitzgerald se faz entender. Um cervejeiro e um homem de petróleo: o dinheiro que permitiu erigir essas grandiosas máscaras arquitetônicas, inspiradas no passado europeu em fachadas que ao mesmo tempo encobrem e enobrecem as origens de sua riqueza, é derivado do álcool e do petróleo, duas das matérias-primas que serviram para abastecer a sociedade americana, movendo tanto a economia quanto as pessoas de formas distintas e perigosas: é só pensar no quanto desse romance é dedicado à bebida e ao automóvel, e a dirigir bêbado. Mais tarde, no livro, Tom se vangloria de haver transformado uma garagem em estábulo, enquanto é comum ouvir falar de gente que transformou um estábulo em garagem. É uma transformação sugestiva: quando se tem dinheiro o suficiente — obtido, digamos, com o petróleo —, pode-se revesti-lo de palha à vontade, com sua falsificação pastoral preferida. É claro que há muitas e muitas garagens americanas fadadas a permanecer garagens — inúteis, imutáveis, irredimíveis. Pergunte a Wilson no vale das cinzas.

Há mais logro decorativo no livro — por exemplo, a mobília coberta de tapeçaria com "cenas de moças flanando pelos jardins de Versalhes" do apartamento de Myrtle —, mas já foi dito o bastante para provar que Fitzgerald nos dá vislumbres de um país com um passado minguado e uma sociedade em que as pessoas, quando podem bancá-lo, alcançam o ecletismo através de todos os tipos de fachadas importadas (exóticas, históricas) para encobrir não só a verdade nua de como acumularam ou acumulam suas riquezas (o que não é um hábito exclusivo — os ingleses vitorianos também faziam isso), mas também para disfarçar seu caráter "excepcionalmente novo". Há uma bela passagem em que Nick, recém-chegado a West Egg, está se sentindo solitário e deslocado quando um estranho lhe pergunta o caminho para o centro. "Eu lhe dei as indicações. E, conforme ia caminhando, não me senti mais solitário. Eu era um guia, um pioneiro, um autêntico colonizador." Esse é o tom de Nick em seu momento mais simpático, uma espécie de exagero adequado que consegue ser ao mesmo tempo divertido e modesto. Contudo, da forma mais despretensiosa, ele toca num assunto de grande importância. Sua instantânea transformação de recém-chegado solitário em "autêntico colonizador" é uma versão cômica de algo que interessou os americanos de diversas formas desde os primeiros povoamentos. Já que todos os habitantes da América eram, de certa forma, deslocados e recém-chegados (tendo exterminado por completo os índios), eles sempre tiveram o desejo de "originar-se" na América; então empreenderam uma busca, digamos assim, por modos mais ou menos instantâneos de enraizamento. Em seu confronto agonístico, Tom ridiculariza Gatsby ao chamá-lo de "Sr. Ninguém de Lugar Nenhum". Àquela altura, ele só estava falando bobagens, como Nick observa, mas a frase traz uma pergunta implícita: pode *alguém* neste livro ser chamado de sr. ou sra. Alguém de Algum Lugar? Ora, são todos nômades inquietos do Meio-Oeste, apenas com mais ou menos dinheiro: a inquietude é o tom predominante do livro, e tal palavra e suas variantes aparecem o tempo todo. "Não existe mais lá ali", disse Gertrude Stein sobre Oakland: neste romance, pode-se muito bem estender o comentário ao país inteiro. "Não queria que você pensasse que eu era um ninguém", afirma Gatsby em sua primeira conversa verdadeira com Nick, na qual explica por que decidiu contar-lhe sua história de vida até então. E se um desses ninguéns, vindo de lugar nenhum e indo a lugar nenhum, é capaz de se tornar Alguém, então, pelas graças do texto de Nick, essa pessoa é Gatsby — o *grande* Gatsby.

Mas como e por que "grande"? E o quanto de Gatsby pode ser considerado "logro"? Será que Nick admite, em alguma medida, ser "enganosamente enganado"? Há uma permuta bastante reveladora entre os dois homens no início do primeiro diálogo que travam, quando Gatsby conta sua história.

> — Por Deus, o que eu vou lhe contar é a mais pura verdade. — Sua mão direita ergueu-se repentinamente para pedir que o castigo divino o atestasse. — Sou filho de uma família rica do Meio-Oeste, todos já falecidos. Fui criado nos Estados Unidos, mas educado em Oxford porque foi lá que meus antepassados sempre estudaram. É uma tradição familiar.
>
> Ele me fitou com o canto do olho — e eu soube imediatamente por que Jordan Baker achara que ele estava mentindo. Gatsby acelerou as palavras "educado em Oxford", ou mesmo as engoliu, sufocando-as, como se isso já lhe tivesse causado problemas no passado. Diante dessa hesitação, seu depoimento inteiro caiu por terra, e fiquei imaginando se não havia algo de estranho naquele sujeito, afinal de contas.
>
> — Que parte do Meio-Oeste? — perguntei casualmente.
>
> — San Francisco.
>
> — Ah.

— Minha família inteira morreu e eu herdei uma fortuna.

Seu tom de voz era solene, como se a lembrança da súbita extinção de um clã ainda o assombrasse. Por um momento, julguei que ele estivesse brincando, mas só de fitá-lo me convenci do contrário.

Espera-se que Jordan Baker, ela mesma irremediavelmente mentirosa, seja capaz de reconhecer um mentiroso só de ouvi-lo, e de fato aquele trecho da história de Gatsby é puro logro, ainda que o Armistício de fato lhe tenha dado cinco meses em Oxford sem o lastro da tradição familiar ancestral. A questão é: em que medida Gatsby espera que acreditem nele? A evocação divina e o gesto teatral com a mão direita, seguido pelo olhar lateral... É claro que seu depoimento não se sustenta. Mas algo ainda mais estranho acontece depois. Quando ele situa San Francisco no Meio-Oeste — como se, na Grã-Bretanha, alguém dissesse ter vindo de Glasgow, na região de Midlands* —, Nick diz apenas: "Ah". Nesse momento, não há dúvida de que Gatsby está lhe oferecendo uma prova clara de sua fraude, e Nick escolhe não enxergá-la, ou melhor, não admite sua presença nem chama a atenção para ela. Há um jeito de dizer "ah" que é provavelmente usado por Nick e que expressa de forma tácita: "Sei que você está mentindo, e sei que você *sabe* que está mentindo, mas, por razões íntimas, talvez por constrangimento diante de uma hipocrisia tão descarada, ou algo mais inescrutável, escolhi não duvidar de sua afirmação". É exatamente o que Nick repete quando Gatsby despede seus funcionários de forma repentina e inexplicável, contratando um bando de brutamontes deliberadamente grosseiros e desprezíveis. Gatsby "explica": "São todos da mesma família e cuidavam de um hotelzi-

* Ou como se, no Brasil, alguém afirmasse ter vindo do Rio de Janeiro, no Sul do país.

nho". Isso é, sem dúvida, mais uma tentativa de fornecer a Nick uma prova clara de sua fraude. Acho que Richard Godden está certíssimo ao sugerir que, através da súbita suspensão de suas opulentas, elegantes, cheias de artistas e ostensivamente extravagantes festas de verão, Gatsby está mostrando de propósito a Nick (e talvez também a Daisy, de forma indireta) seu *verdadeiro* ambiente, suas verdadeiras raízes criminosas — ele de certo modo esfrega a verdade no nariz de Nick. Que "enxerga", mas prefere não ver, ou melhor, prefere concentrar-se em outras coisas.

Como Nick admitiu, ele sabe uma coisa ou outra sobre famílias que inventam antepassados e tradições, e até estende aos parentes de Gatsby seu termo pretensioso preferido, "clã", uma denominação das mais impróprias para os "fazendeiros preguiçosos e fracassados" da família de Gatsby, mais até do que para os covardes Carraway que se esquivaram da guerra. É como se ao menos uma parte dele estivesse pronta para cair no logro de Gatsby — é de família, digamos assim. Outra parte sabe muito bem que estão lhe passando a perna — Gatsby não podia ter sido mais explícito —, mas ele é quase instantaneamente "convencido do contrário". Podemos interpretar isso como uma ávida credulidade ou uma confiança esforçada. A desconfiança constante e o ceticismo inflexível não são as qualidades mais atraentes deste mundo, e há algo de favorável na gigantesca disposição de Nick em dar a Gatsby o benefício da dúvida. Seria impossível determinar o quanto disso consiste numa generosidade motivada pela atração ao indivíduo (e repulsa aos outros) e quanto disso é conivência, a voluntária suspensão da descrença impelida pelo desejo de "grandiosidade". O que fica claro é que, confrontado pelos Buchanan deste mundo, Nick ratifica o logro de Gatsby, chegando inclusive a justificá-lo, ampliá-lo e exaltá-lo na narrativa. Ele é, sem dúvida, leal a Gatsby até o fim, cuidando de suas exéquias naquele triste funeral ao qual um ingrato e esquecido "Ninguém" comparece, além de uns poucos empregados, seu patético pai que "comia feito um porco" e o homem dos Olhos de Coruja, que duvidara da autenticidade dos livros de Gatsby e que faz um de seus epitáfios: "Aquele pobre filho da puta". Nick escreve uma homenagem um pouco mais elogiosa.

Enquanto aguardava a chegada das provas do livro, em Roma, Fitzgerald escreveu a Maxwell Perkins: "É estranho dizer, mas a minha ideia sobre a imprecisão de Gatsby foi certeira [...]. *Eu mesmo não sabia como ele era nem no que estava metido* [...]. De qualquer forma, numa busca muito cuidadosa pelos arquivos (no caso, da mente de um homem) [...], hoje conheço Gatsby melhor do que a minha própria filha. Meu instinto inicial era deixá-lo em segundo plano e fazer com que Tom Buchanan dominasse o livro [...], mas Gatsby me cativou. Eu o tive por um tempo, depois o perdi, e agora sei que o tenho de novo" (*circa* 20 de dezembro de 1924). E pouco depois, numa carta a John Peale Bishop: "Você está certo sobre Gatsby ser indistinto e desigual. Eu mesmo nunca pude enxergá-lo com clareza" (9 de agosto de 1925). Isso tudo é bastante exato. Nick teve Gatsby, perdeu-o, e depois o retomou de outra forma. De um modo geral, às vezes você vê Gatsby, às vezes não. Em mais de uma ocasião, Nick procura Gatsby e percebe que ele "não estava mais lá", sem contar, é claro, que ele só aparece no capítulo 3 (com um quarto do livro já começado) e morre antes do final. De certa forma, Tom *de fato* domina o livro; ele domina a tudo e a todos. Nick bebe em sua companhia antes de conhecer Gatsby e aperta sua mão após a morte deste. Como categoria, os Buchanan irão durar para sempre, sobrevivendo a tudo. Gatsby, apesar de todas as suas *licações nas necócios*, é mais frágil e vulnerável. E, de um modo epistemológico geral, ele é e continua impreciso (inclusive para nós, leitores) quanto à sua identidade e ocupação. Como vimos, Fitzgerald contribuiu de propósito para essa imprecisão ao cortar diálogos explícitos demais, e não foi uma questão de, digamos, reter informações em benefício da mistificação; essa estranha indicação de insubstancialidade ontológica é crucial para o personagem. Ao ser insultado por Tom, Gatsby assumiu uma expressão, segundo Nick, "claramente desconhecida e vagamente reconhecível". Note-se a sugestiva perfeição dos aparentes oximoros: a capacidade de reconhecer é vaga, mas a de desconhecer é clara. Gatsby se aproxima e some, fica nítido e embaçado. Agora você o vê, é o que você pensa; agora não, é quase certo. Essa "imprecisão" sustentada de modo admirável é muito mais do que "boa": é parte essencial da mágica do livro. Pois, mesmo após o duro escrutínio da figura de Gatsby — que poderia reduzi-lo a um caipira sentimental, um criminoso com um sonho piegas, um rude alpinista social determinado a adquirir uma peça refinada de mulher —, ele acaba de alguma forma nos cativando.

Às vezes as pessoas, ao vê-lo, o comparam a uma revista ou anúncio. "Minha incredulidade agora se transformara em fascínio; era como folhear atabalhoadamente uma dúzia de revistas", escreve Nick, reagindo à história de vida de Gatsby. "Você me lembra um homem de anúncio [...]. Sabe, esses homens de anúncios..." Daisy não consegue terminar a frase. Presumidamente, ele parece com um homem retratado em anúncios. (Diz-se que Jordan Baker daria uma "boa ilustração": o efeito está por toda parte.) Na terminologia atual, poderíamos dizer que ele é, aos olhos dos outros, um completo "simulacro". A propaganda estava em franca ascensão na América dos anos 1920. Gatsby é, em boa parte, um fruto de sua cultura, abastecendo-se e cercando-se de todo tipo de objetos modernos e exuberantes, de camisas a carros. O "bilhete formal" assinado em "caligrafia majestática" com que ele se anuncia a Nick pela primeira vez é o prenúncio inicial de uma cuidadosa construção de si mesmo (observe como Nick é rápido em captar sinais de realeza nessa república democrática). De certa forma, sua mansão ostensiva e suas festas dispendiosas são um display de propaganda projetado para impressionar Daisy. Sua certeza de que é possível repetir o passado e sua confiança de que irá "refazer tudo como era antes" devem muito à cultura da propaganda. (No livro que mencionei, Richard Godden descreve como, em 1922, Henry Ford recriou a casa onde nasceu exatamente como era sessenta anos antes. "No âmbito do mercado, o tempo é reversível", Godden comenta.) Na verdade, seu sonho tropeça na insistência inviável de que o tempo pode não apenas ser revertido, mas também apagado. Ele perdeu Daisy (e o sonho) no momento em que tentou fazê-la declarar que nunca amara Tom, "e tudo se apagará para sempre". Podem-se apagar pichações e espuma de barbear, mas não o tempo; o tempo é a única coisa que Gatsby não pode "refazer". Ele nem sequer sabe manipulá-lo muito bem: no capítulo central do livro (o capítulo 5), ao reencontrar Daisy após tantos anos, ele quase derruba um relógio no chão. Esse relógio está "quebrado", o que talvez faça dele uma companhia perfeita e testemunha material da tentativa de Gatsby de parar o tempo, só que em toda parte os relógios estão funcionando a pleno vapor. (Há, neste romance, um número excepcionalmente alto de palavras relacionadas ao tempo — mais de quatrocentas.) Não surpreende que ele tenha encarado a filha de Daisy com tamanha surpresa: "Acho que até então ele não havia cogitado a sério sua existência". E a Tom basta mencionar as datas e lugares em que possuiu Daisy sexualmente para desmontar o rival por completo. Eu diria que Gatsby — "Jay Gatsby" — desabou feito um castelo de cartas diante da malícia de Tom, e o longo e secreto espetáculo havia chegado ao fim. A identidade arquitetada e o simulacro de Gatsby, ambos produzidos pela ideia esperançosa de uma Daisy resgatável e recomprável *e* de um tempo recuperado, caíram em ruínas. Daisy continuava subornada.

O adjetivo "grande" seria, portanto, uma ironia ou uma hipérbole esperançosa que recai em si mesma? Seria esse logro reconfortante a obra de um solteirão fracassado e desgraçado, que inventa uma figura "grandiosa" para compensar o "deplorável" Meio-Oeste ao qual retorna — teria Nick empreendido uma falsificação da falsificação de Gatsby? Não é tão simples assim, embora muitos acreditem nisso. Sabemos pelo próprio Nick até que ponto *é exatamente isso*. Assim como Gatsby fornece aqui e ali uma insinuação clara de sua fraude, também Nick o faz com o leitor atento. Após o embate demolidor com a dura "rocha" de Tom, resta a Gatsby algo além dos estilhaços de sua identidade construída, algo que, no fim, ele articula insatisfatoriamente e encarna com imperfeição, mas que é parte da "essência" dessa nação que se autoinventa e assume a própria paternidade, nação da qual ele é um produto tão notável e representativo. À maneira de Nick, podemos chamar de "um talento extraordinário para a esperança, uma prontidão romântica", uma adesão à convicção ou instinto de que deve haver algo na vida além da deterioração circundante, além da materialidade desejável, egoísta e simples com a qual os Buchanan se sentem tão negligentemente à vontade. O fato de essa esperança assumir a forma de um sonho romântico ou de uma obsessão impossível, a um só tempo condenada e irrealizável, não invalida necessariamente a carência ou o desejo que a nutre. Se a "vitalidade colossal de sua ilusão" afinal atinge um patamar "além de tudo", sofrendo uma decepção ou caindo em desgraça, isso não quer dizer que a apatia resultante de determinada desilusão seja a melhor saída. Significa que há um tipo específico de tristeza neste livro. Pois há *páthos* (e também, se preferir, certa puerilidade) na figura de Gatsby — sua aura de solidão e isolamento, o vazio que emana de sua mansão, suas pilhas de "camisas bonitas", sua generosidade nunca reconhecida (ninguém lhe agradece por assumir a culpa no lugar de Daisy, o que lhe custaria a vida), sua morte cruel e o funeral solitário. Na medida em que Gatsby — "Gatsby" — é exagerado, tolo e predestinado à tragédia, diz o livro, assim também é a América.

Passado algum tempo da publicação do romance, Fitzgerald escreveu a Marya Mannes: "A grande promessa da América é a de que algo está para acontecer, e depois de um tempo você fica cansado de esperar porque nada acontece às pessoas exceto envelhecer, e nada acontece à arte americana porque a nossa história é a da lua que nunca se eleva no céu" (outubro de 1925). No famoso desfecho de *O grande Gatsby*, quando a lua *enfim* se eleva no céu, ergue-se também um dos parágrafos mais famosos da literatura americana:

> Conforme a lua subia no céu, as casas insignificantes passaram a se dissolver até que, pouco a pouco, meus pensamentos desaguaram na antiga ilha selvagem que surgira aos olhos dos marinheiros holandeses neste exato lugar — o seio verde e frondoso de um Novo Mundo. Suas árvores extintas, aquelas que cederam lugar à casa de Gatsby, outrora estimularam os sonhos derradeiros e mais ambiciosos dos homens; por um momento transitório e mágico, alguém deve ter prendido o fôlego à vista deste continente, compelido a *uma contemplação estética que não compreendia e tampouco desejava*, face a face, pela última vez na história, com algo proporcional à sua capacidade de maravilhar-se. [Grifo meu.]

Esse trecho pertencia originalmente ao primeiro capítulo do livro, até que, após uma de suas revisões certeiras, Fitzgerald o transportou para o final, no ocaso da narrativa onde esse tom crepuscular é tão adequado. Sua posição inicial no texto indica que o livro sempre se propôs a ser uma elegia, permeada pela ideia de algo fracassado e perdido — uma chance que escapou, um sonho condenado. O "seio verde e frondoso de um Novo Mundo", cerne de uma possível vida nova, poderia ter fornecido um suprimento inesgotável de "leite de assombro". Seja o que for que os marinheiros buscavam — todos, de puritanos a piratas —, eles não vieram para maravilhar-se com a América, mas antes para "estuprá-la", usando a metáfora de William Carlos Williams para as várias e múltiplas formas de espoliação da terra. O seio verde do novo mundo cedeu lugar, enquanto imagem, ao espetáculo chocante do seio esquerdo de Myrtle, "dependurado livremente como um trapo" após o acidente na estrada. Fitzgerald foi muito incisivo em reter essa imagem: "Eu *quero* que o seio de Myrtle Wilson seja arrancado — é isso mesmo, eu acho" (para Maxwell Perkins, *circa* 20 de dezembro de 1924). É óbvio que Fitzgerald sabia o que estava fazendo. Ele *quis* mostrar a América profanada, mutilada, violada. Fossem quais fossem os auspícios do novo mundo — e as tentativas incoerentes, esperançosas e ainda assim desesperançadas de Gatsby dão uma indicação vaga, residual e distorcida de uma "capacidade de maravilhar-se", desejada e não inteiramente compreendida, que poderia ter sido essencial para aperfeiçoar a América, a última grande chance da humanidade —, enfim, fossem quais fossem suas promessas, a América conseguiu tornar-se completamente acidental e propensa ao acaso. O que poderia ter sido o paraíso (um tema endêmico à literatura americana) tornou-se uma terra desolada.

Fitzgerald sabia praticamente de cor o poema de T.S. Eliot ("A terra desolada"), e decerto criou sua própria versão de deserto no vale das cinzas (um dos títulos que cogitou para o livro foi *Entre cinzas e milionários*): "um sítio surreal onde as cinzas crescem como trigo em sulcos, colinas e jardins grotescos; onde as cinzas tomam a forma de casas, chaminés e fumaça e, por fim, num esforço transcendental, assumem a forma de homens cinzentos que se movem debilmente e se desmancham no ar poeirento. Vez por outra, uma fileira de carros sujos vinha rastejando pela pista invisível, soltava um rangido horripilante e freava". A palavra "transcendental" é particularmente densa na América, e aqui é usada com pesada ironia. Trata-se de uma transcendência negativa, uma dissimulação, o completo oposto do que Emerson e seus amigos esperavam para o continente, com a terra produzindo e *cultivando* verdadeiras cinzas. Fitzgerald não foi o primeiro nem será o último americano a ter uma visão entrópica da América — o grande continente agrário se tornando uma espécie de depósito de lixo ou terra desolada, na qual, com suprema perversidade, a única coisa que brota é a morte.

Fitzgerald era esperto o bastante para associar esse processo à popularização exponencial do automóvel. Como já foi dito, o livro é repleto de carros, maus motoristas e acidentes, que juntos conspiram para matar não só pessoas, mas a própria terra. O nome da péssima motorista Jordan Baker é composto a partir da marca de dois automóveis. Fitzgerald apropriadamente situa a oficina mecânica — no caso, a oficina de Wilson, mas vamos dizer de um modo genérico — no interior do vale das cinzas. Henry Adams, o primeiro escritor americano a empregar a palavra "entropia" para descrever o futuro que se prenunciava, relacionou essa entropia acelerada ao rápido desenvolvimento de novas fontes de energia e poder, associadas à diminuição de nossa capacidade de controlá-las. Na obra *Educação*, ele escreve:

> O poder emana de cada átomo, e há uma quantidade suficiente para abastecer o sistema estelar sendo liberada em cada poro da matéria. O homem não pode mais contê-la. As forças o agarram pelos punhos e o arremessam como se tivesse topado com um cabo de energia ou com

um automóvel em fuga; é mais ou menos o que ocorre sob a ótica de um viúvo tímido e educado em Paris, que nunca percorreu a avenida Champs-Elysées sem esperar um acidente, em geral testemunhando um; e tampouco se viu na vizinhança de um alto dignitário sem calcular os riscos de explosão de uma bomba. Se as taxas de progresso seguirem livremente seu curso, as bombas irão dobrar em número e força a intervalos de dez anos.

Fitzgerald escolheu investir nos acidentes de automóvel. Um escritor contemporâneo talvez ficasse com as bombas. Examinando do alto, e não "por alto", o vale das cinzas, estão, sem dúvida, os olhos do dr. T. J. Eckleburg:

> Os olhos do dr. T. J. Eckleburg são enormes e azuis — suas retinas têm um metro de altura. Não olham a partir de um rosto, mas, ao contrário, de um par de gigantescos óculos amarelos sustentados por um nariz invisível. Era óbvio que algum oculista fanfarrão os colocara ali para engordar as contas de seu consultório no Queens, e então mergulhou ele mesmo numa cegueira vitalícia, ou esqueceu os óculos e se mudou. Mas esses olhos, embotados por incontáveis dias de sol e chuva, ponderavam sabiamente sobre aquele solene terreno de desmanche.

André le Vot traçou minuciosamente as inúmeras formas sutis como Fitzgerald utiliza as cores, para além do azul e do amarelo. Como ele observa, o azul é a água, o céu, o crepúsculo, o frescor, o repouso e o convite. O amarelo é o trigo, o sol e a fertilidade, mas também o uísque, o ouro (lucro), a morte e a palha inflamável, e portanto é ambíguo, pois o que parece cálido e atrativo pode se tornar inflamável, violento, quente demais. (Tom possui "cabelos cor de palha".) Em condições ideais, ambas as cores, e tudo o que suscitam, deviam estar em harmonia, como na expressão esquisita mas sugestiva de Nick: "o tom mel-

-azulado do mar Mediterrâneo". Neste livro, contudo, elas se afastam e tendem à oposição. De forma propositalmente enganosa, talvez, o carro de Gatsby é amarelo (embora faça parte da dubiedade narrativa uma divergência geral sobre a cor: um diz que o automóvel tem a cor creme e outro diz verde-claro — tal qual seu proprietário, ele aparece de forma diferente conforme a luz), enquanto o conversível de Tom é azul. Mas, como era de esperar, eles trocam de carro por insistência de Tom, quando a disputa por Daisy segue em direção a um clímax e um desfecho.

Voltando ao dr. T. J. Eckleburg, à medida que seus olhos azuis vão sumindo e "embotando-se" e os óculos amarelos seguem imaculados, como sugere Le Vot, isso pode indicar "o enfraquecimento do poder espiritual e um correspondente aumento da materialidade". Os óculos são feitos para enxergar melhor. Mas enxergar o quê? E como? Para Nick, após a morte de Gatsby, o Leste lhe pareceu "amaldiçoado [...], distorcido para além do poder corretivo de meus olhos", de modo que ele se recolhe (fico tentado a dizer "regride") de volta para casa, que, se no início da narrativa era a "a esquina rústica do universo", agora talvez seja de novo "o centro palpitante do mundo". O tal "oculista fanfarrão" descrito por Nick, e que, como ele, se mudou da região, pode aludir a um Deus que devia tomar conta do mundo, mas que se revelou um *deus absconditus*, alguém que desistiu de prestar atenção no homem que produziu uma terra desolada, ou um Deus que pode ter simplesmente morrido, deixando para trás o que o homem gerou — um anúncio. Após o acidente, Michaelis fica chocado ao ver que Wilson invoca o poder de Deus enquanto encara os olhos do dr. T. J. Eckleburg. "'Deus está vendo tudo', repetiu Wilson. 'É só um outdoor', Michaelis lhe garantiu."

A despeito das intenções e aspirações religiosas dos primeiros colonizadores puritanos, hoje a paisagem é dominada por fatores comerciais e materiais (embora as preocupações religiosas e comerciais possam ter estado ligadas desde o início. Em *America's coming of age*, Van Wyck Brooks sugere o mesmo: "A literatura americana do século XVII se compõe de partes iguais, digamos assim, de devoção e propaganda"). Como já foi dito, Gatsby vive num mundo de propaganda e é ele mesmo uma espécie de peça publicitária. A questão é se os seus "gestos", que segundo Nick refletem e expressam "certa sensibilidade exaltada às promessas da vida", indicam uma forma incipiente de "devoção" particular.

Quando Nick afirma que o Leste lhe "pareceu assim amaldiçoado, distorcido para além do poder corretivo de meus olhos", o termo "assim" se refere a uma "cena noturna de El Greco". O pintor é famoso por suas figuras alongadas e pelo que se julgam exageros febris. Já que, segundo o próprio Nick, sua visão dos fatos é incorreta e incorrigível, talvez devêssemos aceitar a dica, proposital ou não, de que se trata de um retrato de Gatsby à maneira de El Greco — enlevado, ampliado e glorificado com exaltação. Mas El Greco, tal qual Vermeer, que podemos considerar menos propenso à distorção (na verdade, ele pintava com uma visão tão prodigiosamente exata quanto possível), é um artista, e toda arte envolve distorção — seleção, interpretação, amplificação. Pode-se dizer que a distorção é inerente à representação. Fossem quais fossem as intenções de Nick ao escrever, mesmo que se tratasse apenas de um "sonho de inverno" para distraí-lo e confortá-lo da deplorável solidez do Meio-Oeste, ele ainda assim produziu uma obra de arte; e não há como deslindar as razões que se escondem por trás da confecção de uma obra de arte.

É um livro de Fitzgerald, obviamente, e ao mostrar Nick lidando com os problemas e armadilhas de "enxergar" seu material, de descobrir uma forma de "escrever" Gatsby que fosse a um só tempo falseada e laudatória, Fitzgerald acrescentou toda uma nova dimensão a seu trabalho. Henry James disse uma vez: "Há a história direta de um herói, e há também, graças à conexão íntima das coisas, a história de sua própria história". Ao contar a história não só de Gatsby, mas de Nick tentando escrever essa história, Fitzgerald embarca na discussão do que estaria envolvido nessa tentativa de enxergar e *escrever* a própria América. O resultado é breve (vê-se nesses inspirados excertos), enganosamente simples, e tem algo da economia esguia, porém abundante, de uma parábola (para um livro tão enraizado de modo tão explícito nos anos 1920, observa Matthew Broccoli, ele contém pouquíssimos dados sociológicos e antropológicos). É discursivamente perfeito e inesgotável. Na minha opinião, *O grande Gatsby* é a obra de ficção mais perfeitamente construída da literatura americana.

Quando Nick vai pela primeira vez a uma festa de Gatsby, fica "ressabiado de sua alegria espectroscópica": ele julga muitas coisas "fúteis" e "desajeitadas". Porém, depois de duas taças de champanhe, "a cena se transformara em algo significativo, básico e profundo". Há um quê de autodepreciação nesse exagero consciente (se fosse simples assim...). Críticos como Richard Godden podem até alegar que o champanhe era fraco (o nome do capítulo de Godden é "Glamour rodopiante"), mas isso seria perder algo da inegável magia do romance e sua polivalência irredutível. Pode-se chamar isso de indecisão. Há dias em que o carro é amarelo; em outros, parece ser verde-claro. Às vezes Gatsby fica entalado em nossa garganta, às vezes ele nos cativa o coração. Talvez ele seja como os livros de sua biblioteca: "absolutamente verdadeiro" onde menos se espera, mas completamente ilegível porque suas páginas internas não foram cortadas.

Mas o que vocês queriam?

O que esperavam?

Fevereiro de 1990

O grande Gatsby

Para Zelda, outra vez

Então use o chapéu de ouro, se isso irá impressioná-la;
E se conseguir saltar bem alto, salte para ela também,
Até que ela grite: "Meu amor com chapéu de ouro, meu amor que salta bem alto,
Preciso ter você!".

THOMAS PARKE D'INVILLIERS[1]

I

Em meus anos mais vulneráveis de juventude, meu pai me deu um conselho que jamais esqueci:

— Sempre que tiver vontade de criticar alguém — ele disse —, lembre-se de que ninguém teve as oportunidades que você teve.

Ele não falou mais nada, mas sempre fomos excepcionalmente comunicativos de uma forma contida, e entendi que ele queria dizer muito mais. Como consequência, adquiri o hábito de me abster de todos os julgamentos, um costume que me garantiu o acesso a diversas naturezas curiosas e também me fez vítima de alguns maçantes inveterados. A mente anormal detecta e se apega muito rapidamente a essa qualidade quando ela se manifesta em alguém normal, e por isso ocorreu de, na faculdade, me acusarem injustamente de ser um homem político, só porque eu guardava as angústias secretas de homens extravagantes e desconhecidos. A maioria das confidências era involuntária — quantas vezes fingi estar dormindo, preocupado com outras coisas ou levianamente hostil ao perceber, através de sinais inconfundíveis, que uma revelação íntima se desenhava no horizonte; pois as revelações íntimas dos jovens, ou pelo menos os termos que usam para expressá-las, costumam ser derivativas e deturpadas por supressões evidentes. Abster-se de julgamentos é questão de esperança infinita. Até hoje evito cometer grandes equívocos lembrando, como meu pai orgulhosamente sugeriu e eu orgulhosamente repito, que o senso fundamental de decência é distribuído de forma desigual no nascimento.

E, após gabar-me assim da minha tolerância, devo confessar que ela tem limites. Um comportamento pode ser edificado na pedra ou nos pântanos mais lamacentos, mas a partir de certo ponto eu não me importo mais. Quando retornei do Leste no último outono, desejei que o mundo estivesse uniforme e em estado constante de vigilância moral; não queria mais saber de jornadas desenfreadas atrás de vislumbres privilegiados do coração humano. Apenas Gatsby, o homem que dá nome a este livro, se achava isento dessa minha reação — Gatsby, que representava tudo aquilo que me causava genuíno desprezo. Se a personalidade é uma série contínua de gestos bem-sucedidos, então havia algo de grandioso naquele homem, certa sensibilidade exaltada às promessas da vida, como se ele guardasse alguma relação com aquelas máquinas intrincadas que registram terremotos a quilômetros de distância. Essa receptividade nada tinha a ver com a frouxa vulnerabilidade que muitos qualificam de "temperamento criativo" — era um talento extraordinário para a esperança, uma prontidão romântica tal como nunca encontrei em ninguém e dificilmente tornarei a encontrar. Não — Gatsby saiu-se bem no final; é aquilo que estava à espreita em Gatsby, a espécie de poeira imunda que flutuava na superfície de seus sonhos, que matou temporariamente meu interesse pelas tristezas inúteis e pelas alegrias fugazes dos homens.

Venho de uma família proeminente e próspera, estabelecida no Meio-Oeste há três gerações. Os Carraway são uma espécie de clã que, segundo a tradição, descende dos duques de Buccleuch,[1] mas o verdadeiro fundador da linhagem foi o irmão de meu avô, que veio para cá em 1851, enviou alguém em seu lugar para a Guerra Civil e abriu a loja de ferramentas a que meu pai se dedica até hoje.

Não conheci esse meu tio-avô, mas dizem que pareço com ele — sobretudo com base no retrato um tanto sisudo que está pendurado no escritório de meu pai. Graduei-me em New Haven em 1915,[2] apenas um quarto de século após meu pai, e pouco depois tomei parte naquela tardia migração teutônica conhecida como a Grande Guerra. Gostei tanto dessa incursão que voltei inquieto. Em vez de um centro palpitante do mundo, o Meio-Oeste agora me parecia a esquina rústica do universo — de modo que decidi ir para o Leste aprender o negócio de títulos. Todo mundo que eu conhecia estava no ramo, então presumi que havia lugar para mais um. Meus tios e tias discutiram o assunto como se estivessem escolhendo uma escola preparatória para mim, e por fim disseram: "Por que não?", com expressão séria e hesitante. Meu pai concordou em me bancar por um ano e, após inúmeros adiamentos, me mudei para o Leste — de forma permanente, eu achava — na primavera de 1922.

O mais prático teria sido alugar um quarto em Nova York, mas estávamos numa estação quente e eu havia acabado de deixar um país de campos vastos e árvores acolhedoras, de modo que me pareceu uma boa ideia a sugestão de um jovem no escritório para que alugássemos uma casa numa cidade do entorno. Ele encontrou o imóvel, um bangalô frágil e castigado pelo tempo que custava oitenta dólares por mês, mas na última hora a firma resolveu transferi-lo para Washington e eu fui sozinho para o interior. Eu tinha um cachorro — pelo menos o tive por uns dias até que ele fugiu —, um velho Dodge e uma moça finlandesa que arrumava minha cama, fazia o café e balbuciava consigo mesma sábias palavras em finlandês enquanto cozinhava no fogão elétrico.

Senti-me solitário por um ou dois dias, até que, certa

manhã, um homem que estava ali havia menos tempo que eu me parou na estrada.

— Como faço para chegar ao centro de West Egg? — ele perguntou, desamparado.

Eu lhe dei as indicações. E, conforme ia caminhando, não me senti mais solitário. Eu era um guia, um pioneiro, um autêntico colonizador. Ele havia casualmente me conferido o status de morador da região.

E assim, com o sol e as explosões de folhas brotando nas árvores, à maneira como as coisas crescem num filme acelerado, tive aquela certeza familiar de que a vida se renovava a cada verão.

Em primeiro lugar, havia muito que ler, e muita saúde para extrair daquela atmosfera jovem e revigorante. Comprei uma dúzia de livros sobre títulos bancários, títulos de crédito e de investimento, e eles jaziam vermelhos e dourados em minha estante feito moedas recém-cunhadas, prontos para revelar os segredos resplandecentes que só Midas, Morgan e Mecenas conheciam.* Além disso, eu tinha a nobre intenção de ler muitos outros livros. Na faculdade, demonstrei algum pendor para a literatura — certo ano, escrevi uma série de editoriais muito solenes e óbvios para o *Yale News* — e agora iria resgatar tudo isso e converter-me no mais focado dos especialistas, o "homem completo". Não era apenas um epigrama — afinal, pode-se observar melhor a vida a partir de uma única janela.

Foi por acaso que acabei alugando um imóvel numa das comunidades mais estranhas da América do Norte: justamente naquela estreita e conturbada ilha que se estende a leste de Nova York — onde há, entre outras curiosidades naturais, duas formações topográficas muito incomuns. A

* Midas: rei da mitologia grega que transformava em ouro tudo o que tocava; John Pierpoint Morgan (1837-1913): um dos maiores financistas americanos do século XIX; Caio Cílnio Mecenas: rico patrocinador das artes na Roma Antiga.

trinta quilômetros da metrópole, um par de ovos gigantes, idênticos no contorno e separados apenas por uma singela baía, se projetam sobre a massa de água salgada mais dócil do hemisfério ocidental, esse grande celeiro inundado que é o estreito de Long Island.* Eles não são perfeitamente ovais — como o ovo de Colombo, são achatados na ponta —, mas sua semelhança física deve ser fonte infinita de assombro para as gaivotas que os circundam. Para os que não voam, mais interessante é notar sua dessemelhança em todos os outros aspectos exceto a forma e o tamanho.

Fui morar em West Egg — o menos, digamos, chique dos dois, embora seja uma alcunha superficial para expressar o estranho e um tanto sinistro contraste entre ambos. Minha casa se situava na ponta mais alta do ovo, a apenas cinquenta metros do estreito, espremida entre duas enormes mansões cujo aluguel variava de quinze a vinte mil dólares por temporada. A que ficava à minha direita era um empreendimento colossal em todos os sentidos — uma réplica fiel de um certo Hôtel de Ville na Normandia, com uma torre lateral, excepcionalmente nova sob uma camada rala de hera bruta, uma piscina de mármore e mais de quinze hectares de gramado e jardim. Era a mansão de Gatsby. Ou melhor, como eu

* Long Island é uma ilha ao leste de Manhattan, que se estende por 190 quilômetros do porto de Nova York até Montauk Point. Popularmente, o termo designa apenas os condados de Nassau e Suffolk, já que Queens e Brooklyn são considerados pertencentes à cidade de Nova York. Já o estreito de Long Island (no original, Long Island Sound) é um estuário do Atlântico onde desembocam inúmeros rios. A península de West Egg, onde moram Gatsby e Nick, fica diretamente oposta à de East Egg, onde mora Daisy, ambas separadas pela baía de Manhasset. Os nomes verdadeiros desses locais são respectivamente King's Point (na península de Great Neck) e Sand's Point (Cow Neck), ambos no condado de Nassau.

ainda não conhecia o sr. Gatsby, era uma mansão habitada por um cavalheiro com esse nome. Minha própria casa era de mau gosto, mas nem tanto, e ainda assim ninguém se interessava por ela, de modo que ganhei uma vista panorâmica para a baía, uma vista parcial para o gramado do vizinho e a reconfortante proximidade de milionários — tudo isso por oitenta dólares por mês.

Do outro lado da singela baía, os palacetes brancos da elegante East Egg reluziam na superfície da água, e a história desse verão começa de verdade na noite em que fui jantar na casa dos Buchanan, em East Egg. Daisy era minha prima em segundo grau, e Tom eu havia conhecido na faculdade. Logo após a guerra, passei uns dias com eles em Chicago.

O marido dela, entre tantos outros feitos esportivos, havia sido um dos pontas mais eficientes do futebol americano em New Haven — de certo modo, uma celebridade nacional, um desses homens que atingem uma superioridade tão intensa e absoluta aos vinte e um anos de idade que tudo o que vem depois tem um gosto amargo de anticlímax. Sua família era extremamente rica — mesmo na época da faculdade, sua prodigalidade com o dinheiro era motivo de reprovação —, mas agora ele deixara Chicago e se mudara para o Leste em grande estilo: mandara, por exemplo, trazer de Lake Forest* um time inteiro de cavalos

* Lake Forest é um bairro chique do subúrbio de Chicago. Lá morou Ginevra King, o primeiro amor de Fitzgerald e a principal inspiração para Daisy Buchanan. O romance durou dois anos, mas, provavelmente devido às diferenças sociais, ela acabou se casando com o herdeiro de uma família rica da região. Ginevra pertencia a um grupo de debutantes da cena social de Chicago conhecido como “The Big Four”, que compreendia as quatro jovens mais atraentes e desejáveis da cidade — entre suas companheiras estava a golfista Edith Cummings, inspiração para a personagem de Jordan Baker.

de polo. Era difícil entender como um homem da minha geração podia ser tão rico a ponto de fazer algo assim.

Não sei por que eles decidiram se mudar para o Leste. Haviam passado um ano na França sem nenhuma razão especial, e depois perambularam de lá para cá, inquietos, por onde houvesse gente milionária que jogava polo. Dessa vez a mudança era definitiva, disse Daisy ao telefone, mas eu duvidei — não conhecia minha prima tão bem, mas sentia que Tom vagaria numa eterna busca, um tanto nostálgica, pela turbulência dramática de algum jogo de futebol perdido no tempo.

E assim, numa noite quente de ventania, fui a East Egg para visitar dois velhos amigos que eu mal conhecia. A casa deles era mais rebuscada do que eu imaginava: uma alegre mansão colonial georgiana, toda branca e vermelha, com vista para a baía. O gramado se iniciava na praia e seguia por uns quatrocentos metros até a porta de entrada, passando sobre relógios de sol, calçadas de tijolos e jardins flamejantes — quando enfim alcançava a casa, dispersava-se nas laterais sob a forma de vistosas videiras, como se atingisse o ápice de sua jornada. A fachada era cortada por uma fileira de portas-balcão, que àquela hora resplandeciam com os reflexos dourados do sol e se abriam ao ar quente daquela tarde de ventania, e Tom Buchanan estava parado no pórtico de entrada, em roupas de montaria, com as pernas afastadas.

Ele mudara muito desde a época de New Haven. Agora era um homem robusto de trinta anos, com os cabelos cor de palha, a boca tensa e o porte altivo. Dois olhos brilhantes e arrogantes se destacavam de seu rosto e lhe davam a impressão de estar sempre avançando de forma agressiva. Nem mesmo a ostentação efeminada de suas roupas de montaria escondiam a força imensa daquele corpo — ele parecia preencher suas botas lustrosas até o ponto de forçarem o laço do cadarço, e dava para distinguir, através do casaco leve, um bom feixe de músculos se deslocando quando ele movia o ombro. Era um corpo dotado de poder assustador — um corpo cruel.

Sua voz, um áspero e rouco tenor, acentuava o ar de displicência que Tom transmitia. Havia nela um toque de condescendência paternal, inclusive quando ele se dirigia a pessoas de seu afeto — e havia gente em New Haven que o odiava com todas as forças.

"Veja, não pense que a minha opinião sobre esse assunto é definitiva", ele parecia dizer, "só porque sou mais forte e másculo do que você." Fizemos parte da mesma fraternidade universitária[3] e, mesmo que nunca tivéssemos sido íntimos, sempre tive a impressão de que ele nutria uma boa opinião sobre mim e que, com esse seu jeito ávido, implacável e desafiador, desejava obter a minha afeição.

Conversamos por alguns minutos no pórtico banhado de sol.

— Mas que bela casa eu fui arrumar — ele exclamou, os olhos inquietos.

Puxando-me pelo braço, ele me virou e apontou a paisagem com sua mão enorme, incluindo no enquadramento um jardim italiano encravado, dois metros quadrados de rosas perfumadas e um barco a motor de nariz pontudo que balançava entre as ondas.

— Era de Demaine, o cara do petróleo. — Ele me girou de volta, educada e abruptamente. — Vamos para dentro.

Caminhamos por um corredor de pé-direito alto até uma sala clara e rosada, ligada fragilmente à casa por duas portas-balcão, uma de cada lado. As janelas estavam entreabertas e lançavam um brilho prateado sobre a grama fresca do jardim, que parecia crescer um pouco para dentro da casa. A brisa que entrava na sala agitava as cortinas de lá para cá, feito bandeiras pálidas, revirando-as em direção ao teto fosco e com textura de chantili, e então as soltando sobre o tapete vinho, onde imprimiam uma sombra como a do vento sobre a superfície do mar.

O único objeto completamente imóvel na sala era um enorme sofá no qual duas moças pairavam, feito passageiras num balão ancorado. Ambas estavam de branco e seus vestidos ondulavam e farfalhavam, como se elas tivessem acabado de aterrissar após um breve voo pela casa. Fiquei parado por uns instantes, ouvindo o açoitar e estalar das cortinas e o rangido de um quadro na parede. Então houve um estrondo quando Tom Buchanan fechou as janelas de trás e a corrente de vento se dispersou pela sala, e as cortinas, os tapetes e as duas moças baixaram lentamente de volta ao chão.

Eu não conhecia a mais nova. Ela estava esparramada numa ponta do sofá, completamente imóvel e com o queixo um pouco erguido, como se equilibrasse alguma coisa prestes a cair. Se me viu com o canto dos olhos, não deu sinal disso — com efeito, quase me peguei balbuciando um pedido de desculpas por tê-la perturbado com a minha chegada.

A outra moça, Daisy, fez menção de se levantar — ela reclinou-se de leve com uma expressão cuidadosa — e então deu risada, uma risadinha charmosa, e eu ri também e cruzei a sala.

— Estou p-paralisada de alegria.

Ela riu de novo, como se tivesse dito algo espirituoso, e tomou a minha mão por um instante, olhando-me nos olhos e garantindo que não havia outra pessoa no mundo que ela preferisse encontrar. Era um jeito dela. Daisy me soprou, aos sussurros, que o sobrenome da garota equilibrista era Baker. (Ouvi dizer que os sussurros de Daisy serviam para fazer os homens se aproximarem mais; uma crítica irrelevante que não reduz o charme do gesto.)

Em todo caso, os lábios da srta. Baker hesitaram e ela me dirigiu um aceno quase imperceptível com a cabeça, mas logo tornou a incliná-la — o objeto que equilibrava havia obviamente cambaleado, causando-lhe um sobressalto. De novo, um pedido de desculpas surgiu em meus lábios. Quase todas as demonstrações de autossuficiência suscitavam em mim uma genuína admiração.

Tornei a olhar para a minha prima, que passou a me fazer perguntas em voz baixa e emocionada. Era o tipo de voz que os ouvidos acompanham minuciosamente, como se cada frase fosse um arranjo de notas que nunca mais seria repetido. Seu rosto era triste e amável com alguns pontos brilhantes, os olhos vivos e uma boca apaixonada, mas havia um arrebatamento em sua voz que seus pretendentes jamais esqueciam: uma compulsão melódica, um "ouça" sussurrado, e a garantia de haver feito coisas divertidas e empolgantes até um minuto antes, e de que haveria coisas divertidas e empolgantes se anunciando na próxima hora.

Contei que havia passado por Chicago no meu caminho para o Leste, e que uma porção de gente lhe mandara lembranças.

— Eles sentem a minha falta? — ela indagou, extasiada.

— A cidade inteira está desolada. Como sinal de luto, todos pintaram as rodas dos automóveis de preto, e há um gemido constante que dura a noite inteira na margem norte.

— Que beleza! Vamos voltar, Tom. Amanhã! — Então ela acrescentou com displicência: — Você precisa ver a minha filha.

— Eu gostaria muito.

— Ela está dormindo. Tem três anos. Você já chegou a vê-la?

— Nunca.

— Bem, você precisa vê-la. Ela...

Tom Buchanan, que até então perambulava impacientemente pela sala, parou e pôs a mão no meu ombro.

— Como estão as coisas, Nick?

— Virei corretor de ações.

— Trabalha para quem?

Eu lhe disse.

— Nunca ouvi falar — ele comentou, decidido.

Aquilo me irritou.

— Pois vai ouvir — respondi sucintamente. — Irá, se ficar aqui no Leste.

— Ah, vou ficar por aqui, não se preocupe — ele disse, olhando para Daisy e então de volta para mim, como se estivesse preocupado com algo mais. — Eu seria um imbecil se quisesse ir para outro lugar.

Naquele momento, a srta. Baker exclamou "Absolutamente!" de um jeito tão abrupto que tive um sobressalto — era a primeira palavra que ela dizia desde a minha chegada. Aquilo obviamente a surpreendeu tanto quanto a mim, pois ela bocejou e, numa série de movimentos ligeiros e hábeis, ergueu-se do sofá.

— Estou quebrada — ela reclamou —, passei tanto tempo deitada neste sofá que nem me lembro mais.

— Não olhe para mim — replicou Daisy —, passei a tarde toda tentando convencê-la a ir até Nova York.

— Não, obrigada — disse a srta. Baker aos coquetéis que acabavam de chegar da copa. — Estou em treinamento absoluto.

O anfitrião olhou para ela de um jeito incrédulo.

— Está mesmo! — Ele tomou sua bebida como se sorvesse uma gota no fundo do copo. — Não entendo como é que você consegue ganhar qualquer coisa.

Olhei para a srta. Baker, tentando adivinhar o que ela "conseguia ganhar". Eu gostava de observá-la. Era uma garota esguia e de seios pequenos, com um porte ereto, que ela acentuava lançando o corpo e os ombros para trás como um jovem cadete do Exército. Seus olhos acinzentados, semicerrados pela claridade, me olharam de volta com uma educada curiosidade recíproca, revelando um rosto cansado, charmoso e amargurado. Naquele momento, ocorreu-me que já tinha visto aquela moça em algum lugar, ou uma foto dela.

— Você mora em West Egg — ela observou com desdém. — Conheço um sujeito de lá.

— Eu não conheço absolutamente ning...

— Deve conhecer Gatsby.

— Gatsby? — perguntou Daisy. — Que Gatsby?

Antes que eu pudesse informar que Gatsby era meu vizinho, o jantar foi anunciado; tomando autoritariamente meu braço, Tom Buchanan me impeliu através da sala como se movesse uma peça de xadrez pelo tabuleiro.

De forma delicada e lânguida, as mãos pousadas com leveza na cintura, as duas moças nos conduziram até um pórtico rosado, de frente para o pôr do sol, onde quatro velas tremeluziam na mesa, ao sabor de um vento mais brando.

— Por que *velas*? — objetou Daisy, franzindo a testa. Ela abafou as chamas com os dedos. — Daqui a duas semanas será o dia mais longo do ano. — Ela olhou para nós de forma radiante. — Vocês também costumam esperar o dia mais longo do ano e, quando ele chega, acabam esquecendo? Eu costumo esperar o dia mais longo do ano e, quando ele chega, acabo esquecendo.

— Temos que planejar alguma coisa — bocejou a srta. Baker, sentando-se à mesa como se estivesse indo dormir.

— Certo — disse Daisy. — O que podemos planejar? — Ela se virou para mim, desamparada: — O que as pessoas costumam planejar?

Antes que eu tivesse chance de responder, os olhos de Daisy se estreitaram, com assombro, em direção ao seu dedo mindinho.

— Olhem! — ela lamentou. — Está machucado.

Todos nós olhamos — a articulação estava preta e azulada.

— É culpa sua, Tom — ela disse, acusatória. — Sei que não foi de propósito, mas é culpa *sua*. É o que eu ganho ao me casar com um grosseirão, com um belo espécime de brutamontes que...

— Odeio a palavra "brutamontes" — objetou Tom, irritado —, mesmo de brincadeira.

— Brutamontes — insistiu Daisy.

Às vezes ela e a srta. Baker falavam ao mesmo tempo, discretamente e com uma displicência tão divertida que jamais chegava a redundar em tagarelice, mas era tão blasées quanto seus vestidos brancos e a impessoalidade de seus olhos, desprovidos de qualquer desejo. Elas estavam lá e aceitavam a mim e a Tom, fazendo um pequeno esforço educado para entreter ou ser entretidas. Sabiam que o jantar logo acabaria e que, mais tarde, a noite também acabaria e seria naturalmente descartada. Era o contrário do que ocorria no Oeste, onde a noite era apressada em todas as suas fases, rumo ao final, numa contínua e decepcionante expectativa ou num pavor absoluto do momento em si.

— Você me faz sentir pré-histórico, Daisy — confessei, na minha segunda taça de um vinho com certo gosto de cortiça, mas um tanto impressionante. — Você não pode falar de colheitas ou algo assim?

Não quis dizer nada de específico com esse comentário, que, entretanto, foi acolhido de forma inesperada.

— A civilização está desabando — irrompeu Tom brutalmente. — Ando muito pessimista com as coisas. Você já leu *A ascensão dos impérios de cor*, de um tal de Goddard?[4]

— Não, por quê? — respondi, um tanto surpreso com seu tom de voz.

— Bem, é um ótimo livro e todos deveriam lê-lo. A ideia é que, se não tomarmos cuidado, a raça branca será... bem, completamente aniquilada. É tudo científico e provado.

— Tom está ficando profundo — disse Daisy, com uma expressão irrefletidamente triste. — Ele lê livros difíceis com palavras longas. Qual era mesmo aquela palavra que...

— Bem, esses livros são todos científicos — insistiu Tom, lançando-lhe um olhar impaciente. — Esse cara acertou na mosca. Nós, que somos a raça dominante, não podemos nos descuidar, senão as outras raças tomarão o controle.

— Temos que acabar com eles — murmurou Daisy, piscando ostensivamente para o sol tórrido.

— Você devia ir morar na Califórnia — começou a srta. Baker, mas Tom a interrompeu, revolvendo-se pesadamente na cadeira.

— A ideia é que nós somos nórdicos. Eu, você, ela e... — após uma pequena hesitação, incluiu Daisy com um aceno, e ela tornou a piscar para mim. — Nós produzimos todas as coisas necessárias para a civilização: arte, ciência e tudo o mais. Entendeu?

Havia algo de patético na seriedade de Tom, como se sua presunção, hoje mais intensa do que antes, já não lhe bastasse. Quase imediatamente, o telefone tocou lá dentro e o mordomo foi atender, de modo que Daisy aproveitou a interrupção momentânea e debruçou-se em minha direção.

— Vou te contar um segredo da família — ela sussurrou, entusiasmada. — É sobre o nariz do mordomo. Você quer saber sobre o nariz do mordomo?

— É por isso que vim até aqui hoje.

— Bem, ele não foi mordomo a vida inteira; trabalhava como polidor de prataria para uma família de Nova York, que tinha um jogo de louças para duzentos convidados. Ele lustrava a louça de manhã à noite, até que por fim o cheiro começou a prejudicar seu nariz...

— As coisas foram de mal a pior — lembrou a srta. Baker.

— Isso. As coisas foram de mal a pior, até que, no final, ele teve que deixar o trabalho.

Por um momento, o último raio de sol caiu afetuosamente sobre seu rosto radiante; a voz de Daisy me forçava a inclinar o corpo para a frente, ofegante — então o brilho foi se desvanecendo e cada raio se retirou de seu rosto com reticente pesar, feito crianças deixando uma rua alegre ao anoitecer.

O mordomo veio e sussurrou algo ao ouvido de Tom, ao que ele franziu a testa, afastou a cadeira e, sem uma palavra, foi para dentro. Aparentemente encorajada pela ausência do marido, Daisy tornou a debruçar-se, a voz melodiosa e inflamada.

— Adoro ter você à minha mesa, Nick. Você me lembra um... me lembra uma rosa, uma rosa absoluta. Não é? — Ela se voltou para a srta. Baker, em busca de confirmação: — Uma rosa absoluta, não é?

Aquilo não era verdade. Eu não pareço nem remotamente uma rosa. Ela estava apenas improvisando, mas havia um calor comovente em sua voz, como se seu coração estivesse tentando mostrar-se por trás daquelas palavras emotivas e ofegantes. Então ela jogou o guardanapo na mesa, pediu licença e foi para dentro.

A srta. Baker e eu trocamos um breve olhar conscientemente desprovido de significado. Eu estava prestes a fazer um comentário quando ela se aprumou, alerta, e disse "psiu!" numa voz alarmada. Ouvimos um murmúrio abafado e inflamado vindo de dentro, e a srta. Baker inclinou-se sem o menor pudor para escutar melhor. O sussurro por vezes se elevava à beira da compreensão, afundava, tornava a subir com entusiasmo e então morria de todo.

— Esse senhor Gatsby de quem você falou é meu vizinho — arrisquei.

— Não fale. Estou tentando saber o que está acontecendo.

— Tem alguma coisa acontecendo? — perguntei, ingênuo.

— Então você não sabe? — disse a srta. Baker, verdadeiramente surpresa. — Achei que todo mundo soubesse.

— Não, eu não sei.

— Ora — ela disse, hesitante. — Tom arrumou uma namorada em Nova York.

— Uma namorada? — eu repeti, impassível.

A srta. Baker assentiu.

— Ela podia ao menos ter a decência de não telefonar na hora do jantar. Não acha?

Sem que eu houvesse atinado com a situação, ouvi o farfalhar de um vestido e o rangido de botas de couro, e Tom e Daisy estavam de volta à mesa.

— Não pude evitar! — exclamou Daisy, com uma alegria nervosa.

Ela sentou, procurou a srta. Baker com o olhar e então se virou para mim e prosseguiu:

— Dei uma olhada lá fora e tudo estava bastante romântico. Havia um pássaro no gramado que me parecia ser uma espécie de rouxinol trazida pelo *Cunard* ou pela *White Star Line.** Ele estava cantando. — Ela cantarolou: — É muito romântico, não é, Tom?

— Muito — ele disse, e então olhou miseravelmente para mim. — Se o dia ainda estiver claro após o jantar, gostaria de levá-lo até o estábulo.

O telefone tocou lá dentro, espasmódico, e quando Daisy balançou a cabeça incisivamente em direção ao marido, então o assunto do estábulo, na verdade todos os outros assuntos, desvaneceu no ar. Entre os fragmentos esparsos dos últimos cinco minutos à mesa, lembro-me de terem acendido de novo as velas, sem motivo, e da sensação de querer olhar diretamente para todo mundo, e ainda assim evitar todos os olhares. Não podia imaginar o que se passava na cabeça de Tom e Daisy, mas creio que nem mesmo a srta. Baker, que parecia haver dominado e desenvolvido um firme ceticismo, era capaz de ignorar a urgência metálica e estridente daquele

* *Cunard* e *White Star Line* eram navios transatlânticos da época.

quinto convidado. Para pessoas de certo temperamento, a situação podia ser intrigante — quanto a mim, a vontade que eu tinha era de chamar a polícia.

Os cavalos, inútil dizer, não foram mais mencionados. Com alguns metros de crepúsculo entre si, Tom e a srta. Baker vagaram de volta à biblioteca, como se rumassem ao velório de um cadáver perfeitamente tangível, enquanto eu, tentando parecer agradável e um pouco surdo, segui Daisy através de uma série de alpendres interconectados que levavam ao pórtico da frente. Em meio a uma densa penumbra, sentamos lado a lado num pequeno canapé de vime.

Daisy levou as mãos ao rosto como se estivesse tateando seu formato gracioso, e aos poucos seu olhar se perdeu no pôr do sol aveludado. Ao perceber que ela estava sendo tomada por um turbilhão de emoções, fiz o que julguei serem perguntas amenas sobre sua filha.

— Não nos conhecemos muito bem, Nick — ela admitiu de repente. — Mesmo sendo primos. Você não foi ao meu casamento.

— Eu ainda não tinha voltado da guerra.

— É mesmo. — Ela hesitou. — Bem, Nick, eu passei por um período difícil e fiquei bastante descrente a respeito de tudo.

É claro que Daisy tinha razão para tanto. Esperei, mas ela não disse mais nada, e depois de um instante retornei debilmente ao assunto da filha.

— Suponho que ela fala, come e tudo o mais.

— Ah, sim. — Ela me lançou um olhar distante. — Ouça, Nick, deixe-me contar o que eu falei no dia em que ela nasceu. Quer ouvir?

— Muito.

— Você verá como acabei me sentindo em relação às coisas. Bem, não fazia nem uma hora que ela tinha nascido e Tom estava sabe Deus onde. Acordei do éter com um sentimento de completo abandono e perguntei à enfermeira se era menino ou menina. Ela me disse que era menina, e então eu virei a cabeça e chorei. Certo — eu disse — que bom que é uma menina. Espero que ela seja uma grande tonta: é o melhor que uma garota pode ser neste mundo, uma belíssima tonta.

— Veja só como eu tenho uma visão horrível das coisas — ela prosseguiu, decidida. — Todo mundo sente isso, pelo menos os mais liberais. E eu *sei*. Já estive por toda parte, já vi e fiz de tudo. Seus olhos brilharam de forma desafiadora, lembrando um pouco os de Tom, e ela riu com um notável desprezo. — Sofisticada. Deus, como eu sou sofisticada!

No instante em que sua voz se deteve, deixando de atrair minha atenção e minha confiança, entendi a absoluta falta de sinceridade daquilo que ela acabara de dizer. Aquilo me perturbou, como se toda aquela noite tivesse sido uma espécie de truque para extrair uma emoção específica de mim. Esperei e, como previsto, ela me olhou com um sorriso verdadeiramente afetado em seu rosto amável, como se admitisse sua afiliação a uma espécie de irmandade secreta muito distinta, à qual ela e Tom pertenciam.

Lá dentro, a sala vermelha parecia explodir de luz. Tom e a srta. Baker estavam sentados um em cada ponta do enorme sofá e ela lia em voz alta o *Saturday Evening Post* — as palavras, sussurrantes e monocórdias, corriam feito uma canção de ninar. A luz do lampião, intensa sobre as botas de Tom e difusa no loiro desbotado dos cabelos da srta. Baker, tremeluzia sobre o jornal, enquanto ela virava as páginas com um meneio discreto do braço.

Antes que entrássemos, ela nos deteve por um segundo com a mão erguida.

— Continua — ela disse, jogando a revista em cima da mesa — em nossa próxima edição.

Esticando o joelho com impaciência, ela firmou o corpo e se pôs de pé.

— Dez horas — observou, aparentemente vendo as horas no teto. — Hora em que as meninas comportadas vão para a cama.

— Jordan tem uma partida do campeonato amanhã — explicou Daisy —, lá em Westchester.[5]

— Ah! Você é *Jor*dan Baker.[6]

Foi quando descobri por que seu rosto me era familiar — aquela expressão altiva e encantadora já tinha me encarado a partir de inúmeras rotogravuras da vida esportiva em Asheville, Hot Springs e Palm Beach.[7] Também me lembrava de ter ouvido alguma fofoca sobre ela, um boato grave e desagradável, mas esqueci absolutamente o que era.

— Boa noite — ela disse com doçura. — Me acorde às oito, por favor?

— Só se você se levantar.

— Vou, sim. Boa noite, senhor Carraway. Espero vê-lo em breve.

— É claro que vai — garantiu Daisy. — Na verdade, acho que vou arranjar um casamento. Venha mais vezes, Nick, e eu poderei, quem sabe, fisgá-los direitinho. Sabe como é, trancá-los sem querer no armário dos lençóis, empurrá-los num bote rumo ao alto-mar, esse tipo de coisa...

— Boa noite — gritou a srta. Baker das escadas. — Não ouvi nada do que você disse.

— É uma boa garota — disse Tom, após um instante. — Não deviam tê-la deixado correr o país desse jeito.

— Quem não devia? — perguntou Daisy com frieza.

— A família dela.

— A família dela é uma tia de uns cem anos de idade. Além disso, Nick vai cuidar dela, não é? Jordan vai passar vários fins de semana conosco neste verão. Acho que a atmosfera doméstica lhe fará bem.

Por um momento, Daisy e Tom se entreolharam em silêncio.

— Ela é de Nova York? — perguntei sem demora.

— De Louisville. Foi onde passamos a infância. Nossa bela e inocente infân...

— Quer dizer que você teve uma conversa franca com Nick lá no alpendre? — indagou Tom de repente.

— Tive? — Ela olhou para mim. — Não lembro bem, mas acho que conversamos sobre a raça nórdica. É isso, tenho certeza. O tema surgiu na conversa e de repente estávamos...

— Não acredite em tudo o que ouve, Nick — ele me aconselhou.

Respondi despreocupadamente que não havia escutado nada, e minutos depois me levantei para ir embora. Eles me acompanharam até a porta e ficaram de pé, lado a lado, num vívido quadrado de luz. Quando dei partida no motor, Daisy gritou, categórica: "Espere!".

— Esquecemos de lhe perguntar uma coisa, e é importante. Ouvimos dizer que você ficou noivo de uma garota lá no Oeste.

— É, foi o que ouvimos — corroborou Tom gentilmente. — Ouvimos dizer que você ficou noivo.

— É mentira. Sou pobre demais.

— Mas nós ouvimos! — insistiu Daisy, surpreendendo-me mais uma vez com sua espontaneidade. — Ouvimos de três pessoas, então só pode ser verdade.

É claro que eu sabia a que eles se referiam, mas a verdade é que não fiquei nem de longe noivo. Uma das razões pelas quais me mudei para o Leste foi justamente o fato de haverem convertido um boato em proclamas de casamento. É absurdo ter que abrir mão de uma amizade feminina só por causa de rumores, e por outro lado eu não tinha a menor intenção de ceder a eles e me casar.

O interesse de Tom e Daisy me enterneceu e fez com que ambos me parecessem menos remotamente ricos — ainda assim, eu estava confuso e um tanto indignado ao partir. Na minha opinião, Daisy devia fugir daquela casa com a filha nos braços — mas, pelo visto, ela não tinha a menor intenção de fazê-lo. Quanto a Tom, o fato de ele ter "arrumado uma namorada em Nova York" era menos surpreendente do que ele ter se deixado abalar por um livro. Por algum motivo, Tom andava flertando com ideias rançosas, como se a vaidade física já não alimentasse seu coração despótico.

Já era verão no telhado das estalagens e nas oficinas de beira de estrada, onde novas e vermelhas bombas de gasolina se erguiam sob poças de luz, e, quando cheguei à minha casa em West Egg, parei o carro debaixo do galpão e passei um tempo sentado num cortador de rolo esquecido na grama. O vento havia arrefecido, deixando para trás uma noite clara e vistosa, com asas de pássaros batendo nas árvores e um persistente som de órgão tocando enquanto o fole da terra inflava vida nos sapos. A silhueta de um gato em movimento cortou o luar e, ao virar-me para vê-lo, percebi que não estava sozinho — a uns quinze metros dali, uma figura emergiu da sombra da mansão vizinha e ficou de pé com as mãos nos bolsos, observando a poeira prateada das estrelas. Algo em seus movimentos calculados e na postura firme de seus pés sobre a grama me revelou que era o sr. Gatsby em pessoa, tentando determinar que porção do nosso céu local lhe pertencia.

Decidi chamá-lo. A srta. Baker havia falado a seu respeito no jantar, e isso bastaria como introdução. Mas não o fiz, pois de súbito me pareceu que estava feliz sozinho — estendeu os braços em direção à água de um jeito curioso e, mesmo à distância, eu podia jurar que estava tremendo. Sem perceber, olhei na direção do mar — e não vi nada além de uma luz verde solitária, minúscula e longínqua, que decerto marcava a extremidade de um cais. Quando procurei Gatsby de novo, ele já havia desaparecido e eu estava de novo sozinho na escuridão turbulenta.

2

A meio caminho entre West Egg e Nova York, a rodovia encontra abruptamente a estrada de ferro e corre a seu lado por uns quatrocentos metros, como se tentasse desviar de uma certa área desolada. É um vale de cinzas — um sítio surreal onde as cinzas crescem como trigo em sulcos, colinas e jardins grotescos; onde as cinzas tomam a forma de casas, chaminés e fumaça e, por fim, num esforço transcendental, assumem a forma de homens cinzentos que se movem debilmente e se desmancham no ar poeirento. Vez por outra, uma fileira de carros sujos vinha rastejando pela pista invisível, soltava um rangido horripilante e freava, e logo pululavam inúmeros homens cinzentos com suas pás de chumbo, suscitando uma nuvem impenetrável que ocultava seus obscuros afazeres de nossa visão.

Contudo, para além da terra cinzenta e dos espasmos de poeira árida pairando eternamente sobre ela, é possível notar, após um momento, os olhos do dr. T. J. Eckleburg.* Os olhos do dr. T. J. Eckleburg são enormes e azuis — suas retinas têm um metro de altura. Não

* "Os olhos do dr. J. T. Eckleburg" é o outdoor de um oculista na entrada do vale das cinzas. Os olhos do anúncio são azuis e gigantes, um pouco desbotados pelos incontáveis dias de sol e chuva e pela decrepitude poeirenta do local.

olham a partir de um rosto, mas, ao contrário, de um par de gigantescos óculos amarelos sustentados por um nariz invisível. Era óbvio que algum oculista fanfarrão os colocara ali para engordar as contas de seu consultório no Queens, e então mergulhou ele mesmo numa cegueira vitalícia, ou esqueceu os óculos e se mudou. Mas esses olhos, embotados por incontáveis dias de sol e chuva, ponderavam sabiamente sobre aquele solene terreno de desmanche.

O vale das cinzas[1] é ladeado por um riacho sujo com uma ponte levadiça que, ao ser erguida para a passagem dos barcos, obriga os passageiros dos trens parados a encarar aquela paisagem deplorável em interrupções de até meia hora. Há sempre uma parada mínima de um minuto no local, e foi por causa disso que vi pela primeira vez a amante de Tom Buchanan.

O fato de ele ter uma amante era apregoado por toda parte. Os amigos censuravam seu hábito de levá-la aos cafés e, largando-a na mesa, perambular pelo salão para conversar com quem lhe aprouvesse. Embora eu estivesse curioso para vê-la, não tinha nenhuma vontade de conhecê-la — mas a conheci. Numa tarde de domingo, estava indo de trem a Nova York na companhia de Tom e, quando paramos junto ao vale das cinzas, ele deu um salto, pegou-me pelo cotovelo e literalmente me empurrou para fora do vagão.

— Vamos descer — ele insistiu. — Quero que você conheça a minha namorada.

Notei que ele bebera demais no almoço e que sua determinação em me levar beirava a violência. Ele supunha, de forma presunçosa, que eu não tinha nada melhor para fazer num domingo à tarde.

Segui Tom por baixo da cerca caiada que demarcava a ferrovia e voltamos uns cem metros pela estrada, sob o olhar persistente do dr. Eckleburg. As únicas construções à vista eram um bloco de prédios de tijolos amarelos à beira da terra devastada, com ares de rua principal compacta, contíguos a absolutamente nada. Um dos três estabelecimentos do bloco estava disponível para aluguel e o outro era uma lanchonete vinte e quatro horas, vizinha de uma trilha de cinzas; o terceiro era uma oficina mecânica — *Consertos.* GEORGE B. WILSON. *Compra e venda de automóveis* — onde acabamos entrando.

O interior da oficina era miserável e deserto; o único carro visível era a carcaça poeirenta de um Ford encolhida num canto escuro. Ocorreu-me então que aquela sombra de oficina só podia ser uma fachada e que havia quartos românticos e suntuosos escondidos no andar de cima — até que o proprietário em pessoa surgiu à porta do escritório, limpando as mãos em um trapo. Era um homem loiro, desanimado, anêmico e de alguma beleza. Quando nos viu, um tênue lampejo de esperança surgiu em seus olhos claros.

— Olá, velho Wilson — disse Tom, dando-lhe um tapinha jovial. — Como vão os negócios?

— Não tenho do que reclamar — respondeu Wilson, sem a menor convicção. — Quando é que você vai me vender aquele carro?

— Na semana que vem; já mandei meu empregado mexer nele.

— O homem trabalha devagar, não?

— De modo algum — disse Tom, indiferente. — E se você acha isso, talvez seja melhor vender para outra pessoa.

— Não foi isso o que eu quis dizer — explicou Wilson prontamente. — Eu só quis...

Sua voz foi sumindo e Tom perscrutou a oficina com impaciência. Então ouvi um barulho de passos descendo a escada, e de súbito uma corpulenta figura feminina bloqueou a luz que vinha do interior do escritório. Tinha uns trinta anos e era ligeiramente robusta, mas sabia conduzir-se de um jeito sensual que é exclusivo de certas mulheres. Usava um vestido estampado azul-marinho de crepe e seu rosto não carregava nenhum indício de beleza, mas havia nela uma vitalidade logo perceptível, como se os nervos de seu corpo estivessem ardendo o tempo todo. Ela sorriu devagar e, ignorando o marido como se fosse um fantasma, cumprimentou Tom e o encarou direto nos olhos. Então molhou os lábios e, sem desviar os olhos, pediu a Wilson com a voz calma e áspera:

— Que acha de ir pegar umas cadeiras? Alguém pode querer sentar.

— Ah, claro — concordou Wilson de pronto, indo até o minúsculo escritório, onde se misturou imediatamente à cor de cimento das paredes. Uma poeira esbranquiçada cobria seu paletó escuro, os cabelos pálidos e tudo o mais que havia nas redondezas — exceto sua esposa, que se aproximou de Tom.

— Quero te ver — disse Tom, sério. — Pegue o próximo trem.

— Certo.

— A gente se encontra na banca de jornais do térreo.

Ela assentiu com a cabeça e afastou-se na hora exata em que George Wilson saía do escritório com duas cadeiras.

Ficamos aguardando na estrada, longe da vista de todos. Faltavam poucos dias para o Quatro de Julho e um moleque italiano, magro e tristonho, enfileirava rojões ao longo da ferrovia.

— Lugarzinho terrível, não? — disse Tom, trocando um olhar carrancudo com o dr. Eckleburg.

— Péssimo.

— É bom pra ela sair um pouco.

— E o marido não se opõe?

— Wilson? Ele acha que ela está indo visitar a irmã em Nova York. É tão burro que não sabe se está vivo.

Foi assim que Tom Buchanan, sua amante e eu fomos juntos a Nova York — ou não exatamente juntos, pois a sra. Wilson sentou-se com discrição em outro vagão.

Tom concedia tal gentileza à sensibilidade dos moradores de East Egg que porventura estivessem a bordo.

Ela havia trocado o vestido por um outro estampado de musselina marrom que aderia totalmente aos seus quadris largos enquanto Tom a ajudava a descer, já em Nova York. Na banca de jornais, ela comprou uma edição da *Town Tattle*[2] e uma revista de cinema, e na lojinha da estação apanhou um creme para pele e um frasco pequeno de perfume. Lá em cima, no reverberante e solene ponto de táxi, ela deixou quatro carros passarem até escolher um deles, de cor alfazema e estofamento cinza, dentro do qual saímos da estação lotada e seguimos em direção ao sol forte. Mas logo ela se virou de costas para a janela e, debruçando-se, bateu no vidro da frente.

— Ei, quero comprar um cachorrinho — afirmou, muito séria. — Preciso ter um desses no apartamento. É legal ter um cachorro.

Fomos de marcha a ré até um velho grisalho absurdamente parecido com John D. Rockefeller, que trazia no pescoço uma cesta com uma dúzia de filhotes recém-nascidos de raça indeterminada, todos encolhidos.

— São de que raça? — perguntou a sra. Wilson com avidez, conforme ele se aproximava da janela do táxi.

— Tem de tudo. De que raça você quer, dona?

— Eu queria um desses cães policiais; acho que você não tem desse tipo, né?

Relutante, o homem deu uma olhada na cesta, enfiou a mão lá dentro e apanhou pelo pescoço um dos filhotes, que se retorcia.

— Isso não é nenhum cão policial — disse Tom.

— Não, não é bem um cão policial — admitiu o homem, com um tom decepcionado na voz. — É mais um Airedale Terrier. — Ele afagou as costas do animal, que pareciam um carpete marrom. — Olha só esse pelo. Que coisa incrível. Taí um cachorro que nunca vai incomodá-la pegando uma gripe.

— Achei uma graça — disse a sra. Wilson, empolgada. — Quanto custa?

— Este cachorro? — Ele examinou o animal. — Este cachorro custa dez dólares.

O Airedale Terrier — sem dúvida havia um quê de Airedale em algum lugar, embora suas patas estivessem começando a embranquecer — mudou de mãos e aninhou-se no colo da sra. Wilson, onde recebeu extasiados afagos em seu pelo impermeável.

— É macho ou fêmea? — ela perguntou com delicadeza.

— Esse cachorro? É macho.

— É uma cadela — afirmou Tom, decidido. — Aqui está o seu dinheiro. Vá e compre mais uns dez cachorros com ele.

Avançamos em direção à Quinta Avenida, que naquela tarde de domingo estava quente e agradável, quase pastoral. Tanto que eu não ficaria surpreso se visse um bom rebanho de ovelhas brancas virando a esquina.

— Espere — eu disse. — Vou deixá-los por aqui.

— Não vai, não — exigiu Tom prontamente. — Myrtle vai ficar ofendida se você não subir ao apartamento conosco. Não é, Myrtle?

— Vamos lá — ela insistiu. — Vou ligar para a minha irmã Catherine. Ela é considerada muito bonita por gente que entende do assunto.

— Bem, eu gostaria, mas...

Então seguimos em frente, cortando caminho pelo parque em direção às West Hundreds. Na rua 158, o táxi parou diante de um vasto conjunto de prédios de apartamentos. Lançando às redondezas um magnífico olhar de familiaridade, a sra. Wilson pegou seu cachorro e os outros pertences, e entrou altivamente no prédio.

— Vou chamar os McKee — ela anunciou, conforme subíamos pelo elevador. — E, claro, também tenho que ligar para a minha irmã.

O apartamento ficava na cobertura do edifício — uma pequena sala de estar, uma pequena sala de jantar, um pequeno quarto e um banheiro. A sala estava abarrotada até o teto de um mobiliário coberto de tapeçaria, evidentemente exagerado para o espaço, de modo que a circulação no recinto implicava tropeçar o tempo todo em cenas de moças flanando pelos jardins de Versalhes. A única fotografia era uma ampliação do que parecia ser uma galinha sentada sobre uma pedra indistinta. De longe, porém, a galinha se transformava em chapéu, e logo se distinguia o semblante de uma velha robusta sorrindo por toda a extensão da sala. Inúmeras edições de *Town Tattle* se empilhavam na mesa junto a um exemplar de *Simon called Peter*[3] e algumas revistinhas de fofocas da Broadway. Antes de mais nada, a sra. Wilson resolveu cuidar do cachorro. Um relutante ascensorista concordou em ir buscar uma caixa forrada de palha e um pouco de leite, ao qual acrescentou, por iniciativa própria, uma lata de biscoitos caninos enormes e duros — um dos quais passou a tarde inteira se desfazendo preguiçosamente no pires de leite. Enquanto isso, Tom apanhava uma garrafa de uísque de uma escrivaninha trancada à chave.

Fiquei bêbado só duas vezes na vida, e a segunda foi naquela tarde; de modo que tudo o que houve em seguida ficou envolto em uma sombra turva e nebulosa, embora o sol brilhasse no apartamento até depois das oito da noite. Sentada no colo de Tom, a sra. Wilson telefonou para muita gente; então os cigarros acabaram e eu saí para comprar mais na loja da esquina. Quando voltei, ambos haviam desaparecido, então me sentei discretamente na sala de estar e li um capítulo de *Simon called Peter* — ou era um troço muito ruim ou o uísque é que distorceu as coisas, pois o livro não fez nenhum sentido para mim.

Assim que Tom e Myrtle retornaram (depois do primeiro drinque, eu e a sra. Wilson passamos a nos chamar pelo primeiro nome), os convidados começaram a chegar.

A irmã dela, Catherine, era uma moça magra e cosmopolita de uns trinta anos, com os cabelos curtos muito ruivos e lambidos, e o rosto coberto por um opaco pó facial. Suas sobrancelhas haviam sido arrancadas e redesenhadas num ângulo mais ousado, mas os esforços da natureza em prol da restauração do desenho original já se faziam vagamente presentes em seu rosto. Quando ela se mexia, ouvia-se o matraquear incessante dos incontáveis braceletes de cerâmica que subiam e desciam ao longo dos seus braços. Ela chegou com uma afobação petulante e encarou os móveis de forma tão possessiva que tive a impressão de que ela morava ali. Mas quando lhe fiz essa pergunta, ela soltou uma risada escandalosa, repetiu minha dúvida em voz alta e me contou que vivia com uma amiga num hotel.

O sr. McKee era um homem pálido e afeminado que morava no andar de baixo. Acabara de fazer a barba, pois havia uma mancha branca de espuma nas maçãs do seu rosto, e foi bastante respeitoso ao cumprimentar os presentes. Contou-me que trabalhava no "setor artístico", e mais tarde descobri que era fotógrafo e que era dele a obscura ampliação da mãe da sra. Wilson que pairava na parede feito um ectoplasma. Sua esposa era estridente, lânguida, opulenta e horrenda. Ela me contou, orgulhosa, que fora fotografada pelo marido cento e vinte e sete vezes desde que se casaram.

Pouco antes, a sra. Wilson havia trocado de roupa pela terceira vez, e agora usava um elaborado vestido de noite feito de *chiffon* creme, que emitia um farfalhar contínuo conforme ela perambulava pela sala. Sob a influência do vestido, sua personalidade também sofrera mudanças. A intensa vitalidade que fora tão marcante na oficina havia se convertido num impressionante *esnobismo*. Sua risada, gestos e afirmações se tornavam mais e mais afetados, e, conforme ela se expandia, a sala ia diminuindo ao seu redor, até que ela parecesse girar num eixo barulhento e rangente em meio ao ar enfumaçado.

— Minha querida — ela gritou à irmã num tom agudo e afetado —, a maioria dessa gente irá tentar enganá-la o tempo todo. Eles só pensam em dinheiro. Semana passada, chamei uma moça para fazer os meus pés e, quando ela me apresentou a conta, parecia que havia tirado o meu apêndice.

— Qual era o nome dela? — perguntou a sra. McKee.

— Senhora Eberhardt. Ela faz os pés em domicílio.

— Gostei do seu vestido — observou a sra. McKee —, achei adorável.

A sra. Wilson refutou o elogio erguendo uma sobrancelha com desdém.

— É só um trapo velho e estapafúrdio — ela disse. — Gosto de usá-lo, às vezes, quando não estou ligando para a minha aparência.

— Mas fica lindo em você, se é que me entende — insistiu a sra. McKee. — Se Chester pudesse fotografá-la nessa pose, acho que conseguiríamos algo bem interessante.

Ficamos admirando em silêncio a sra. Wilson, que afastou uma mecha de cabelo dos olhos e nos encarou de volta com um sorriso resplandecente. O sr. McKee a observou atentamente com a cabeça virada para um lado, e depois moveu as mãos em retângulo para a frente e para trás, diante do próprio rosto.

— Eu mexeria na luz — afirmou, após um instante. — Gostaria de enfatizar o contorno de seus traços. E tentaria captar toda a moldura do cabelo dela.

— Eu não mexeria na luz — resmungou a sra. McKee. — Acho que...

Seu marido fez "psiu" e nós tornamos a admirar a modelo, ao que Tom Buchanan bocejou ruidosamente e se pôs de pé.

— Os McKee não querem nada para beber? — indagou. — Traga mais gelo e água mineral, Myrtle, antes que todo mundo pegue no sono.

— Já pedi gelo para o garoto. — Myrtle ergueu as sobrancelhas, reprovando a indolência dos empregados subalternos. — Essa gente! Temos que ficar em cima deles o tempo todo.

Ela olhou para mim e soltou uma gargalhada sem motivo. Então se debruçou bruscamente sobre o cão, beijou-o com fúria e farfalhou rumo à cozinha, dando a impressão de que, lá dentro, uma dúzia de chefs aguardava suas ordens.

— Fiz vários trabalhos legais lá em Long Island — declarou o sr. McKee.

Tom olhou para ele desinteressado.

— Dois deles estão emoldurados lá embaixo.

— Dois o quê? — perguntou Tom.

— Dois estudos. Um deles chamei de "Montauk Point: As gaivotas", e o outro de "Montauk Point: O mar".*

A irmã Catherine sentou-se ao meu lado no sofá.

— Você também mora em Long Island? — ela perguntou.

— Sim. Moro em West Egg.

— É mesmo? Estive lá numa festa no mês passado. Foi na casa de um homem chamado Gatsby. Conhece?

— É o meu vizinho.

— Bem, dizem que ele é sobrinho ou primo do Kaiser Guilherme.** É de onde vem tanto dinheiro.

— É mesmo?

Ela fez que sim com a cabeça.

* Montauk Point é um ponto na extremidade leste de Long Island, totalmente oposto a West Egg e East Egg.

** O Kaiser Guilherme II (1859-1941) governou a Alemanha de 1888 até sua abdicação, em 1918. Organizou a ofensiva germânica na Primeira Guerra.

— Tenho medo dele. Odiaria descobrir que tem algo contra mim.

Essa fascinante e informativa conversa sobre o meu vizinho foi interrompida pela sra. McKee, que apontou de repente para Catherine:

— Chester, acho que você pode conseguir algo interessante com *ela* — arriscou a sra. McKee, mas o marido apenas consentiu com a cabeça, enfastiado, e voltou sua atenção para Tom.

— Eu bem que queria fazer mais trabalhos em Long Island, mas é preciso ter algum tipo de apresentação por lá. Tudo o que peço é que me deem uma oportunidade.

— Peça a Myrtle — disse Tom, explodindo numa gargalhada sonora assim que a sra. Wilson entrou com a bandeja. — Ela pode lhe dar uma carta de recomendação, não é, Myrtle?

— Dar o quê? — ela perguntou, alarmada.

— Uma carta de recomendação a McKee, para que ele possa fazer uns estudos sobre o seu marido. — Por um momento seus lábios se moveram em silêncio enquanto ele pensava. — "George B. Wilson junto à bomba de gasolina", ou algo assim.

Catherine inclinou-se e sussurrou ao meu ouvido:

— Nenhum deles suporta a pessoa com quem se casou.

— Ah, é?

— Não *suportam*. — Ela olhou para Myrtle e depois para Tom. — É o que eu sempre digo, por que continuar vivendo com alguém que não se pode suportar? Era melhor pedir o divórcio e casar imediatamente um com o outro.

— Ela também não gosta do senhor Wilson?

A resposta foi inesperada. Partiu da própria Myrtle, que ouviu a pergunta por acaso e aproveitou para ser violenta e obscena.

— Viu só? — exclamou Catherine, num tom triunfante. E tornou a baixar a voz. — É a esposa dele que não permite que eles fiquem juntos. Ela é católica e é contra o divórcio.

Daisy não era católica e fiquei um tanto chocado com o grau de complexidade daquela mentira.

— Quando eles finalmente se casarem — continuou Catherine —, irão morar no Oeste por uns tempos, até a poeira baixar.

— Seria mais discreto ir para a Europa.

— Ah, você gosta da Europa? — ela exclamou, surpresa. — Acabo de voltar de Monte Carlo.

— Não me diga.

— Ano passado. Fui para lá com uma amiga.

— Ficou muito tempo?

— Não, só fomos para Monte Carlo e voltamos, via Marselha. Começamos com mais de doze mil dólares, mas fomos totalmente depenadas em apenas dois dias nas salas de jogo privativas. Passamos por maus bocados para voltar, vou te contar. Deus, como odeio aquela cidade!

Naquele momento, o céu intenso do fim de tarde refletiu-se na janela com o tom mel-azulado do Mediterrâneo — então a voz estridente da sra. McKee me atraiu de volta à sala.

— Eu também quase fiz uma besteira grave — ela declarou, energicamente. — Quase me casei com um judeu que ficou no meu pé anos a fio. Eu sabia que ele era inferior a mim. As pessoas viviam me dizendo: "Lucille, esse cara é muito inferior a você!". Mas, se eu não tivesse conhecido o Chester, ele teria me fisgado com certeza.

— Sim, mas veja bem — disse Myrtle Wilson, concordando com a cabeça —, pelo menos você não se casou com ele.

— Eu sei.

— Bem, eu me casei — afirmou Myrtle, de forma ambígua. — Essa é a diferença entre o seu caso e o meu.

— Por que você fez isso, Myrtle? — perguntou Catherine. — Ninguém te obrigou.

Myrtle refletiu.

— Casei com ele porque pensei que fosse um cavalheiro — ela confessou, por fim. — Achei que ele tinha classe, quando não serve nem para lamber meus sapatos.

— Você era louca por ele — observou Catherine.

— Louca por ele?! — gritou Myrtle, incrédula. — Quem disse que eu era louca por ele? Fui tão louca pelo meu marido quanto fui por este homem aqui.

Ela apontou subitamente para mim, e todos me olharam de forma acusatória. Procurei indicar, pela expressão, que não estava esperando nenhum tipo de afeição.

— O único momento em que fiquei mesmo *louca* foi quando me casei com ele. Na mesma hora vi que havia cometido um erro. Ele pedira emprestado o terno de um amigo para se casar, sem que eu soubesse, e o sujeito veio pedi-lo de volta enquanto ele não estava. "Ah, esse terno é seu?", perguntei. "Eu não sabia." Então devolvi o terno, estirei-me na cama e passei a tarde inteira chorando com todas as minhas forças.

— Ela precisa muito se livrar de Wilson — resumiu Catherine ao meu ouvido. — Eles moram naquela oficina há onze anos. E Tom é o primeiro amante que ela teve.

A garrafa de uísque — a segunda da noite — já estava sendo muito requisitada pelos presentes, exceto Catherine, que se sentia "igualmente bem sem precisar tomar nada". Tom chamou o zelador e pediu que comprasse uns famosos sanduíches que, por si sós, já seriam uma verdadeira janta. Eu queria cair fora dali e caminhar até o parque sob a luz tênue do crepúsculo, mas, sempre que tentava sair, me acossavam numa discussão furiosa e estridente que me puxava, como uma corda, de volta à minha cadeira. Ainda assim, encimando a cidade, nossa fileira de janelas acesas deve ter contribuído com sua cota de segredos humanos à imaginação do observador casual naquelas ruas cada vez mais escuras, e eu podia enxergá-lo olhando para cima com verdadeiro assombro. Eu estava ao mesmo tempo dentro e fora, encantado e repelido pela variedade inesgotável da vida.

Myrtle puxou sua cadeira para perto da minha e, de súbito, seu hálito quente me soprou a história de seu primeiro encontro com Tom.

— Foi naqueles dois assentos estreitos, um de frente para o outro, que sempre sobram vazios no trem. Eu estava indo a Nova York visitar minha irmã e passar a noite. Tom vestia um terno e calçava sapatos envernizados de couro, e eu não conseguia tirar os olhos dele, mas, sempre que me encarava, eu fingia estar lendo o anúncio sobre sua cabeça. Quando chegamos à estação, ele desceu comigo e pressionou sua camisa branca contra o meu braço, de modo que ameacei chamar a polícia, mas ele sabia que era mentira. Eu estava tão excitada que, ao entrar num táxi com ele, mal reparei que não estava embarcando no metrô. Eu só conseguia pensar sem parar: "Você não vai viver para sempre, você não vai viver para sempre".

Ela se voltou para a sra. McKee e seu riso artificial encheu a sala.

— Minha querida — ela exclamou —, vou te dar este vestido de presente assim que tirá-lo. Preciso comprar outro amanhã. Vou fazer uma lista de todas as coisas que tenho de fazer. Uma massagem e uma ondulação no cabelo, e uma coleira para o cachorro, e um daqueles cinzeiros engraçadinhos de mola que a gente abre apertando o botão, e uma coroa de flores com uma fita preta de veludo para o túmulo da mamãe, algo que dure o verão inteiro. Preciso fazer uma lista para não esquecer tudo o que tenho de fazer.

Eram nove horas — pouco depois consultei o relógio e já eram dez. O sr. McKee cochilava numa cadeira com as mãos juntas sobre o colo, como a fotografia de um homem de ação. Sacando meu lenço, limpei de sua bochecha a mancha de espuma seca que me incomodara a tarde toda.

O cãozinho estava sentado na mesa e olhava através da fumaça com seus olhos embotados, grunhindo debilmente de vez em quando. As pessoas desapareciam, reapareciam, faziam planos de ir a algum lugar e então se perdiam, se procuravam e se descobriam a poucos metros de distância. Em algum momento próximo da meia-noite, Tom Buchanan e a sra. Wilson passaram a discutir cara a cara, em tom acalorado, se a sra. Wilson tinha ou não o direito de proferir o nome de Daisy.

— Daisy! Daisy! Daisy! — berrou a sra. Wilson. — Eu falo quando quiser! Daisy! Dais...

Num gesto rápido e curto, Tom Buchanan lhe deu uma bofetada e quebrou seu nariz.

E então havia toalhas ensanguentadas no chão do banheiro, vozes femininas irritadas e, por trás de toda aquela confusão, um longo e entrecortado gemido de dor. O sr. McKee acordou de sua soneca e dirigiu-se atordoado até a porta. Na metade do caminho, virou-se para trás e encarou a cena — sua esposa e Catherine ralhando com Tom e consolando a vítima enquanto tropeçavam aqui e ali na mobília empilhada, levando e trazendo itens de primeiros socorros, e aquela figura miserável sangrando copiosamente no sofá, enquanto tentava estender uma edição de *Town Tattle* sobre a tapeçaria para proteger as cenas de Versalhes. Então o sr. McKee deu as costas e seguiu seu caminho para fora. Apanhando meu chapéu de cima do candelabro, eu fui atrás.

— Vamos almoçar um dia desses — ele sugeriu, ao descermos pelo elevador.

— Onde?

— Em qualquer lugar.

— Por favor, afaste as mãos da alavanca — repreendeu o ascensorista.

— Me desculpe — disse o sr. McKee com dignidade —, não sabia que estava encostando nela.

— Certo — eu consenti. — Será um prazer.

...Eu estava de pé, ao lado da cama dele, e ele se acomodara entre os lençóis, de cuecas, com um belo portfólio fotográfico nas mãos.

... "A Bela e a Fera"... "Solidão"... "Velho cavalo de mercearia"... "Brook'n Bridge"...

Logo eu estava semiadormecido no gélido andar térreo da Pennsylvania Station, lendo o *Tribune* matutino e esperando o trem das quatro horas.

3

Nas noites de verão, a música irradiava da casa de meu vizinho. Em seus jardins azulados, homens e mulheres iam e vinham feito mariposas entre sussurros, champanhe e estrelas. Nas tardes de maré alta, eu observava os convivas mergulhando do alto de sua balsa, ou tomando sol nas areias quentes de sua praia particular enquanto dois barcos a motor cortavam as águas do estreito, puxando esquiadores aquáticos por entre cataratas de espuma. Nos fins de semana, seu Rolls-Royce virava um lotação, transportando convidados das nove da manhã até depois da meia-noite, enquanto sua caminhonete zunia feito um inseto amarelo e ligeiro no encalço dos trens. E às segundas-feiras, oito empregados — incluindo um jardineiro extra — trabalhavam o dia todo com esfregões, escovas, martelos e tesouras de jardinagem, reparando os destroços da noite anterior.

Todas as sextas-feiras, cinco caixas de laranjas e limões chegavam de uma quitanda em Nova York — às segundas-feiras, essas mesmas laranjas e limões saíam pela porta dos fundos numa pirâmide de cascas vazias. Na cozinha, havia uma máquina capaz de extrair o suco de duzentas laranjas em meia hora, bastando que um botão fosse apertado duzentas vezes pelo polegar de um mordomo.

A cada quinze dias, no máximo, um batalhão de fornecedores trazia toldos imensos e luzes suficientes para transformar o amplo jardim de Gatsby em uma árvore de Natal. Nas mesas do bufê, cercados por antepastos deslumbrantes, inúmeros pernis assados e temperados se espremiam entre saladas com padronagem de arlequim, salgadinhos de porco e perus transformados em ouro velho. No saguão principal, havia um bar de verdade com uma barra dourada ao pé do balcão, abastecido de gim, licor e aperitivos havia tanto esquecidos que a maioria das moças presentes era jovem demais para distinguir.

Os músicos chegavam por volta das sete — não um mísero quinteto, mas uma orquestra inteira com oboés, trombones, saxofones, violas de gamba, trompetes e flautins, além de naipes altos e baixos de percussão. Os últimos nadadores já haviam retornado da praia e foram se trocar; os carros de Nova York estão estacionados em fileiras de cinco na garagem, e os saguões, salões e alpendres já explodem de cores primárias, em meio a cortes de cabelo ousados e xales que ultrapassam em muito os sonhos das damas de Castela. O bar está em plena atividade, e lá fora rodadas flutuantes de coquetéis permeiam o jardim, até que o ar estoure em conversas, risadas, insinuações casuais, apresentações imediatamente esquecidas e encontros entusiasmados entre mulheres que nunca souberam o nome umas das outras.

As luzes ganham brilho conforme a Terra se afasta do Sol, e agora a orquestra toca uma dessas músicas estridentes de coquetel e a ópera de vozes atinge uma oitava maior. A cada minuto, a risada se torna mais fácil, mais carregada de exageros e facilmente provocada por um comentário espirituoso. Os grupos se transformam mais depressa, incham com a chegada de novos membros, dissolvem-se e surgem quase ao mesmo tempo; já há gente sozinha perambulando pelo jardim, moças confiantes que costuram sua presença aqui e ali entre os grupos consolidados e estáveis, tornam-se o centro das atenções por um alegre e meteórico instante e então, enlevadas pelo sucesso, se deixam levar pela correnteza de rostos, vozes e cores sob a luz em constante transformação.

De súbito, uma dessas garotas errantes, em trêmula opala, apanha um coquetel em pleno ar, entorna a bebida de uma vez para ganhar coragem e, mexendo as mãos como Joe Frisco,[1] sai dançando sozinha pelo palco de lona. Faz-se um silêncio momentâneo; o líder da orquestra altera o ritmo para agradá-la, e um burburinho de fofocas explode diante do falso boato de que ela é a substituta de Gilda Gray no *Ziegfeld Follies*.[2] A festa começou.

Quando fui pela primeira vez à casa de Gatsby, tive a nítida impressão de ser um dos poucos presentes que haviam de fato sido convidados. As pessoas não eram convidadas — elas simplesmente apareciam. Entravam em automóveis rumo a Long Island e de alguma forma iam parar na porta de Gatsby. Uma vez no local, eram apresentadas por alguém que conhecia Gatsby, e depois disso se portavam conforme as regras de conduta adequadas aos parques de diversões. Às vezes chegavam e partiam sem nem sequer ter conhecido o anfitrião, comparecendo à festa com uma simplicidade de espírito que era seu próprio ingresso.

Eu fora de fato convidado. Um motorista de uniforme azul-claro atravessou meu gramado numa manhã de sábado, bem cedo, com um bilhete surpreendentemente formal de seu patrão: a honra seria toda de Gatsby, dizia o recado, se eu consentisse em comparecer a sua "pequena festa" naquela noite. Ele já tinha me visto inúmeras vezes e gostaria de ter me visitado havia muito tempo, mas uma rara combinação de circunstâncias o impedira até então — assinado: Jay Gatsby, em caligrafia majestática.

Vestindo uma calça branca de flanela, aportei no gramado vizinho pouco depois das sete, e perambulei constrangido entre torvelinhos de pessoas que eu desconhecia — embora distinguisse aqui e ali o rosto de um passageiro regular do trem para Nova York. Fiquei imediatamente impressionado com o número de jovens ingleses dispersos pelo jardim; todos bem vestidos e com cara de fome, falavam em voz baixa e cuidadosa com americanos prósperos e estabelecidos. Sem dúvida tentavam vender alguma coisa: títulos, seguros ou automóveis. Estavam, no mínimo, dolorosamente cientes da quantia de dinheiro que rolava solta naquela vizinhança e pareciam convencidos de que tudo seria deles mediante poucas palavras no tom certo.

Logo ao chegar, fiz uma tentativa de encontrar meu anfitrião, mas as duas ou três pessoas que abordei me olharam de um jeito tão espantado, negando com tanta veemência, que escapei em direção à mesa de coquetéis — o único lugar no jardim onde um homem sozinho podia ficar sem parecer perdido ou solitário.

Eu estava prestes a me tornar estrondosamente bêbado por puro constrangimento quando Jordan Baker saiu da casa e parou no alto da escadaria de mármore, ligeiramente inclinada para trás, admirando o jardim com um altivo interesse.

Fosse ou não fosse bem-vindo, achei que era hora de me ligar a alguém antes de ter que emitir comentários amigáveis aos passantes.

— Olá! — exclamei, avançando em sua direção. Minha voz pareceu ecoar exageradamente pelo jardim.

— Achei que você estaria aqui — ela respondeu, distraída, enquanto eu subia as escadas. — Lembrei que é vizinho do...

Ela segurou minha mão de forma impessoal, como se prometesse que cuidaria de mim logo mais, e deu atenção a duas garotas em vestidos amarelos idênticos que estancaram ao pé da escada.

— Olá! — elas gritaram em uníssono. — Que pena que você não ganhou.

Elas se referiam ao campeonato de golfe. Na semana anterior, Jordan havia sido derrotada justamente na final.

— Você não se lembra da gente — disse uma das garotas de amarelo —, mas nós nos conhecemos aqui há mais ou menos um mês.

— Vocês tingiram o cabelo — observou Jordan, ao que eu fiz menção de partir, mas as garotas já haviam saído naturalmente de cena e seu comentário se dirigiu à lua prematura, sem dúvida oferecida pelo mesmo fornecedor do jantar. Com o esguio e bronzeado braço de Jordan atrelado ao meu, descemos a escada e passeamos pelo jardim. Um rastro de coquetéis flutuou em nossa direção através do crepúsculo, e nos sentamos numa mesa com as duas garotas de amarelo e três homens, todos eles apresentados a nós como sr. Mumble.

— Você vem sempre a essas festas? — perguntou Jordan à garota ao seu lado.

— A última vez foi essa em que nos conhecemos — respondeu a garota, num tom alerta e confiante. E voltou-se para a companheira: — Também foi a sua última, não é, Lucille?

Sim, havia sido a última também para Lucille.

— Gosto de vir aqui — declarou Lucille. — Não importa o que eu faça, sempre me divirto muito. Da última vez, rasguei meu vestido numa cadeira e ele pediu meu nome e endereço; uma semana depois, recebi um pacote da Croirier's* com um vestido de noite.

— Você ficou com ele? — perguntou Jordan.

— Claro. Eu ia usá-lo hoje à noite, mas ficou largo no busto e precisei mandar ajustar. É de um azul vaporoso com contas de cor lavanda. Duzentos e sessenta e cinco dólares.

* A Croirier's é uma loja de departamentos fictícia, talvez inspirada na joalheria Cartier's (fundada em Nova York em 1917). Em francês, "*croire*" significa "acreditar".

— Há algo de estranho em alguém que faz uma coisa dessas — disse a outra garota, entusiasmada. — Ele não quer arrumar encrenca com *ninguém*.

— Quem? — eu perguntei.

— Gatsby. Ouvi dizer…

As duas garotas e Jordan se aproximaram, como se guardassem segredo.

— Ouvi dizer que ele matou um homem.

Um arrepio atingiu todos nós. Os três senhores Mumble se inclinaram para a frente e escutaram com avidez.

— Não acho que seja *bem* isso — discordou Lucille, cética. — É mais provável que ele tenha sido espião alemão durante a guerra.

Um dos homens concordou com a cabeça.

— Ouvi isso de um sujeito que sabia tudo sobre ele, pois foram criados juntos na Alemanha — ele garantiu categoricamente.

— Ah, não — disse a primeira garota —, não faz sentido, já que ele estava no Exército americano durante a guerra. — Tão logo nossa credulidade mudou de lado, ela inclinou-se para a frente, entusiasmada. — É só olhar bem para ele quando acha que ninguém está reparando. Aposto que matou um homem.

Ela fechou os olhos e estremeceu. Lucille estremeceu. Todos nos viramos para procurar Gatsby com o olhar. A maior prova da especulação romântica que ele inspirava eram os boatos suscitados a seu respeito até por quem não se interessava por coisa alguma neste mundo.

Já estavam servindo a primeira ceia — haveria outra após a meia-noite — e Jordan me chamou para juntar-me aos seus amigos, que se achavam em volta de uma mesa na outra ponta do jardim. Havia três casais e o acompanhante de Jordan, um persistente universitário dado a insinuações agressivas, e que sem dúvida achava que cedo ou tarde Jordan dedicaria sua atenção a ele, em maior ou menor grau. Em vez de estar dispersiva, a festa preservara uma homogeneidade majestosa e tomara para si a função de representar a sóbria nobreza do interior — os de East Egg condescendentes com os de West Egg e ressabiados de sua alegria espectroscópica.

— Vamos embora — sussurrou Jordan, ao cabo de uma improdutiva e inadequada meia hora de conversa. — Isto aqui está civilizado demais para mim.

Nós nos levantamos e Jordan explicou que iríamos procurar o anfitrião: eu não conhecia Gatsby, ela afirmou, e isso estava me deixando constrangido. O universitário assentiu de um jeito desdenhoso e melancólico.

Vasculhamos primeiro o bar, que estava lotado, mas não havia sinal de Gatsby. Do alto da escadaria, Jordan não conseguia enxergá-lo e ele tampouco estava no alpendre. Experimentamos abrir ao acaso uma majestosa porta, e fomos dar numa biblioteca gótica de pé-direito alto, revestida de carvalho inglês e provavelmente trazida por inteiro de alguma ruína de além-mar.

Um homem robusto de meia-idade, com uns óculos enormes que lhe davam um ar de coruja, estava sentado na ponta de uma mesa comprida, um tanto bêbado, encarando as estantes com a atenção difusa. Assim que entramos, ele se voltou entusiasmado para trás e examinou Jordan da cabeça aos pés.

— O que acham? — ele perguntou num impulso.

— Do quê?

Ele apontou para as estantes de livros.

— Disso tudo. Aliás, nem precisam se incomodar em ir checar. Eu já fui. São todos verdadeiros.

— Os livros?

Ele assentiu com a cabeça.

— Absolutamente verdadeiros: com páginas e tudo. Pensei que não seriam mais do que belas caixas de papelão. De fato, são totalmente verdadeiros. Páginas e... veja! Deixe-me mostrar.

Dando por certo nosso ceticismo, ele correu até uma

prateleira e voltou com o primeiro volume das *Stoddard lectures*.[3]

— Viu só? — ele exclamou, em triunfo. — É um legítimo exemplar de matéria impressa. Me enganou em cheio. Esse cara é um perfeito Belasco.[4] É um triunfo. Quanto esmero! Quanto realismo! Sabe quando parar, também; não chegou a cortar as páginas. Mas o que vocês queriam? O que esperavam?

Ele tomou o livro das minhas mãos e o devolveu às pressas à prateleira, alegando, aos resmungos, que a biblioteca inteira desmoronaria se um único tijolo fosse removido.

— Quem os trouxe até aqui? — ele perguntou. — Ou vocês simplesmente vieram? Eu fui trazido. A maioria das pessoas foi.

Jordan o encarou com uma expressão cautelosa e alegre, sem responder.

— Quem me trouxe foi uma mulher chamada Roosevelt — ele prosseguiu. — Senhora Claud Roosevelt. Sabem quem é? Eu a conheci em algum lugar ontem à noite. Estou bêbado há mais de uma semana, e achei que ficaria mais sóbrio se viesse descansar numa biblioteca.

— E deu certo?

— Acho que sim, um pouco. Ainda não dá para saber. Estou aqui há apenas uma hora. Já falei pra vocês sobre os livros? Eles são verdadeiros. Eles são...

— Você falou.

Apertamos a mão dele com gravidade e retornamos ao jardim.

Agora havia muita dança no palco de lona; velhos conduziam moças para trás em círculos intermináveis e desajeitados, casais altivos se enlaçavam de forma tortuosa e moderna, sempre nos cantos — e muitas garotas dançavam sozinhas ou aliviavam a orquestra por um instante do fardo do banjo ou da percussão. Por volta da meia-noite, a hilaridade aumentara. Um famoso tenor se apresentara em italiano e uma renomada contralto recorrera ao jazz e, entre as apresentações, as pessoas exibiam suas coreografias por todo o jardim, enquanto alegres e fúteis explosões de riso se elevavam no céu de verão. Duas artistas gêmeas, que eram ninguém menos do que as garotas de amarelo, fizeram uma performance fantasiadas de bebês, e serviu-se champanhe em taças maiores que tigelas para lavar os dedos. A lua se erguera no céu e havia um triângulo de escalas prateadas flutuando no estreito, estremecendo com o duro e metálico som dos banjos no gramado.

Eu ainda estava com Jordan Baker. Fomos parar numa mesa com um homem que parecia da minha idade e uma garota escandalosa, que irrompia em gargalhadas incontroláveis diante da mais ínfima provocação. Agora eu estava me divertindo. Havia tomado duas tigelas de champanhe e, diante de meus olhos, a cena se transformara em algo significativo, básico e profundo.

Interrompendo o espetáculo, o homem olhou para mim e sorriu.

— Seu rosto não me é estranho — ele disse educadamente. — Você foi da Primeira Divisão durante a guerra?[5]

— Ora, fui sim. Do Vigésimo Oitavo Batalhão de Infantaria.

— Estive no Décimo Sexto Batalhão até junho de 1918. Sabia que já tinha te visto em algum lugar.

Ficamos conversando por um tempo sobre os vilarejos chuvosos e cinzentos da França. Ele certamente morava nas redondezas, pois me contou que havia acabado de comprar um hidroavião[6] e iria testá-lo na manhã seguinte.

— Quer vir comigo, meu velho? Vai ser perto da praia, junto ao estreito.

— Que horas?

— No horário que for melhor para você.

Estava prestes a perguntar seu nome quando Jordan olhou em volta e sorriu.

— Está se divertindo agora? — ela perguntou.

— Muito mais. — Voltei-me para o meu interlocutor: — É uma festa bastante estranha para mim. Ainda não conheço o anfitrião. Eu moro ali — apontei para a cerca invisível à distância — e esse tal de Gatsby mandou seu motorista me trazer um convite.

Por um momento, ele olhou para mim como se não estivesse entendendo.

— Eu sou Gatsby — exclamou de repente.

— O quê? — retruquei. — Puxa, me desculpe.

— Achei que você soubesse, meu velho. Sinto muito, não sou um anfitrião lá muito bom.

Ele sorriu de forma compreensiva — muito mais que compreensiva. Era um daqueles raros sorrisos com o ar de eterno consolo, do tipo que você só encontra umas quatro ou cinco vezes na vida. Parecia encarar a eternidade do mundo inteiro por um instante, e então se concentrava em *você* com uma irresistível tendência a seu favor. Parecia compreendê-lo até o ponto em que você desejava ser compreendido, confiar o tanto que você gostaria de confiar em si mesmo, e assegurá-lo de haver transmitido exatamente a impressão que, em seu melhor momento, você desejaria passar. Naquele ponto específico, o sorriso desapareceu — e eu me vi diante de um jovem rude, porém elegante, de pouco mais de trinta anos, cuja elaborada formalidade ao conversar quase incorria no absurdo. Antes mesmo de Gatsby revelar-se, tive a forte impressão de que ele escolhia as palavras com cuidado.

Quase ao mesmo tempo que o sr. Gatsby se identificou, surgiu um mordomo com a informação de que havia um telefonema de Chicago à sua espera. Ele pediu licença com uma discreta mesura dirigida a cada um de nós, em separado.

— Se precisar de alguma coisa, é só pedir, meu velho — ele me garantiu. — Com licença. Tornarei a vê-los mais tarde.

Quando ele foi embora, voltei-me imediatamente para Jordan, como se incapaz de disfarçar minha surpresa. Eu esperava que o sr. Gatsby fosse um sujeito de meia-idade corpulento e ruborizado.

— Quem é ele? — perguntei. — Você sabe?

— É só um homem chamado Gatsby.

— Quer dizer, de onde ele vem? E o que ele faz?

— Quer dizer que *você* também aderiu ao tema? — ela respondeu, com um sorriso exausto. — Bem, ele me disse uma vez que estudou em Oxford.

Um cenário indistinto começou a tomar forma em minha mente, mas se desfez diante de seu comentário seguinte.

— Em todo caso, eu não acredito.

— Por quê?

— Não sei direito — ela insistiu —, só acho que ele não estudou lá.

Algo em seu tom de voz me fez lembrar a frase "Me disseram que ele matou um homem" da outra garota, e teve o efeito de aguçar minha curiosidade. Eu teria acatado sem pestanejar a informação de que Gatsby emergira dos pântanos da Louisiana ou do Lower East Side, em Nova York. Aquilo seria compreensível. Mas, segundo a minha inexperiência provinciana, um homem não sai do nada e compra um palácio no estreito de Long Island.

— Em todo caso, ele dá essas festas enormes — disse Jordan, mudando de assunto com todo o seu desprezo urbano pelo concreto. — E eu gosto de festas enormes. Elas são tão íntimas. Nas festas pequenas não há nenhuma privacidade.

Ouviu-se um estampido de bumbo e a voz do líder da orquestra abafou toda a ecolalia do jardim.

— Senhoras e senhores — ele anunciou. — A pedido do senhor Gatsby, iremos tocar a peça mais recente do senhor Vladmir Tostoff, que chamou tanto a atenção no

Carnegie Hall em maio. Se vocês leem os jornais, sabem que foi uma grande sensação. — Ele sorriu com jovial condescendência, acrescentando: — E que sensação! — ao que todos deram risada.

— Esta peça é conhecida como "A história do mundo em forma de jazz" — ele concluiu, entusiasmado.

A natureza da composição do sr. Tostoff me escapou de todo, pois, desde o começo, meus olhos se detiveram em Gatsby, sozinho e de pé na escadaria de mármore, olhando de um grupo para o outro com ar de aprovação. Sua pele bronzeada cobria o rosto de forma atraente e seu cabelo curto parecia sempre recém-aparado. Eu não conseguia vislumbrar nada de sinistro nele. Fiquei imaginando se o fato de Gatsby estar sóbrio o ajudava a distanciar-se dos convidados, pois parecia que ele se tornava mais correto conforme a hilaridade fraternal aumentava. Quando "A história do mundo em forma de jazz" terminou, muitas garotas apoiaram a cabeça nos ombros dos homens de um jeito infantil e amigável, ou fingiram desmaiar em seus braços alegremente, até mesmo em grupos, sabendo que alguém as impediria de cair — mas ninguém fingiu desmaiar nos braços de Gatsby, nenhum cabelo curto de moça tocou seu ombro, e nenhum quarteto de cantores se formou ao redor dele.

— Com licença.

De súbito, o mordomo de Gatsby estava de pé ao nosso lado.

— Senhorita Baker? — ele perguntou. — Por gentileza, o senhor Gatsby gostaria de falar com você em particular.

— Comigo? — ela exclamou, surpresa.

— Sim, madame.

Ela se levantou devagar, erguendo as sobrancelhas com espanto, e seguiu o mordomo em direção à casa. Notei que, metida em seu vestido de noite, aliás em todos os tipos de vestido, ela se portava como se estivesse em traje esportivo — havia certo desprendimento em seus movimentos, como se ela tivesse aprendido a andar num campo de golfe em uma manhã clara e revigorante.

Fiquei sozinho e já eram quase duas horas. Por algum tempo, ruídos intrigantes e confusos emanaram de uma sala comprida e cheia de janelas logo acima do terraço. Despistando o universitário de Jordan, que agora se ocupava numa conversa obstétrica com duas coristas e implorava a minha presença, fui para dentro da casa.

O salão estava lotado. Uma das garotas de amarelo tocava piano, e a seu lado havia uma cantora alta e ruiva, integrante de um famoso coro. Ela bebera grandes quantidades de champanhe e se convencera inoportunamente, no decorrer da canção, de que tudo era muito triste — de modo que não estava só cantando, mas também chorando. Ela preenchia as pausas da canção com arfadas e soluços entrecortados, para então retomar a letra num trinado agudo. As lágrimas jorravam pelo seu rosto — mas não com tanta liberdade, pois, ao tocarem seus cílios pesadamente viscosos, adensavam-se em pingos de tinta e percorriam o resto do caminho em vagarosos filetes negros. Alguém sugeriu com graça que ela estava cantando as notas que se desenhavam em seu rosto, ao que ela lançou as mãos para o céu, afundou na cadeira e caiu num sono etílico.

— Ela brigou com um homem que diz ser seu marido — explicou uma garota atrás de mim.

Olhei ao redor. Muitas das mulheres remanescentes brigavam com homens que se diziam seus maridos. Mesmo a turma de Jordan, o quarteto de East Egg, fora desmembrado pela divergência. Um dos homens manifestou um interesse incomum pela conversa de uma jovem atriz, de modo que sua esposa, após tentar rir da situação de forma digna e indiferente, descontrolou-se de todo e passou a desferir ataques laterais — de vez em quando, ela aparecia subitamente ao seu lado feito um diamante furioso e gritava em seu ouvido: “Você prometeu!”.

A relutância em voltar para casa não se restringia aos maridos voluntariosos. O vestíbulo era agora ocupado por dois homens lamentavelmente sóbrios e suas exaltadas esposas. Elas se solidarizavam num tom de voz inflamado.

— Sempre que ele vê que estou me divertindo, diz que é hora de irmos embora.

— Nunca ouvi nada tão egoísta na minha vida.

— Nós sempre somos os primeiros a ir embora.

— Nós também.

— Bem, hoje somos praticamente os últimos — disse um dos homens com docilidade. — A orquestra saiu há meia hora.

Apesar do consenso feminino de que esse tipo de maldade beirava as raias do absurdo, a discussão terminou com uma briga curta e ambas as esposas foram arrastadas para fora, esperneando.

Enquanto eu esperava meu chapéu no vestíbulo, a porta da biblioteca se abriu e Jordan Baker e Gatsby saíram de lá. Ele ainda lhe dizia umas últimas palavras, mas seu ânimo se retesou abruptamente em formalidade quando várias pessoas o abordaram para se despedir.

A turma de Jordan a chamava com impaciência do pórtico, mas ela se deteve por um instante para trocar cumprimentos.

— Acabo de ouvir a coisa mais espantosa — ela sussurrou. — Quanto tempo fiquei lá dentro?

— Por quê? Cerca de uma hora.

— Foi simplesmente... espantoso — ela repetiu, distraída. — Mas eu jurei que não contaria a ninguém e aqui estou, instigando você. — Ela bocejou graciosamente em minha cara. — Por favor, venha me visitar... Lista telefônica... Em nome da senhora Sigourney Howard... Minha tia...

Ela acelerou o passo conforme falava — sua mão bronzeada fez uma saudação jovial antes que se juntasse ao resto da turma, à porta.

Um tanto constrangido por ter ficado até tão tarde em minha primeira aparição, juntei-me aos últimos convidados que se agrupavam em torno de Gatsby. Queria explicar que o havia procurado desde o início e pedir desculpas por não tê-lo reconhecido no jardim.

— Não diga isso — ele me proibiu vigorosamente. — Nem pense mais nisso, meu velho. — Aquela expressão de intimidade não era mais íntima do que a mão tranquilizadora que tocou o meu ombro. — E lembre-se de que iremos testar o hidroavião amanhã cedo, às nove da manhã.

Então o mordomo, por trás de seu ombro:

— Ligação da Filadélfia, senhor.

— Certo, só um minuto. Diga-lhes que já vou... Boa noite.

— Boa noite.

— Boa noite. — Ele sorriu, e de repente parecia haver um significado agradável em estar entre os últimos presentes, como se ele houvesse desejado isso o tempo todo. — Boa noite, meu velho... Boa noite.

Mas, conforme eu descia as escadas, vi que a noite não havia terminado. A uns quinze metros da porta, uma dúzia de faróis de carros iluminavam uma cena estranha e tumultuada. Jogado na vala que ladeava a estrada, havia um cupê novo sem uma roda, que saíra da garagem de Gatsby fazia não mais de dois minutos. Uma saliência afiada do muro fora a responsável por arrancar a roda, que agora recebia a atenção considerável de meia dúzia de motoristas curiosos. No entanto, como agora seus carros bloqueavam a estrada, ouvia-se um ruído áspero e discordante daqueles que estavam atrás, o que agravava ainda mais aquela cena já violentamente caótica.

Um homem de guarda-pó comprido apeou dos destroços e estancou no meio da estrada, olhando do carro para o pneu e do pneu para os curiosos com uma expressão divertida e perplexa.

— Vejam! — ele mostrou. — O carro caiu na vala.

O fato lhe era infinitamente espantoso, e eu reconheci primeiro o ar raro de assombro e, depois, o homem: era o velho que encontramos na biblioteca de Gatsby.

— Como foi que isso aconteceu?

Ele deu de ombros.

— Não entendo nada de mecânica — ele disse resolutamente.

— Mas como aconteceu? Você bateu direto no muro?

— Nem me pergunte — respondeu o Olhos de Coruja,* eximindo-se de qualquer responsabilidade. — Sei dirigir bem pouco, quase nada. Aconteceu, e é tudo o que sei.

— Bem, se você é um mau motorista, não devia tentar dirigir à noite.

— Mas eu não estava nem tentando — ele explicou, indignado. — Não estava nem tentando.

Um silêncio espantado caiu sobre os presentes.

— Você estava querendo se matar?

— Tem muita sorte de ter sido só uma roda! Um mau motorista e não estava *nem tentando*!

— Vocês não entenderam — explicou o criminoso. — Eu não estava dirigindo. Havia outro homem no carro.

O choque que se seguiu a essa declaração ganhou corpo num prolongado "Aaaaahh", ao mesmo tempo que a porta do cupê se abria lentamente. A multidão — pois já era uma multidão — recuou involuntariamente e, quando a porta enfim se abriu, fez-se uma pausa fantasmagórica. Então, de forma gradual, membro a membro, um sujeito pálido e bamboleante emergiu dos destroços, tateando experimentalmente o chão com seu grande e duvidoso sapato de dança.

* "Olhos de Coruja" é como Nick apelidou o bêbado da biblioteca, dando a entender que ele detinha algum tipo de sabedoria a respeito de Gatsby, o que parece ser verdade.

Ofuscada pelos faróis traseiros dos automóveis e confusa com as buzinadas incessantes, a aparição oscilou de pé por um instante antes de reconhecer o homem vestido no guarda-pó.

— Que houve? — ele perguntou calmamente. — Ficamos sem combustível?

— Olhe!

Meia dúzia de dedos apontaram em direção à roda amputada. Ele a encarou por um instante e então olhou para cima, como se suspeitasse que tivesse caído do céu.

— Foi arrancada daquele carro — alguém explicou.

Ele assentiu com a cabeça.

— Sabe que eu nem percebi que a gente tinha parado?

Uma pausa. Então, tomando um longo fôlego e endireitando os ombros, ele comentou:

— Será que alguém aí sabe informar onde tem um posto de gasolina?

Pelo menos uma dúzia de homens, alguns quase tão bêbados quanto ele, lhe explicaram que roda e automóvel não mais se encontravam unidos por um elo físico.

— Para trás — ele sugeriu, depois de uma pausa. — Vamos dar marcha a ré.

— Mas falta uma *roda*!

Ele hesitou.

— Não custa tentar.

Conforme os urros das buzinas atingiam um crescendo, dei as costas e peguei um atalho pelo gramado que levava à minha casa. Olhei para trás uma vez. Uma hóstia de lua banhava a casa de Gatsby, tão bela quanto antes, tendo sobrevivido às risadas e ao burburinho do jardim ainda iluminado. Um súbito vazio parecia emanar das janelas e portões da casa, conferindo um completo isolamento à figura do anfitrião, que estava de pé no pórtico com a mão erguida num aceno formal de despedida.

Relendo o que escrevi até agora, vejo que dei a impressão de que os acontecimentos dessas três noites esparsas me absorveram por completo durante todo esse período. Pelo contrário, foram apenas episódios casuais de um verão movimentado e, até muito tempo depois, me absorveram infinitamente menos do que meus afazeres pessoais.

Na maior parte do tempo, eu trabalhava. De manhã cedo, o sol precipitava a minha sombra para o oeste e eu me dirigia aos abismos da baixa Nova York, rumo ao Probity Trust. Eu conhecia os outros funcionários e corretores pelo primeiro nome e almoçava com eles em restaurantes escuros e lotados, onde pedíamos pequenas salsichas de porco, purê de batatas e café. Cheguei inclusive a ter um breve caso com uma garota de Jersey City que trabalhava na contabilidade, mas seu irmão começou a lançar olhares zangados em minha direção, e por isso deixei o relacionamento acabar naturalmente quando ela saiu de férias, em julho.

Eu jantava no Yale Club — por algum motivo, era o momento mais triste do meu dia — e depois subia à biblioteca para estudar títulos e investimentos por uma conscienciosa hora. Em geral havia uns poucos desordeiros na área, mas eles não frequentavam a biblioteca, que portanto era um bom local para estudar. Depois disso, se a noite estivesse agradável, eu descia a Madison Avenue a pé, passando pelo velho hotel Murray Hill e chegando à Pennsylvania Station, na rua 33.

Comecei a gostar de Nova York, daquele clima enérgico e aventureiro de todas as noites e da satisfação que o vaivém de homens, mulheres e máquinas proporcionava ao olhar mais inquieto. Gostava de subir a Quinta Avenida, de eleger uma entre tantas mulheres românticas na multidão e imaginar que, em alguns instantes, eu entraria em sua vida, sem que ninguém ficasse sabendo ou pudesse desaprovar. Às vezes, em minha imaginação, eu a seguia até seu apartamento na esquina de uma rua escondida, e ela se virava para trás e sorria, prestes a desaparecer por uma porta na cálida escuridão. No hipnotizante crepúsculo da metrópole, eu sentia muitas vezes a solidão à minha espreita e dos outros — jovens balconistas pobres que perambulavam diante das vitrines, esperando a hora de entrar num restaurante para um jantar solitário — jovens balconistas à luz do anoitecer, desperdiçando os momentos mais intensos da vida e da noite.

Mais uma vez, às oito da noite, enquanto as vielas escuras em torno da rua 40 eram tomadas por cinco fileiras de táxis palpitantes com destino à região dos teatros, eu sentia uma angústia no coração. Vultos se aconchegavam nos táxis parados, havia muita cantoria e gargalhadas por causa de anedotas inaudíveis, e os cigarros acesos formavam círculos inarticulados no interior dos automóveis. Fazendo de conta que eu também estava indo me divertir, e compartilhando de seu entusiasmo íntimo, eu lhes desejava boa sorte.

Perdi temporariamente o contato com Jordan Baker, mas em pleno verão tornei a encontrá-la. De início, senti-me lisonjeado de ser visto em sua companhia, uma campeã de golfe cujo nome todos sabiam. Então surgiu algo mais. Eu não estava propriamente apaixonado, mas sentia uma espécie de curiosidade afetuosa. Sua expressão esnobe perante o resto do mundo tinha algo a esconder — a maioria das afetações oculta alguma coisa, no fim das contas, embora às vezes não o faça desde o início — e um dia descobri o que era. Quando fomos a uma festa em Warwick,[7] ela tomou um carro emprestado, deixou-o na chuva com a capota abaixada e depois mentiu — e assim me lembrei da história que estava tentando recordar no jantar com Daisy. Em seu primeiro grande torneio de golfe, correu um boato que quase chegou aos jornais — a suspeita de que, durante a semifinal, Jordan teria movido a bola para obter uma posição melhor. O falatório atingiu as proporções de um escândalo — e então morreu. O *caddy* voltou atrás em seu depoimento e a única testemunha remanescente admitiu que poderia ter se enganado. Na minha lembrança, o incidente e seu protagonista permaneceram relacionados.

Jordan Baker evitava instintivamente os homens espertos e argutos, e agora sei o motivo: sentia-se mais segura em um terreno onde qualquer discordância à norma não era sequer concebível. Ela era irremediavelmente desonesta. Não suportava estar em desvantagem e, dada essa aversão, suponho que tenha aprendido muito cedo a lidar com subterfúgios, a fim de manter aquele sorriso blasé e insolente diante dos outros e ainda assim satisfazer as necessidades de seu corpo firme e elegante.

Para mim, não fazia a menor diferença. A desonestidade feminina é algo que nunca se reprova a fundo — só fiquei um pouco aborrecido e então deixei o assunto para lá. Foi também nessa festa que travamos um curioso diálogo sobre o ato de dirigir. O assunto surgiu quando ela passou com o automóvel tão perto de um operário que nosso para-choque arrancou um botão do casaco do homem.

— Você é uma péssima motorista — eu protestei. — Ou aprende a ser mais cuidadosa, ou não deveria mais dirigir.

— Eu sou cuidadosa.

— Não é, não.

— Bem, os outros são — ela disse jovialmente.

— E o que isso tem a ver?

— Eles que desviem do meu caminho — insistiu. — É preciso duas pessoas para haver um acidente.

— E se você topar com alguém mais descuidado que você?

— Espero que isso nunca aconteça — ela respondeu. — Odeio gente descuidada.

Seus olhos acinzentados e ofuscados pelo sol fitavam adiante, mas ela havia transformado de propósito a natureza de nosso relacionamento e, por um instante, julguei que a amava. Mas sou um sujeito de raciocínio lento e tenho uma porção de regras internas que agem como freios para meus desejos, e sabia que primeiro precisava me distanciar daquele emaranhado de sentimentos. Eu já estava escrevendo a Jordan uma vez por semana e assinando: "Com amor, Nick", e tudo o que pensava era que, ao jogar tênis, seu lábio superior era tomado por um tênue bigode de suor. Ainda assim, havia um vago entendimento entre nós que precisava ser cuidadosamente quebrado antes que eu pudesse me considerar livre.

Todo mundo gosta de se atribuir ao menos uma das virtudes cardinais, e esta é a minha: sou uma das poucas pessoas honestas deste mundo.

4

Nas manhãs de domingo, enquanto os sinos das igrejas repicavam nos vilarejos ao longo da costa, todos retornavam à casa de Gatsby com suas respectivas acompanhantes e passeavam alegremente pelo gramado.

— Ele é contrabandista de bebidas[1] — diziam as moças, movendo-se entre os coquetéis e as flores de seu anfitrião. — Uma vez, matou um homem que descobriu que ele era sobrinho de Von Hindenburg[2] e primo em segundo grau do diabo. Faça o favor de me alcançar o vinho rosé, querida, e me sirva um último gole naquela taça de cristal.

Certa vez, preenchi os espaços vazios de uma agenda com os nomes dos convidados de Gatsby naquele verão. Agora é uma agenda antiga, esfarelando nas dobras, com o título: "Agenda em vigor: 5 de julho de 1922". Mas ainda consigo ler os nomes em cinza e estes lhes darão uma impressão mais exata, superior às minhas generalidades, daqueles que aceitavam a hospitalidade de Gatsby e a retribuíam com o sutil tributo de não saberem nada a seu respeito.

De East Egg, portanto, vinham os Chester Becker e os Leech, além de um homem chamado Bunsen, que conheci em Yale, e o dr. Webster Civet, que morreu afogado no verão passado em Maine. Também havia os Hornbeam, os Willie Voltaire e um clã inteiro chamado Blackbuck, que tinha o costume de se agrupar num canto e empinar o nariz feito um bando de cabras a qualquer um que se aproximasse. E os Ismay e os Chrystie (ou melhor, Hubert Auerbach e a esposa do sr. Chrystie) e Edgar Beaver, cujo cabelo, dizem, ficou totalmente branco numa tarde de inverno, sem nenhuma razão.

Clarence Endive era de East Egg, pelo que eu me lembro. Ele veio uma vez só, metido num par de *knickerbockers* brancas,* e meteu-se numa briga no jardim com um mendigo chamado Etty. De pontos mais afastados da ilha vinham os Cheadle e os O. R. P. Schraeder, e os Stonewall Jackson Abram da Geórgia, e os Fishguard e os Ripley Snell. O velho Snell frequentou a casa de Gatsby três dias antes de ir preso, cambaleando tão bêbado pela estrada de cascalho que o automóvel da sra. Ulysses Swett passou por cima de sua mão direita. Os Dancie também compareciam, assim como S. B. Whitebait, que já havia passado dos sessenta, e Maurice A. Flink, os Hammerhead e Beluga, o importador de tabaco, acompanhado das filhas.

De West Egg vinham os Pole, os Mulready e Cecil Roebuck e Cecil Schoen e Gulick, o senador do estado, e Newton Orchid, que dirigia a Films Par Excellence, e Eckhaust e Clyde Cohen e Don S. Schwartz (o filho) e Arthur McCarty, todos de algum modo ligados à indústria do cinema. E os Catlip e os Bemberg e G. Earl Muldoon, irmão daquele Muldoon que posteriormente estrangulou a esposa. O promotor Da Fontano também era *habitué*, além de Ed Legros e James B. ("Rot-Gut")** Ferret e os De Jong e Ernest Lilly — estes vinham para apostar e, quando Ferret era visto perambulando pelo jardim, significava que ele perdera tudo e

* Calças curtas do início do século XX que geralmente passavam um pouco dos joelhos e eram utilizadas com meias longas.
** Termo que designa bebida alcoólica adulterada ou de qualidade inferior.

que as ações da Associated Traction teriam que lucrar muito no dia seguinte.

Um homem chamado Klipspringer frequentava Gatsby com tamanha assiduidade que ficara conhecido como "o hóspede" — duvido que ele tivesse outra residência. Da classe teatral compareciam Gus Waize e Horace O'Donavan e Lester Myer e George Duckweed e Francis Bull. De Nova York vinham os Chrome e os Backhysson e os Dennicker e Russel Betty e os Corrigan e os Kelleher e os Dewar e os Scully e S. W. Belcher e os Smirke e os rapazes Quinn, agora divorciados, e Henry L. Palmetto, que se suicidou saltando na frente do trem do metrô em Times Square.

Benny McClenahan sempre chegava com quatro garotas. Que nunca eram as mesmas fisicamente, mas eram tão idênticas umas às outras que inevitavelmente pareciam repetir-se. Esqueci seus nomes — Jaqueline, eu acho, ou Consuela, ou Gloria ou Judy ou June, e seus sobrenomes variavam entre melodiosos nomes de flor ou de mês e os austeros sobrenomes dos maiores capitalistas do país, com quem elas, pressionadas, confessariam ter algum parentesco.

Além de todas essas pessoas, lembro-me de que Faustina O'Brien compareceu pelo menos uma vez, e também as garotas Baedeker e o jovem Brewer, que teve seu nariz arrancado na guerra, e o sr. Albrucksburger e a srta. Haag, sua noiva, e Ardita FitzPeters e o sr. P. Jewett, ex-diretor da Legião Americana, e a srta. Claudia Hip, com um homem que se dizia seu motorista, e um príncipe de algum lugar, que chamávamos de Duke, e de cujo nome eu me esqueci, se é que já cheguei a saber.

Toda essa gente frequentava a casa de Gatsby no verão.

Às nove horas de uma manhã do fim de julho, o luxuoso carro de Gatsby veio sacolejando pela estrada pedregosa e alcançou o meu portão, emitindo uma melodia súbita com sua buzina de três notas. Era a primeira vez que ele me visitava, embora eu já tivesse comparecido a duas de suas festas, passeado em seu hidroavião e, após muita insistência, frequentado sua praia particular sistematicamente.

— Bom dia, meu velho. Já que vamos almoçar juntos, pensei que podíamos dar um passeio antes.

Ele se equilibrava sobre o para-choque do automóvel com aquela engenhosidade de movimentos tipicamente americana — que vem, eu suponho, da ausência de trabalho braçal na juventude e, mais ainda, da graciosidade disforme de nossos esportes nervosos e esporádicos. Essa característica vivia transbordando de sua conduta meticulosa sob a forma de inquietação. Ele nunca estava totalmente parado; havia sempre um tamborilar de dedos em algum lugar, ou o abrir e fechar impaciente de uma mão.

Ele me viu olhando com admiração para seu carro.

— É uma beleza, não é, meu velho? — Ele se afastou para me dar uma visão melhor. — Ainda não tinha visto o meu carro?

Eu já o tinha visto. Assim como todo mundo. Era de uma intensa cor creme e um brilho niquelado, avultado aqui e ali em seu comprimento já enorme por caixas de chapéus, de comida e de ferramentas, e encimado por um labirinto de para-brisas que refletiam uma dúzia de sóis. Sentados atrás de muitas camadas de vidro, sob uma espécie de capota esverdeada de couro, partimos em direção à cidade.

No decorrer daquele mês, havia conversado com Gatsby meia dúzia de vezes e descobrira, para minha decepção, que ele tinha pouco a dizer. De modo que a minha primeira impressão, de que ele era uma pessoa de importância indefinida, havia progressivamente desaparecido e ele se tornara apenas o proprietário da exagerada mansão ao meu lado.

Então veio aquela desconcertante carona. Ainda não havíamos alcançado West Egg quando Gatsby decidiu deixar inconclusas suas frases elegantemente formadas, batendo com hesitação no joelho de sua calça cor de caramelo.

— Escute aqui, meu velho — ele irrompeu de maneira imprevista —, qual é a sua opinião sobre mim, afinal?

Um tanto coagido, recorri às evasivas generalizadas que a pergunta exigia.

— Bem, vou lhe contar algo sobre a minha vida — ele interrompeu. — Não quero que você tenha uma ideia errada de mim a partir dessas histórias que ouve.

Então ele estava por dentro das acusações bizarras que davam sabor às conversas em sua casa.

— Por Deus, o que eu vou lhe contar é a mais pura verdade. — Sua mão direita ergueu-se repentinamente para pedir que o castigo divino o atestasse. — Sou filho de uma família rica do Meio-Oeste, todos já falecidos. Fui criado nos Estados Unidos, mas educado em Oxford porque foi lá que meus antepassados sempre estudaram. É uma tradição familiar.

Ele me fitou com o canto do olho — e eu soube imediatamente por que Jordan Baker achara que ele estava mentindo. Gatsby acelerou as palavras "educado em Oxford", ou mesmo as engoliu, sufocando-as, como se isso já lhe tivesse causado problemas no passado. Diante dessa hesitação, seu depoimento inteiro caiu por terra, e fiquei imaginando se não havia algo de estranho naquele sujeito, afinal de contas.

— Que parte do Meio-Oeste? — perguntei casualmente.

— San Francisco.

— Ah.

— Minha família inteira morreu e eu herdei uma fortuna.

Seu tom de voz era solene, como se a lembrança da súbita extinção de um clã ainda o assombrasse. Por um momento, julguei que ele estivesse brincando, mas só de fitá-lo me convenci do contrário.

— Depois disso, vivi como um jovem rajá em todas as capitais da Europa: Paris, Veneza, Roma. Colecionei joias, principalmente rubis, cacei animais de grande porte e pintei um pouco, tudo por prazer, na tentativa de esquecer uma coisa triste que me acontecera tempos antes.

Com algum esforço, consegui conter uma risada incrédula. As próprias frases soavam tão gastas que não me evocavam imagem alguma, exceto a de um "personagem" de turbante que exalava serragem por todos os poros enquanto perseguia um tigre pelo Bois de Boulogne.

— Então veio a guerra, meu velho. Foi um grande alívio e eu fiz o máximo possível para morrer, mas parecia ter uma vida enfeitiçada. Quando o conflito começou, aceitei o posto de primeiro-tenente. Na floresta de Argonne, assumi o comando dos poucos soldados que restaram no meu batalhão de artilharia e avancei tanto que se formou, de ambos os lados, um vácuo de oitocentos metros por onde a infantaria não conseguia penetrar. Permanecemos ali por dois dias e duas noites, cento e trinta homens com dezesseis metralhadoras Lewis e, quando a infantaria enfim chegou, encontraram a insígnia de três divisões alemãs entre as pilhas de mortos. Fui promovido a major e todos os governos aliados me condecoraram. Inclusive Montenegro, a pequena Montenegro, em pleno mar Adriático!

Pequena Montenegro! Ele enfatizou essas palavras e assentiu com a cabeça — abrindo um sorriso. Aquele sorriso abarcava toda a história atribulada de Montenegro e se solidarizava com as bravas lutas do povo montenegrino. Apreciava sem restrições a cadeia de circunstâncias nacionais que propiciara esse tributo do pequeno e cálido coração nativo. Minha incredulidade agora se transformara em fascínio; era como folhear atabalhoadamente uma dúzia de revistas.

Ele meteu a mão no bolso e me mostrou um pedaço de metal pendurado numa fita.

— Esta é a de Montenegro.

Para o meu espanto, a coisa tinha um ar de autenticidade. "Orderi di Danilo", dizia a legenda circular: "Montenegro, Nicolas Rex".[3]

— Vire a medalha.

— Major Jay Gatsby — eu li. — Pelo extraordinário heroísmo.

— Aqui tem outra coisa que eu sempre carrego. Uma lembrança dos tempos de Oxford. Foi tirada no Trinity Quad.* Esse homem à minha esquerda é hoje conde de Doncaster.

Era uma fotografia de meia dúzia de rapazes de blazer reunidos sob uma arcada com uma porção de pináculos ao fundo. Lá estava Gatsby, parecendo um pouco (nem tanto) mais jovem, com um taco de críquete na mão.

Então era tudo verdade. Pude vislumbrar as peles de tigre expostas em seu *palazzo* no Grande Canal; vi Gatsby abrindo um baú de rubis que serviam para confortar, com suas profundezas vermelhas, os tormentos de seu coração partido.

— Vou lhe pedir um grande favor hoje — ele disse, guardando com satisfação seus suvenires no bolso —, então achei que você deveria saber algo a meu respeito. Não queria que pensasse que eu era um ninguém. Veja, sempre estive entre estranhos porque ando pelo mundo tentando esquecer as coisas tristes que me aconteceram. — Ele hesitou. — Você vai ficar sabendo hoje à tarde.

— No almoço?

— Não, depois. Acontece que eu fiquei sabendo que você vai levar a senhorita Baker para tomar um chá.

— Quer dizer que você está apaixonado pela senhorita Baker?

* Pátio central do Trinity College, em Oxford.

— Não, meu velho, não é isso. Mas a senhorita Baker consentiu gentilmente em lhe falar sobre esse assunto.

Eu não tinha a mais vaga ideia do que era "esse assunto", mas estava mais irritado do que interessado. Eu não havia convidado Jordan para o chá a fim de conversar sobre o sr. Jay Gatsby. Tinha certeza de que o favor seria algo absolutamente grandioso, e por um instante me arrependi de ter botado os pés naquele gramado superpovoado.

Ele não me diria mais nenhuma palavra. Sua correção ia crescendo conforme nos aproximávamos da cidade. Passamos por Port Roosevelt,[4] onde tivemos vislumbres de navios transatlânticos com faixas vermelhas, e aceleramos ao longo de um cortiço de paralelepípedos, ladeado por tabernas abarrotadas e escuras com aquele dourado opaco do começo do século. Então o vale das cinzas se abriu de ambos os lados e, enquanto passávamos, tive um vislumbre da sra. Wilson debruçada na bomba de gasolina com ofegante vitalidade.

Com os para-choques abertos feito asas, lançamos luz em metade de Astoria — apenas metade, pois enquanto fazíamos o retorno entre as pilastras do elevado, ouvi o familiar "vrum-vrum-*paf*!" de uma moto e um policial frenético encostando em nosso carro.

— Certo, meu velho — gritou Gatsby. Nós desaceleramos. Sacando um cartão branco da carteira, ele o abanou diante do homem.

— Está tudo bem — concordou o policial, acenando com o quepe. — Da próxima vez, prometo reconhecê-lo, senhor Gatsby. Mil *desculpas*!

— O que era isso? — eu perguntei. — A foto de Oxford?

— Certa vez fiz um favor para o comissário, e desde então ele me manda todos os anos um cartão de Natal.

Atravessamos a magnífica ponte, com a luz do sol através das vigas produzindo uma ondulação constante sobre os carros em movimento, enquanto a cidade se erguia para além do rio em pilhas brancas e torrões de açúcar, construída num puro desejo incorruptível. A partir da ponte Queensboro,* a cidade é sempre vista como pela primeira vez, em sua primeira e louca promessa de todos os mistérios e belezas do mundo.

Um homem morto passou ao nosso lado num carro fúnebre atulhado de flores, seguido por duas carruagens com a cortina abaixada e outras conduções mais animadas que transportavam os amigos do morto. Eles nos olharam com os olhos trágicos e os finos lábios superiores típicos do Sudeste europeu, e fiquei feliz em saber que a visão do esplêndido automóvel de Gatsby fora agora incluída em seu passeio sombrio. Enquanto cruzávamos a ilha de Blackwell,** uma limusine nos ultrapassou, conduzida por um motorista branco e ocupada por três negros modernos, dois rapazes e uma moça. Soltei uma gargalhada alta quando suas órbitas amareladas se revolveram para nós, em esnobe rivalidade.

"Tudo pode acontecer agora que cruzamos esta ponte", eu pensei, "tudo mesmo..."

Mesmo Gatsby podia acontecer, sem que isso causasse nenhum espanto em particular.

Meio-dia frenético. Em um arejado porão na rua 42, encontrei-me com Gatsby para almoçar. Ofuscado pela recém-saída claridade da rua, localizei-o vagamente na antessala, conversando com um desconhecido.

— Senhor Carraway, este é meu amigo, o senhor Wolfshiem.

* A ponte Queensboro atravessa o East River, ligando o distrito de Queens a Manhattan. Ela cruza a antiga ilha de Blackwell.
** Localizada no East River, a ilha de Blackwell é hoje conhecida como Roosevelt Island. Lá houve uma penitenciária (1832-1935), um manicômio e inúmeros hospitais.

Um judeu pequeno de nariz achatado ergueu sua enorme cabeça e me olhou do alto de seus dois tufos de pelos que floresciam em suas narinas. Levei um instante para localizar seus minúsculos olhos à meia-luz.

— ...Então dei uma boa olhada nele — disse o sr. Wolfshiem, apertando-me firmemente a mão — e sabe o que fiz?

— O quê? — perguntei com cortesia.

Mas é claro que ele não se dirigia a mim, pois largou minha mão e cobriu Gatsby com seu nariz expressivo.

— Dei o dinheiro a Katspaugh e falei: "Certo, Katspaugh, não lhe pague um centavo até ele calar a boca". Ele calou a boca na hora.

Gatsby nos tomou pelo braço, um de cada lado, e adentrou o restaurante, enquanto o sr. Wolfshiem engolia a continuação de uma nova frase e caía numa distração sonâmbula.

— Uísque e soda? — ofereceu o maître.

— É um belo restaurante — disse o sr. Wolfshiem, admirando as ninfas presbiterianas pintadas no teto. — Mas eu prefiro aquele no outro lado da rua!

— Sim, uísque, por favor — assentiu Gatsby, e então ao sr. Wolfshiem: — Lá é muito quente.

— Quente e pequeno, é verdade — disse o sr. Wolfshiem —, mas cheio de lembranças.

— De que restaurante vocês estão falando? — perguntei.

— Do velho Metropole.

— Do velho Metropole — remoeu o sr. Wolfshiem melancolicamente. — Cheio de rostos mortos e enterrados. Cheio de amigos que partiram para sempre. Nunca vou me esquecer da noite em que atiraram em Rosy Rosenthal. Éramos seis à mesa, e Rosy havia comido e bebido a noite toda. Quando já era quase de manhã, o garçom veio com um olhar esquisito e disse que alguém queria falar com ele lá fora. "Certo", disse Rosy, erguendo-se da cadeira, mas eu o puxei de volta. "Deixe aqueles sacanas virem até aqui, Rosy, se querem pegá-lo. Mas, por Deus, não ouse sair desta sala." Já eram quatro da madrugada e, se erguêssemos as persianas, veríamos a luz do dia.

— Ele saiu? — perguntei, com ingenuidade.

— É claro que sim. — O nariz do sr. Wolfshiem me fulminou, indignado. — Ao chegar à porta, ele se virou para trás e disse: "Não deixem o garçom levar meu café!". Então foi à calçada, onde o receberam com três tiros na barriga e fugiram.

— Quatro deles foram para a cadeira elétrica — eu disse, lembrando-me do caso.

— Cinco, com Becker. — Suas narinas se voltaram para mim com ar interessado. — Soube que você está procurando *um licação nas necócios*.*

A justaposição desses dois comentários foi desconcertante. Gatsby respondeu em meu lugar:

— Ah, não — ele exclamou —, não é este o homem.

— Não? — o sr. Wolfshiem pareceu desapontado.

— Este é só um amigo. Falei que conversaríamos sobre isso em outra ocasião.

— Me desculpe — disse o sr. Wolfshiem. — Peguei o homem errado.

Um suculento picadinho chegou à mesa e o sr. Wolfshiem, esquecido da atmosfera nostálgica do velho Metropole, passou a comer com sensibilidade feroz. Enquanto isso, seus olhos percorriam lentamente o salão — ele completou o círculo virando-se para inspecionar as pessoas bem atrás de nós. Não fosse a minha presença, acho que se abaixaria para dar uma olhada debaixo da nossa própria mesa.

— Ouça, meu velho — disse Gatsby, reclinando-se

* "Um licação nas necócios" e "Oggsford", em vez de "uma ligação nos negócios" e "Oxford", são tentativas de emular o sotaque judeu nova-iorquino.

em minha direção —, me desculpe por tê-lo aborrecido esta manhã, no carro.

Ele abriu aquele sorriso de novo, mas dessa vez tentei resistir.

— Não gosto de mistérios — respondi — e não entendo por que você não chega honestamente e me diz o que quer. Por que precisa passar pela senhorita Baker?

— Ah, não é nada proibido — ele me garantiu. — A senhorita Baker é uma grande atleta, você sabe, e nunca faria nada de errado.

De repente ele consultou o relógio, levantou-se de um salto e disparou pelo salão, deixando-me à mesa com o sr. Wolfshiem.

— Ele foi telefonar — disse o sr. Wolfshiem, seguindo-o com os olhos. — É um bom sujeito, não? Bonito de se ver e um perfeito cavalheiro.

— É.

— É um homem de Oggsford.

— Ah.

— Ele estudou em Oggsford, na Inglaterra. Você conhece a universidade de Oggsford?

— Já ouvi falar.

— É uma das mais famosas do mundo.

— Você conhece Gatsby há muito tempo? — perguntei.

— Há muitos anos — ele respondeu com ar satisfeito. — Tive o prazer de conhecê-lo logo após a guerra. Percebi que estava diante de um homem de fina estirpe depois de conversarmos por uma hora. Eu disse a mim mesmo: "É o tipo de homem que todos gostariam de levar para casa e apresentar à mãe e à irmã". — Ele fez uma pausa. — Vejo que está olhando para as minhas abotoaduras.

Eu não estava olhando para elas, mas passei a fazê-lo. Eram lascas de marfim estranhamente familiares.

— São feitas dos mais finos espécimes de molares humanos — ele me informou.

— Ora! — eu as examinei. — É uma ideia muito interessante.

— É. — Ele escondeu os punhos por baixo do casaco. — De fato, Gatsby é muito cuidadoso com as mulheres. Não ousaria sequer olhar para a esposa de um amigo.

Assim que o protagonista dessa confiança instintiva retornou à mesa e sentou-se, o sr. Wolfshiem bebeu seu café de uma vez e levantou-se.

— Adorei o almoço — ele disse —, e agora irei deixá-los, meus jovens, antes que eu comece a abusar da hospitalidade de vocês.

— Não seja tolo — disse Gatsby, sem sombra de entusiasmo. O sr. Wolfshiem ergueu a mão numa espécie de bênção.

— Você é muito educado, mas pertence a outra geração — ele anunciou de forma solene. — Fiquem aqui conversando sobre seus esportes, suas namoradas e... — ele supriu o substantivo com outro aceno. — Quanto a mim, tenho cinquenta anos de idade e não irei importuná-los mais com a minha presença.

Quando ele terminou de cumprimentar Gatsby e virou-se para ir embora, seu trágico nariz estava trêmulo. Fiquei imaginando se havia dito algo que o ofendera.

— Às vezes ele fica sentimental — explicou Gatsby. — Hoje é um desses dias. Trata-se de uma figura singular de Nova York, um cidadão da Broadway.

— Mas, afinal, ele é ator?

— Não.

— Dentista?

— Meyer Wolfshiem?[5] Não, é um apostador. — Gatsby hesitou e então acrescentou, calculadamente: — Foi ele quem fraudou a World's Series de 1919.[6]

— Fraudou a World's Series? — repeti.

Aquela informação me deixou abalado. Eu me lembrava, é claro, de que a World's Series fora fraudada em 1919, mas, se alguma vez cheguei a pensar no assunto, considerava-o algo que simplesmente *acontecera*, resultado de alguma inevitável cadeia de eventos. Nunca me ocorreu que um só homem poderia ludibriar a fé de cinquenta milhões de pessoas — com a obstinação de um ladrão explodindo um cofre.

— E como é que ele fez isso? — perguntei após um minuto.

— Ele apenas viu a oportunidade.

— Por que não foi preso?

— Ninguém consegue apanhá-lo, meu velho. É um sujeito esperto.

Insisti em pagar a conta. Quando o garçom veio me trazer o troco, reconheci Tom Buchanan em meio ao salão abarrotado.

— Venha comigo um minuto — eu disse —, preciso cumprimentar um amigo.

Assim que nos viu, Tom ergueu-se num salto e deu meia dúzia de passos em nossa direção.

— Por onde você andou? — ele protestou vivamente. — Daisy está furiosa por não ter telefonado.

— Este é o senhor Gatsby, senhor Buchanan.

Eles deram um breve aperto de mãos, e Gatsby deixou transparecer um olhar estranhamente tenso e constrangido.

— Mas enfim, como vai? — perguntou Tom. — Por que resolveu vir tão longe só para comer?

— Eu estava almoçando com o senhor Gatsby.

Voltei-me em direção ao sr. Gatsby, mas ele não estava mais lá.

Foi num dia de outubro de 1917...

(contou Jordan mais tarde, sentada aprumadamente no salão de chá do Plaza Hotel)

...eu estava indo de um lugar para o outro, caminhando tanto pela calçada quanto pela grama. Dava preferência à grama pois usava uns sapatos ingleses com cravos de borracha na sola que viviam grudando no chão liso. Eu também vestia uma saia xadrez nova que levantava ligeiramente com o vento e, sempre que isso acontecia, as bandeiras vermelhas, brancas e azuis diante de todas as casas se retesavam e faziam um *tut-tut-tut-tut* em desaprovação.

A bandeira mais ampla de todas e o gramado mais extenso eram os da casa de Daisy Fay. Tinha apenas dezoito anos, dois a mais do que eu, e era de longe a garota mais popular de Louisville. Costumava vestir-se de branco e tinha um pequeno conversível da mesma cor. O telefone tocava o dia todo, e os excitados oficiais de Camp Taylor[7] viviam solicitando o privilégio de monopolizá-la naquela noite. “Nem que seja por uma hora!”

Naquela manhã, ao me aproximar da casa de Daisy, vi que o conversível branco se encontrava fora da garagem, e ela estava sentada nele com um tenente que eu nunca havia visto. Estavam tão entretidos entre si que não me viram até que eu chegasse a menos de dois metros de distância. “Olá, Jordan”, ela disse de repente. “Por favor, venha cá.”

Senti-me lisonjeada por ela querer falar comigo, pois, de todas as garotas mais velhas, era Daisy quem eu mais admirava. Ela perguntou se eu estava indo para a Cruz Vermelha fazer curativos. Eu estava. Nesse caso, será que eu poderia avisar que hoje ela não iria? Enquanto Daisy falava, o oficial olhava para ela do jeito que todas as mocinhas gostariam de ser olhadas algum dia, e por me parecer tão romântico é que me lembro desse incidente até hoje. Seu nome era Jay Gatsby, e não tornei a vê-lo nos quatro anos seguintes. Mesmo ao encontrá-lo em Long Island, não notei que era o mesmo homem.

Isso foi em 1917. No ano seguinte, eu mesma arrumei uns namorados e comecei a disputar campeonatos, de modo que já não via Daisy com tanta frequência. Ela costumava sair com uma turma um pouco mais velha, isso quando saía com alguém. Havia uma história louca circulando a seu respeito: dizia-se que, numa noite de inverno, a mãe a encontrara fazendo as malas para ir a Nova York despedir-se de um soldado que estava indo para a guerra. Ela foi naturalmente proibida de ir, mas passou várias semanas sem falar com os pais. Depois disso, nunca mais saiu com soldados, apenas com alguns rapazes da cidade, míopes e de pés chatos, que não conseguiram entrar no Exército.

No outono seguinte, ela estava novamente alegre, mais do que nunca. Ganhou uma festa de debutante após o armistício, e em fevereiro estava supostamente noiva de um sujeito de New Orleans. Em junho, casou-se com Tom Buchanan, de Chicago, com tal pompa e circunstância como jamais se vira em Louisville. Ele veio acompanhado de uns cem convidados em quatro veículos privativos, alugou um andar inteiro do hotel Muhlbach* e, na véspera da cerimônia, presenteou-a com um colar de pérolas avaliado em trezentos e cinquenta mil dólares.

Eu fui dama de honra. Entrei no quarto de Daisy meia hora antes do jantar de noivado e a encontrei deitada na cama com seu vestido florido, tão bela quanto as noites de junho. E tão bêbada quanto um gambá. Tinha uma garrafa de Sauterne numa mão e uma carta na outra.

— Me dê os parabéns — ela resmungou. — Eu nunca tinha ficado bêbada antes, mas, nossa, como é bom.

— O que houve, Daisy? — Eu estava verdadeiramente assustada; nunca tinha visto uma garota naquele estado.

— Aqui, querida. — Ela vasculhou a lixeira ao lado da cama e sacou de dentro um colar de pérolas. — Leve isto aqui lá embaixo e devolva a quem quer que seja o dono. Diga a todo mundo que Daisy mudou de ideia. Diga assim: “A Daisy mudou de ideia!”.

Ela se pôs a chorar, e chorou e chorou. Eu saí às pres-

* Alusão ao hotel Seelbach, fundado em Louisville em 1905.

sas e topei com a criada da mãe de Daisy, que me ajudou a trancar a porta e dar-lhe um banho frio. Ela não queria largar a carta. Levara consigo à banheira e a espremera até virar uma bola encharcada, só me permitindo deixá-la sobre a saboneteira quando notou que o papel estava se desfazendo como flocos de neve.

Ela não disse mais uma palavra. Nós lhe demos amônia para cheirar, botamos gelo em sua testa e a enfiamos de volta no vestido, de modo que, meia hora depois, quando saímos do quarto, as pérolas estavam de novo em seu pescoço e o incidente ficara para trás. No dia seguinte, às cinco da tarde, ela se casou com Tom Buchanan sem ao menos pestanejar, e partiu para uma viagem de três meses pelos Mares do Sul.

Topei com eles em Santa Barbara após a lua de mel, e acho que nunca vi uma garota tão louca pelo marido. Quando ele saía da sala por um minuto, ela olhava ao redor com apreensão e perguntava: "Cadê o Tom?", revestindo-se de uma expressão completamente distraída até vê-lo retornando. Ela se deitava na areia com a cabeça pousada no colo de Tom, acariciando seu rosto e o observando com um prazer insondável. Era tocante vê-los juntos — aquilo me fazia rir de um jeito contido e fascinado. Isso foi em agosto. Uma semana depois que eu deixei Santa Barbara, Tom bateu numa caminhonete na estrada de Ventura e perdeu uma das rodas dianteiras do carro. A garota que estava com ele também saiu nos jornais, pois havia quebrado o braço — era uma das camareiras do Santa Barbara Hotel.

Em abril, Daisy teve uma filha e eles foram morar na França por um ano. Encontrei-os numa primavera em Cannes e depois em Deauville, e então eles voltaram a Chicago com a intenção de se estabelecer por lá. Daisy era popular em Chicago, como você sabe. Eles andavam com uma turma leviana, todos jovens, ricos e loucos, mas ela saiu de lá com a reputação absolutamente irretocável.

Talvez porque não bebesse. É uma grande vantagem não beber quando se está entre pessoas que exageram na dose. Você consegue refrear a língua e, melhor ainda, programar qualquer pequena transgressão sua para o momento exato em que todos estão alterados demais para reparar ou dar importância. Talvez Daisy nunca tivesse traído Tom — e, ainda assim, havia algo em sua voz...

Bem, há mais ou menos umas seis semanas ela ouviu o nome Gatsby pela primeira vez em anos. Foi quando lhe perguntei — lembra? — se você conhecia o Gatsby que morava em West Egg. Depois que você saiu, ela foi ao meu quarto, me acordou e perguntou: "Que Gatsby?", e, quando o descrevi, sonolenta, ela anunciou com a voz mais estranha do mundo que deveria ser o mesmo homem que ela conhecera. Só então relacionei esse Gatsby com o oficial sentado no conversível de Daisy.

Quando Jordan Baker terminou de me contar essa história, já havíamos deixado o Plaza fazia meia hora e estávamos passeando numa carruagem pelo Central Park. O sol havia se posto por trás dos imponentes edifícios onde viviam as celebridades do cinema na área das West Fifties, e as límpidas vozes das crianças, que já se agrupavam feito grilos na grama, se erguiam através do cálido crepúsculo:

Eu sou o sheik da Arábia.
O seu amor me pertence.
À noite, quando você estiver dormindo,
Vou me esgueirar no seu quarto...*

* "Sheik of Araby", canção de 1921 composta por Harry B. Smith e Francis Wheeler (letra) em parceria com Ted Snyder (melodia). Foi inspirada no filme O *sheik* (1921), com Rodolfo Valentino no papel principal. Tornou-se um standard popular de jazz e até os Beatles gravaram uma versão.

— Que coincidência esquisita — eu disse.

— Não foi coincidência nenhuma.

— Como assim?

— Gatsby comprou aquela casa pois sabia que Daisy estava do outro lado da baía.

Então não eram só as estrelas que ele cobiçara naquela noite de junho. Ele se revelara totalmente para mim, saído de repente do útero de seu esplendor despropositado.

— Gatsby quer saber — prosseguiu Jordan — se você convidaria Daisy para jantar em sua casa e o deixaria dar uma passada por lá.

A simplicidade do pedido me comoveu. Ele havia esperado cinco anos e comprado uma mansão onde partilhava a luz das estrelas com mariposas ocasionais — tudo para poder, um dia, dar uma passada no quintal de um estranho.

— E eu precisava saber de tudo isso para um favor tão pequeno?

— Ele está com medo porque esperou demais. Pensou que você pudesse ficar ofendido. Você vê, no fundo ele não é tão durão.

Alguma coisa me incomodava.

— Por que não pediu para você promover o encontro?

— Ele quer que Daisy veja a mansão — ela explicou. — E a sua casa é bem ao lado.

— Ah!

— Acho que ele esperava vê-la numa de suas festas, em alguma noite — prosseguiu Jordan —, mas ela nunca apareceu. Então ele passou a perguntar casualmente às outras pessoas se alguém a conhecia, e eu fui a primeira que ele encontrou. Foi naquela noite em que ele me mandou chamar no baile, e você precisa ver o quanto ele me enrolou até ir direto ao ponto. É claro que eu sugeri de imediato um almoço em Nova York, e achei que ele enlouqueceria de vez: "Não quero ir longe demais!", ele repetia. "Quero vê-la o mais próximo de casa."

— Quando eu disse que você era amigo íntimo de Tom, ele quase desistiu. Não sabia muita coisa a respeito de Tom, embora tenha assinado um jornal de Chicago por vários anos só pela chance de poder topar com o nome de Daisy.

Já havia escurecido e, ao passarmos por baixo de uma pequena ponte, pousei meu braço sobre o ombro dourado de Jordan, puxei-a em minha direção e a convidei para jantar. De repente, eu não estava mais pensando em Daisy e Gatsby, mas naquela moça clara, forte e determinada, que tinha de lidar com um ceticismo universal e que se alojava confortavelmente no círculo dos meus braços. Uma frase ressoou em meus ouvidos numa espécie de excitação impetuosa: "Existem apenas os perseguidos e os perseguidores, os ocupados e os fatigados".

— E Daisy precisa ter alguma coisa na vida — murmurou Jordan para mim.

— Ela quer se encontrar com Gatsby?

— Não é para ela ficar sabendo. Gatsby não quer que ela saiba. Você só tem que convidá-la para tomar chá.

Passamos por uma barreira de árvores escuras e depois pela fachada da rua 59, um quarteirão de luzes pálidas e delicadas que se refletiam através do parque. Ao contrário de Gatsby e de Tom Buchanan, eu não tinha nenhuma garota dos sonhos para projetar em todas as cornijas e letreiros luminosos, então puxei a garota ao meu lado, apertando-a em meus braços. Sua boca exausta e desdenhosa arriscou um sorriso, então puxei-a novamente, dessa vez para junto do meu rosto.

5

Naquela noite, ao voltar para West Egg, pensei por um instante que minha casa estava pegando fogo. Eram duas da madrugada e toda a borda da península ardia de luz, conferindo um ar de irrealidade ao bosque e lançando faíscas alongadas sobre os fios elétricos que margeavam a estrada. Virando a esquina, vi que a claridade vinha da casa de Gatsby, iluminada do porão ao teto.

De início, pensei que se tratava de mais uma festa, ou de uma multidão enlouquecida que decidira brincar de "esconde-esconde" ou de "sardinha em lata"* com a casa inteira disponível. Mas não havia barulho. Só o vento nas árvores, que soprava os fios elétricos e fazia as luzes oscilarem repetidas vezes, como se a casa estivesse piscando para a escuridão. Enquanto meu táxi sumia de vista, Gatsby veio andando pelo gramado em minha direção.

— A sua casa está parecendo a Feira Mundial — eu disse.

— Você acha? — ele voltou os olhos para trás, distraído. — Estava dando uma arejada nos quartos. Vamos para Coney Island,[1] meu velho. Com o meu carro.

— Já está tarde.

* *Sardines-in-the-box* é uma brincadeira similar ao esconde-esconde, só que ao contrário: em vez de uma criança procurar as outras, todas procuram uma só.

— Bem, e se a gente desse um mergulho na piscina? Passei o verão inteiro sem usá-la.

— Preciso ir dormir.

— Certo.

Ele esperou, olhando-me com reprimida sofreguidão.

— Falei com a senhorita Baker — eu disse, após um instante. — Vou ligar amanhã para Daisy e convidá-la para vir tomar um chá.

— Muito bem — ele retrucou, descuidado. — Não quero incomodá-lo.

— Que dia é melhor para você?

— Que dia é melhor para *você*? — ele me corrigiu imediatamente. — Não quero incomodá-lo, você sabe.

— Que tal depois de amanhã?

Ele refletiu por um instante. E então, com relutância:

— Preciso mandar cortar a grama.

Ambos olhamos para o quintal: havia uma linha bem definida onde terminava o meu denso matagal e começava o jardim dele, mais escuro e bem cuidado. Presumi que ele estivesse se referindo ao meu espaço.

— E tem mais uma coisinha — ele disse de maneira incerta, e então hesitou.

— Você prefere adiar para mais tarde? — perguntei.

— Ah, não é isso. Quer dizer... — Ele foi tateando diversas formas de iniciar a frase. — É que, eu fico pensando... veja bem, meu velho, você não ganha muito dinheiro, não é?

— Não muito.

Aquilo pareceu encorajá-lo e ele prosseguiu com mais segurança.

— Foi o que imaginei, se me perdoa a... Você sabe, eu gerencio um pequeno negócio nas horas vagas, uma espécie de bico, entende? E pensei que, se você ganha pouco... você vende títulos, não é, meu velho?

— Estou tentando.

— Bem, isso pode interessá-lo. Não tomaria muito do

seu tempo e você poderia fazer um bom dinheiro. Acontece que é uma coisa meio confidencial.

Hoje percebo que, em outras circunstâncias, essa conversa poderia ter sido um ponto de virada em minha vida. Porém, como se tratava de uma oferta óbvia e grosseiramente ligada a um serviço a ser prestado, não tive saída senão refutá-la ali mesmo.

— Estou ocupado demais — respondi. — Fico muito agradecido, mas não posso me comprometer com outros trabalhos.

— Você não teria que fazer nenhum negócio com o Wolfshiem. — Evidentemente ele achava que eu estava me esquivando da tal "licação nas necócios" mencionada no almoço, mas lhe garanti que não era o caso. Ele aguardou mais um instante, na esperança de que eu puxasse conversa, mas eu estava absorto demais para reagir, de modo que ele voltou desanimadamente para casa.

Aquela noite me deixara tonto e feliz; devo ter caído num sono profundo assim que entrei em casa. Dessa forma, não sei se Gatsby foi ou não a Coney Island, ou por quantas horas ele continuou "dando uma arejada" nos quartos enquanto sua casa resplandecia ostensivamente. Na manhã seguinte, telefonei para Daisy do escritório e convidei-a para tomar um chá em casa.

— Não traga o Tom — avisei.

— O quê?

— Não traga o Tom.

— Quem é "Tom"? — ela perguntou inocentemente.

No dia combinado, caía uma chuva torrencial. Às onze da manhã, um homem de capa de chuva arrastando um cortador de grama bateu à minha porta e disse que o sr. Gatsby o havia mandado aparar a grama. Percebi então que esquecera de chamar a empregada finlandesa para servir o chá, então fui ao centro de West Egg para procurá-la entre as encharcadas vielas caiadas e comprar algumas xícaras, limões e flores.

As flores eram desnecessárias, pois às duas da tarde Gatsby me mandou uma verdadeira estufa com infinitos vasos. Uma hora depois, a porta se abriu nervosamente e Gatsby irrompeu em minha casa, metido num terno branco de flanela, camisa prateada e gravata dourada. Ele estava pálido e havia marcas escuras de insônia debaixo de seus olhos.

— Está tudo em ordem? — ele perguntou de imediato.

— A grama ficou boa, se é o que você quer saber.

— Que grama? — ele indagou, com o olhar vazio. — Ah, a grama do jardim.

Ele olhou pela janela mas, a julgar por sua expressão, não acho que tenha visto coisa alguma.

— Ficou ótimo — ele observou vagamente. — Li no jornal que a chuva deve dar trégua lá pelas quatro horas. Acho que foi no *The Journal*.[2] Você tem tudo o que precisa em termos de... em termos de chá?

Conduzi-o até a despensa, onde encarou minha finlandesa com ar de reprovação. Juntos examinamos os doze bolinhos de limão da confeitaria.

— Acha que são suficientes? — perguntei.

— É claro, claro! Estão ótimos... — ele acrescentou, de forma vazia —, meu velho.

A chuva amainou por volta das três e meia e converteu-se em uma névoa úmida, através da qual magras gotas caíam feito orvalho. Gatsby folheou com o olhar perdido um volume da *Economia*, de Clay,[3] sobressaltando-se com os passos da finlandesa que faziam tremer o chão da cozinha e espiando ocasionalmente através das janelas embaçadas, como se uma série de acontecimentos invisíveis, porém alarmantes, estivesse em curso lá fora. Por fim, ele se levantou e anunciou, numa voz hesitante, que estava indo embora.

— Mas por quê?

— Ninguém vai aparecer para o chá. Já está tarde! — Ele consultou o relógio como se tivesse um compromisso urgente em qualquer lugar. — Não posso esperar o dia todo.

— Não seja bobo, faltam só dois minutos para as quatro.

Ele sentou com ar de infelicidade, como se o tivessem empurrado, e naquele momento ouvimos um som de motor dobrando a esquina. Ambos nos levantamos e, um tanto angustiado, saí para o quintal.

Sob as gotejantes e desnudas árvores de lilases, um carro avançava pela entrada. Parou. O rosto de Daisy, inclinado sob um chapéu de três pontas cor de lavanda, ergueu-se para mim com um sorriso alegre e arrebatador.

— É aqui mesmo que você mora, meu querido? Tem certeza aboluta?

A reverberação excitante de sua voz caiu como um tônico em meio a toda aquela chuva. Por um instante, tive que seguir unicamente seu som, de cima a baixo, só com os ouvidos, antes de poder distinguir as palavras. Uma mecha de cabelo úmido caía sobre seu queixo como um borrifo de tinta azul, e sua mão estava coberta de gotas translúcidas quando a ajudei a sair do carro.

— Você está apaixonado por mim — ela sussurrou em meu ouvido —, ou por que me pediria que viesse sozinha?

— É o segredo do castelo de Rackrent.[4] Diga ao seu chofer para ir embora e voltar daqui a uma hora.

— Volte daqui a uma hora, Ferdie. — Então, com um sussurro grave: — Seu nome é Ferdie.

— E a gasolina, lhe afeta o nariz?

— Acho que não — ela respondeu inocentemente. — Por quê?

Entramos na casa. Para minha imensa surpresa, a sala estava vazia.

— Bem, isso é engraçado — exclamei.

— O que é engraçado?

Ela se virou ao ouvir uma batida leve e respeitosa na porta da frente. Fui abrir. Gatsby, pálido feito a morte, as mãos afundadas nos bolsos do casaco, estava parado sobre uma poça d'água e olhava tragicamente no fundo dos meus olhos.

Com as mãos ainda nos bolsos, ele passou reto por mim e seguiu para o vestíbulo, então se virou de repente como se estivesse na corda bamba e desapareceu na sala. Não era nem um pouco engraçado. Ciente das fortes batidas do meu coração, empurrei a porta em direção à chuva cada vez mais densa.

Por meio minuto, não houve ruído algum. Então ouvi um murmúrio abafado e parte de uma risada, seguidos pela voz de Daisy em tom claramente artificial:

— Que felicidade revê-lo!

Uma pausa; ela durou uma eternidade. Eu não tinha o que fazer no vestíbulo, então fui até a sala.

Gatsby, as mãos ainda nos bolsos, reclinava-se sobre o consolo da lareira numa atitude tensa e forçada de quem aparenta estar à vontade, quase entediado. Sua cabeça pendia para trás de tal forma que se apoiava num relógio quebrado sobre a lareira, e dessa posição ele encarava Daisy com os olhos agitados. Ela estava sentada, assustada porém graciosa, na ponta de uma cadeira dura.

— Já nos conhecíamos — murmurou Gatsby. Seus olhos me fitaram por um instante e seus lábios se afastaram numa fracassada tentativa de rir. Por sorte, o relógio escolheu aquele segundo para oscilar perigosamente à pressão de sua cabeça, de modo que ele se virou e o apanhou com as mãos trêmulas, colocando-o de volta no lugar. Então se sentou rigidamente com o cotovelo no braço do sofá e o queixo apoiado na mão.

— Desculpe-me pelo relógio — ele disse.

Meu próprio rosto foi tomado por um intenso rubor tropical. Não conseguia evocar um único lugar-comum dos milhares que povoavam a minha mente.

— É um relógio velho — eu respondi, de forma idiota.

Por um instante, pareceu-nos que ele havia de fato se despedaçado no chão.

— Não nos vemos há muitos anos — disse Daisy, com o tom de voz mais prosaico possível.

— Vai fazer cinco anos em novembro.

O caráter automático da resposta de Gatsby nos deteve por ao menos um minuto. Desesperado, propus que me ajudassem com o chá na cozinha, ao que ambos se levantaram, quando então a demoníaca finlandesa chegou com tudo pronto numa bandeja.

Em meio à bem-vinda confusão de xícaras e bolos, estabeleceu-se certa decência física entre nós. Gatsby foi refugiar-se num canto e, enquanto eu e Daisy conversávamos, ficou nos observando diligentemente com os olhos tensos e infelizes. Contudo, como a calma não era um fim em si, inventei uma desculpa na primeira oportunidade e me levantei.

— Aonde você vai? — perguntou Gatsby, imediatamente alarmado.

— Já volto.

— Preciso falar uma coisa com você antes.

Ele me seguiu precipitadamente até a cozinha, fechou a porta e murmurou: "Oh, meu Deus", de um jeito infeliz.

— O que foi?

— É um grande erro — ele disse, negando enfaticamente com a cabeça —, um erro terrível.

— Você está constrangido, só isso. — E por sorte acrescentei: — Daisy também está constrangida.

— É mesmo? — ele perguntou, incrédulo.

— Tanto quanto você.

— Não fale tão alto.

— Você está agindo como um garoto — exclamei, impaciente. — Não só isso, mas está sendo grosseiro. Deixou Daisy sozinha na sala.

Ele ergueu a mão para interromper minhas palavras,

olhou-me com uma reprovação antológica e, abrindo a porta com cuidado, voltou para a sala.

Eu saí pelos fundos — exatamente como Gatsby havia feito em sua volta nervosa ao redor da casa, meia hora antes — e corri para uma enorme árvore escura e nodosa, cuja folhagem compacta servia como guarda-chuva. Estava outra vez chovendo torrencialmente, e meu terreno irregular, com a grama bem aparada pelo jardineiro de Gatsby, abundava em pequenos brejos lamacentos e pântanos pré-históricos. Não havia nada para olhar dali, exceto a mansão gigantesca de Gatsby, então fiquei observando-a por meia hora, como Kant diante de seu campanário de igreja.[5] Um cervejeiro a construíra no auge de seu desvario, havia dez anos, e aparentemente se oferecera para pagar cinco anos de impostos de todos os casebres vizinhos caso os proprietários cobrissem seus telhados de palha. Talvez a recusa geral tenha destruído seu sonho de Estabelecer Família — e precipitado seu rápido declínio. Seus filhos venderam a casa com a coroa de flores ainda à porta. Os americanos, embora almejem (e até cobicem) a condição de servos, sempre abominaram a condição de camponeses.

Meia hora depois, o sol voltou a brilhar e o automóvel do dono da mercearia contornou a entrada de Gatsby com os ingredientes para o jantar dos empregados — do qual ele por certo não experimentaria uma só garfada. Uma criada tornou a abrir as janelas superiores da casa, aparecendo por um instante em cada uma delas e, debruçada no grande balcão central, cuspiu pensativamente no jardim. Era hora de voltar. Enquanto chovia, tive a impressão de ouvir o murmúrio de suas vozes erguendo-se de quando em quando em arroubos de emoção. Mas, quando parou de chover, senti que o silêncio havia tomado a casa também.

Entrei — após fazer todo barulho possível na cozinha, faltando apenas empurrar o fogão —, mas não acredito que eles tenham se dado conta. Estavam sentados um em cada ponta do sofá, entreolhando-se como se uma pergunta tivesse sido proferida, ou estivesse no ar, e não havia mais vestígios de constrangimento. O rosto de Daisy estava borrado de lágrimas; quando me viu entrar, ela deu um salto e passou a enxugá-lo com um lenço diante do espelho. O rosto de Gatsby, porém, deixava transparecer uma mudança desconcertante. Ele literalmente ardia; sem emitir uma só palavra ou gesto de júbilo, irradiava uma felicidade nova que preenchia toda a sala.

— Ah, olá, meu velho — ele disse, como se não me visse há anos. Pensei por um momento que fosse me cumprimentar.

— Parou de chover.

— É mesmo?

Quando ele se deu conta do que eu dizia — que havia gotas cintilantes de sol por toda a sala —, sorriu feito um meteorologista, feito um eufórico patrono da luz recorrente, e transmitiu a notícia a Daisy:

— O que me diz disso? Parou de chover.

— Fico feliz, Jay. — Sua voz, de uma beleza dolorida e nostálgica, se referia unicamente àquela alegria inesperada.

— Quero que você e Daisy venham à minha casa — ele disse. — Gostaria de lhe mostrar onde vivo.

— Tem certeza de que quer que eu vá?

— Claro que sim, meu velho.

Daisy subiu para lavar o rosto — e só tarde demais me lembrei, humilhado, das minhas toalhas —, enquanto Gatsby e eu esperávamos no gramado.

— Minha casa está bonita, não acha? — ele perguntou. — Veja como a fachada inteira reflete a luz do sol.

Eu concordei, dizendo que era esplêndida.

— É. — Seus olhos a examinaram em cada porta arqueada e torre retangular. — Levei três anos juntando dinheiro para comprá-la.

— Pensei que você tinha herdado a sua riqueza.

— E herdei, meu velho — ele disse mecanicamente —, mas perdi a maior parte no grande pânico: o pânico da guerra.

Creio que ele mal sabia do que estava falando, pois quando lhe perguntei qual era seu ramo de negócios, ele respondeu: "Isso é assunto meu", antes de perceber que não era uma resposta apropriada.

— Ah, já trabalhei em várias áreas — corrigiu-se. — Estive no ramo farmacêutico e depois trabalhei com petróleo. Mas atualmente não estou em nenhum deles. — Ele me olhou com mais atenção. — Quer dizer que você reconsiderou a proposta que lhe fiz aquela noite?

Antes que eu pudesse responder, Daisy surgiu à porta e as duas fileiras de botões de seu vestido brilharam à luz do sol.

— É *aquela* coisa enorme ali atrás? — ela exclamou, apontando para a mansão de Gatsby.

— Gostou?

— Adorei, mas não entendo como você pode morar ali sozinho.

— Está sempre cheia de pessoas interessantes, dia e noite. Pessoas que fazem coisas interessantes. Pessoas famosas.

Em vez de tomar o atalho pelo estreito, descemos a rua e entramos pelo portão principal. Com gemidos de encanto, Daisy admirou esse ou aquele aspecto da silhueta feudal contra o céu, admirou o jardim, o perfume intenso dos narcisos, o perfume fresco dos pilriteiros e das ameixas-japonesas, e o perfume pálido e dourado das valerianas vermelhas. Era estranho chegar à escadaria de mármore e não ouvir o farfalhar de vestidos subindo e descendo, nem outro barulho além do canto dos pássaros.

Lá dentro, ao caminharmos pelas salas de música *à la* Maria Antonieta e pelos salões de estilo Restauração, tive a impressão de que havia convidados escondidos atrás de cada sofá e mesa, com ordens de respirar em silêncio até terminarmos de passar. Quando Gatsby fechou a porta da "Biblioteca Merton College",* podia jurar que ouvi o homem dos Olhos de Coruja dar uma gargalhada fantasmagórica.

Fomos para o andar de cima. Percorremos uma série de dormitórios de época envoltos em seda cor-de-rosa e lavanda, repletos de flores frescas, além de quartos de vestir, salas de bilhar e toaletes com banheira — então entramos num quarto onde um homem desgrenhado de pijama fazia exercícios vigorosos no chão. Era o sr. Klipspringer, o "hóspede". Eu o tinha visto de manhã perambulando na praia com um ar nervoso. Por fim, chegamos ao aposento de Gatsby, uma suíte com escritório[6] onde nos sentamos e bebemos uma taça de Chartreuse que ele tirou de um armário embutido na parede.

Ele não havia tirado os olhos de Daisy um segundo sequer, e acho que estava reavaliando sua casa a partir das reações expressas em seus olhos amáveis. Às vezes, Gatsby também admirava seus bens com um ar deslumbrado, como se, na presença real e estarrecedora de Daisy, nada disso fosse verdadeiro. A certa altura, ele quase tropeçou num lance de escadas.

Seu quarto era o mais simples de todos — exceto pela penteadeira, que tinha artigos de toucador feitos de ouro maciço. Com imenso deleite, Daisy apanhou a escova e penteou seus cabelos, ao que Gatsby sentou, esfregou os olhos e deu risada.

— É a coisa mais engraçada, meu velho — ele disse, hilariante. — Eu não consigo... Quando tento...

Gatsby havia claramente passado por dois estados de espírito e agora entrava num terceiro. Depois do

* O nome "Biblioteca Merton College" refere-se literalmente à biblioteca dessa faculdade em Oxford, mas no romance Nick a põe entre aspas para indicar um gracejo próprio ou o título que Gatsby dá à biblioteca. Talvez esse nome esteja escrito na porta.

constrangimento e da alegria irracional, ele se enchia de perplexidade com a presença dela. Passara tanto tempo pensando naquela ideia, sonhando-a em todos os detalhes e cobiçando-a com unhas e dentes, por assim dizer, que atingira certa intensidade inconcebível. Agora, em contrapartida, ele se prostrava como um relógio exaurido.

Recuperando-se em um salto, ele abriu as portas de um guarda-roupa pesado e mostrou seus ternos, roupões e gravatas amontoados, e suas camisas empilhadas às dúzias, feito tijolos.

— Há um sujeito na Inglaterra que compra roupas para mim. Ele me envia uma seleção de peças a cada começo de estação, na primavera e no outono.

Gatsby apanhou uma pilha de camisas e começou a atirá-las em nossa direção, uma a uma, camisas finas de linho, de seda pura e de flanela, que perdiam a dobra ao cair e cobriam a mesa numa bagunça multicolorida. Enquanto as admirávamos, ele trazia mais peças e aquela montanha farta e macia ia crescendo — camisas listradas, com arabescos e quadriculadas nas cores coral, verde-maçã, lavanda e alaranjado, com monogramas em índigo. De repente, com um grito contido, Daisy afundou a cabeça nas camisas e começou a chorar copiosamente.

— São camisas bonitas — ela soluçou, a voz abafada em meio às pregas grossas de tecido. — Eu fico triste porque nunca... nunca vi camisas tão bonitas.

Depois de conhecermos a casa, pretendíamos passear pelos arredores para ver a piscina, o hidroavião e as flores de verão — mas lá fora voltara a chover, então nos resignamos e ficamos observando a superfície corrugada do estreito.

— Se não fosse pela neblina, daria para enxergar a

sua casa do outro lado da baía — disse Gatsby. — Há sempre uma luz verde brilhando a noite toda na extremidade do seu cais.

Daisy tomou o braço de Gatsby, mas ele parecia absorto no que acabara de dizer. Talvez lhe ocorresse que o significado colossal daquela luz se esvaíra para sempre. Comparada à enorme distância que o separava de Daisy, a luz lhe parecera antes muito próxima, quase a ponto de tocá-la. Tão próxima quanto uma estrela da lua. Agora era de novo uma luz verde no cais. Sua coleção de objetos mágicos havia diminuído.

Comecei a andar pela sala, examinando inúmeros objetos indistintos à meia-luz. Pendurado na parede sobre a mesa, o retrato de um homem velho em trajes náuticos me chamou a atenção.

— Quem é ele?

— Esse aí? É o senhor Dan Cody, meu velho.

O nome me soou vagamente familiar.

— Ele já morreu. Era meu melhor amigo.

Havia um pequeno retrato de Gatsby aos dezoito anos, também em trajes náuticos, junto à escrivaninha — ele jogava a cabeça para trás, num gesto desafiador.

— Adorei — exclamou Daisy. — Um topete *pompadour*! Você nunca me disse que tinha um topete *pompadour*. E um iate.

— Veja isto — disse Gatsby rapidamente. — São recortes de notícias a seu respeito.

Eles ficaram lado a lado examinando os recortes. Eu estava prestes a pedir para ver os rubis quando o telefone tocou, e Gatsby atendeu.

— Sim... Bem, não posso falar agora... Não posso falar agora, meu velho... Eu disse uma cidade *pequena*... Ele deve saber o que é uma cidade pequena... Bem, então ele não serve para nós, se Detroit é a sua ideia de cidade pequena...

Ele desligou.

— Venha cá, *rápido*! — gritou Daisy junto à janela.

Ainda chovia, mas a escuridão se dissipara a oeste e havia uma onda de nuvens espumosas, douradas e róseas, sobre o mar.

— Olhe — ela sussurrou, e depois de um instante —, eu queria pegar uma dessas nuvens cor-de-rosa, colocar você nela e arrastá-lo por toda parte.

Fiz menção de partir, mas eles não quiseram nem saber; talvez minha presença os fizesse sentir mais satisfatoriamente sozinhos.

— Já sei — disse Gatsby —, vamos pedir para Klipspringer tocar piano.

Ele saiu da sala gritando "Ewing!" e retornou em poucos minutos acompanhado de um jovem constrangido e um pouco cansado, com óculos de aros grossos e cabelos loiros escassos. Ele agora estava decentemente vestido com uma camisa esporte aberta, tênis e calças de brim de um matiz nebuloso.

— Interrompemos os seus exercícios? — perguntou Daisy educadamente.

— Eu estava cochilando — exclamou o sr. Klipspringer, com um espasmo de constrangimento. — Quer dizer, eu *estive* cochilando. Então acordei e...

— Klipspringer sabe tocar piano — irrompeu Gatsby. — Não é, Ewing, meu velho?

— Não toco muito bem. Eu não... eu mal sei tocar. Estou totalmente sem prát...

— Vamos descer — ordenou Gatsby, apertando um interruptor. O cinza das janelas sumiu e a casa resplandeceu por inteiro.

Na sala de música, Gatsby acendeu um abajur solitário ao lado do piano. Acendeu o cigarro de Daisy com um fósforo trêmulo e sentou-se a seu lado num sofá na outra ponta da sala, onde não havia luz, exceto aquela refletida pelo piso reluzente do vestíbulo.

Quando Klipspringer terminou de tocar "The love

nest",* virou-se para trás e, desanimado, procurou Gatsby em meio à penumbra.

— Estou sem prática, como você pode ver. Como eu lhe disse, não posso tocar. Estou totalmente sem prát...

— Não fale tanto, meu velho — ordenou Gatsby. — Toque!

De manhã,
E à noite,
Não é que nos divertimos...**

Lá fora, o vento soprava forte e ouvia-se um tênue barulho de trovão ecoando pelo estreito. Todas as luzes brilhavam em West Egg; os trens elétricos, repletos de gente, voltavam para casa em meio à chuva, vindos de Nova York. Era um momento de profunda transformação humana e a excitação florescia no ar.

Uma coisa é certa, e nada mais
Os ricos ficam mais ricos e os pobres ficam mais... férteis.
Enquanto isso,
No intervalo...***

Quando levantei para me despedir, vi que a expressão de êxtase retornara ao rosto de Gatsby, embora lhe tivesse ocorrido uma vaga incerteza quanto à dimensão

* "The love nest" (1920), do musical de George M. Cohan, *Mary*. Letra de Otto Harbach e música de Louis A. Hirsch.
** "Ain't we got fun?" (1921), foxtrote muito popular na época, composto por Richard A. Whiting (melodia), Raymond B. Egan e Gus Kahn (letra). No original: "In the morning,/ In the evening,/ Ain't we got fun...".
*** Da mesma música. No original: "One thing's sure and nothing's surer/ The rich get richer and the poor get... children/ In the meantime,/ In between time...".

de sua felicidade atual. Quase cinco anos! Mesmo naquela noite, deve ter havido momentos em que Daisy não esteve à altura dos seus sonhos — não por culpa dela, mas pela vitalidade colossal de sua ilusão, que havia atingido um patamar além dela, além de tudo. Ele se rendeu a essa ilusão com uma paixão criativa, complementando-a o tempo todo, enfeitando-a com todo tipo de plumas coloridas que encontrava pelo caminho. Nem as maiores lufadas de fogo e vento seriam capazes de competir com aquilo que um homem pode guardar em seu coração etéreo.

Enquanto eu o observava, ele se aprumou de modo visível. Tomou a mão de Daisy e debruçou-se com um ímpeto de emoção, tão logo ela sussurrou algo ao seu ouvido. Creio que a voz de Daisy, com seu entusiasmo oscilante e febril, o prendia sobretudo por não conseguir ser superada em sonhos — aquela voz era uma música imortal.

Eles já não faziam caso de minha presença, porém Daisy ergueu o rosto e estendeu-me a mão; Gatsby já não tomava o menor conhecimento de mim. Olhei mais uma vez e eles me retribuíram o olhar vagamente, tomados pela intensidade da vida. Então saí da sala e desci os degraus de mármore rumo à chuva, deixando-os juntos lá dentro.

6

Mais ou menos naquela época, um jovem e ambicioso repórter de Nova York bateu à porta de Gatsby perguntando se ele tinha algo a dizer.

— Algo a dizer sobre o quê? — perguntou Gatsby educadamente.

— Ora, uma declaração qualquer que você queira fazer.

Descobriu-se, após cinco confusos minutos, que o jornalista ouvira o nome de Gatsby na redação, relacionado a um contexto que ele não podia revelar ou não compreendera de todo. Aquele era seu dia de folga e, com louvável iniciativa, havia saído para "apurar".

Era uma aposta aleatória, e ainda assim o instinto do repórter estava certo. A notoriedade de Gatsby, difundida pelas centenas de pessoas que se beneficiaram de sua hospitalidade e se tornaram, portanto, autoridades em seu passado, havia crescido ao longo do verão até que ele ficasse a um passo de se tornar notícia. Lendas contemporâneas como a do "oleoduto subterrâneo até o Canadá"[1] se vinculavam a ele, e havia um insistente boato de que ele não morava numa casa, mas num bote que parecia uma casa e fora transportado às escondidas ao longo do estreito de Long Island. Por que exatamente essas invenções eram motivo de orgulho para James Gatz, de North Dakota, não é fácil dizer.

James Gatz — era esse o seu nome verdadeiro, ao

menos oficialmente. Ele decidira mudá-lo aos dezessete anos, no momento específico que marcava o início de sua carreira — quando viu o iate de Dan Cody baixar âncora na parte mais traiçoeiramente rasa do lago Superior. Era James Gatz que perambulava na praia aquela tarde, metido num blusão verde rasgado e calça de brim, mas foi Jay Gatsby que pediu um bote emprestado, encostou no *Tuolomee* e informou Cody que uma ventania iria apanhá-lo e destroçá-lo dali a meia hora.

Suponho que ele já tinha escolhido o nome havia tempos, mesmo então. Seus pais eram fazendeiros preguiçosos e fracassados — sua imaginação nunca os reconhecera como pais. A verdade era que Jay Gatsby de West Egg, Long Island, havia saído da própria concepção platônica de si mesmo. Ele era um filho de Deus — frase que, se de fato significava alguma coisa, era exatamente isso — e devia ocupar-se dos negócios de seu Pai,* a serviço de uma beleza vasta, vulgar e libertina. Então ele inventou precisamente o Jay Gatsby que um menino de dezessete anos seria capaz de inventar, e foi fiel a essa concepção até o fim.

Por mais de um ano ele vagou pela costa sul do lago Superior como catador de conchas e pescador de salmão, ou qualquer outra ocupação que lhe proporcionasse comida e lugar para dormir. Seu corpo moreno e calejado suportava naturalmente aqueles dias intensos de trabalho, meio brutais, meio preguiçosos. Gatsby conheceu as mulheres muito cedo, mas elas o mimaram e por isso ele se tornou desdenhoso — das moças virgens porque eram ignorantes e das outras porque ficavam histéricas com coisas que ele, em seu egocentrismo avassalador, tomava como certas.

Mas seu coração vivia em uma turbulência constante. As ideias mais grotescas e fantásticas o perseguiam à

* Negócios de seu Pai: alusão ao comentário feito pelo jovem Jesus a seus pais, quando o encontram no templo discutindo com os doutores da Lei (Lucas 2:49).

noite, antes de dormir. Um universo de ostentação inefável se formava em sua mente enquanto os ponteiros do relógio avançavam no lavatório e a lua banhava de luz úmida suas roupas bagunçadas no chão. Todas as noites ele acrescentava algo à estrutura de suas fantasias até que a sonolência soterrasse essa cena vívida num abraço de esquecimento. Por um tempo, as ilusões lhe propiciaram um escape para a imaginação; eram uma alusão satisfatória à irrealidade da realidade, uma promessa de que a rocha do mundo estava assentada numa asa de fada.

Um pressentimento de glória futura o levara, meses antes, ao pequeno Colégio Luterano de St. Olaf, ao sul de Minnesota.* Ele passou duas semanas lá, consternado com a feroz indiferença dos professores ao seu destino estrondoso, ou mesmo ao próprio destino, e acabou por desdenhar o trabalho de zelador com o qual pagaria sua matrícula. Então se deixou levar de volta ao lago Superior, e ainda procurava uma ocupação no dia em que o iate de Dan Cody baixou âncora na área mais rasa da costa.

Cody tinha cinquenta anos e era um subproduto das jazidas de prata do Yukon, tendo participado de todas as corridas de metal desde 1875. Os negócios com o cobre de Montana que o tornaram várias vezes milionário o deixaram ainda fisicamente robusto, mas à beira da debilidade e, com isso em mente, um número infinito de mulheres tentou apartá-lo do dinheiro. As circunstâncias nada agradáveis pelas quais a jornalista Ella Kaye conseguiu dar uma de madame de Maintenon[2] diante de suas fraquezas, despachando-o para o mar num iate, eram comuns na imprensa sensacionalista de 1902. Nos últimos cinco anos de vida, ele velejara por todo canto minimamente hospitaleiro da costa, antes de transformar a vida de James Gatz na baía de Little Girl.

* O Colégio Luterano de St. Olaf fica em Northfield, Minnesota, e foi fundado em 1874.

Para o jovem Gatz, descansando sobre os remos e admirando o parapeito do convés, o iate representava toda a beleza e glamour do mundo. Acredito que ele tenha sorrido para Cody — talvez já tivesse descoberto que as pessoas gostavam dele quando sorria. Em todo caso, Cody lhe fizera algumas perguntas (uma delas trouxe à tona seu novo nome) e descobriu que era um rapaz esperto e extravagantemente ambicioso. Poucos dias depois, levou-o a Duluth e comprou-lhe um sobretudo azul, seis pares de calças de brim e um quepe de iatismo. E quando o *Toulomee* zarpou para as Índias Ocidentais e a Costa da Berbéria,* Gatsby foi junto.

Haviam-no alocado para uma função vaga e pessoal — enquanto esteve com Cody, foi comissário de bordo, imediato, capitão, secretário e até carcereiro, pois o Dan Cody sóbrio sabia quanta prodigalidade o Dan Cody bêbado podia cometer, e precavia-se dessas eventualidades depositando mais e mais confiança em Gatsby. O arranjo durou cinco anos, durante os quais o barco deu três voltas pelo continente. Teria durado eternamente, não fosse o fato de que Ella Kaye subiu a bordo certa noite, em Boston, e uma semana depois Dan Cody morreu de maneira inóspita.

Lembro-me de seu retrato no quarto de Gatsby: um homem grisalho e ruborizado com um rosto duro e vazio — o típico pioneiro libertino, que no passado trouxera de volta à Costa Leste a violência selvagem dos *saloons* e bordéis da fronteira. Era indiretamente por sua causa que Gatsby bebia tão pouco. Às vezes, em festas animadas, as mulheres

* No sentido literal, é a costa mediterrânea do norte da África, mas, segundo o biógrafo Matthew J. Bruccoli, o autor provavelmente se refere à Barbary Coast, zona portuária de San Francisco que se desenvolveu após a Corrida do Ouro de 1849. Era um bairro marcado pela prostituição, apostas e criminalidade, onde hoje se localizam Chinatown, North Beach, Jackson Square e o Financial District.

esfregavam champanhe em seu cabelo; de sua parte, Gatsby adquiriu o hábito de deixar a bebida em paz.

E foi de Cody que ele herdou uma grande riqueza — um legado de vinte e cinco mil dólares que jamais chegou a receber. Nunca pôde entender os artifícios legais usados contra ele, mas o que sobrou dos milhões de Cody foi inteiramente para Ella Kaye. A ele restou apenas uma educação singularmente refinada; o vago contorno de Jay Gatsby fora agora preenchido pela substancialidade de um homem.

Gatsby me contou tudo isso bem mais tarde, mas decidi registrá-lo aqui para desfazer aqueles primeiros e loucos rumores sobre seu passado, que não eram nem minimamente verdadeiros. Além disso, ele me contou sua história num momento de confusão, quando estive a ponto de acreditar em nada e em tudo a seu respeito. Então aproveitei essa breve pausa enquanto Gatsby, por assim dizer, retomava seu fôlego, para esclarecer essa série de mal-entendidos.

Foi também uma pausa em meu envolvimento com seus problemas. Por várias semanas, não o vi nem ouvi sua voz ao telefone — passei a maior parte do tempo em Nova York, flanando com Jordan e tentando agradar a sua tia senil —, mas por fim, num domingo à tarde, resolvi passar em sua casa. Havia chegado fazia não mais que dois minutos quando um homem trouxe Tom Buchanan para tomar um drinque. Fiquei alarmado, é claro, mas o que me surpreendeu é que não houvesse acontecido antes.

Eram três pessoas e estavam a cavalo — Tom, um homem chamado Sloane e uma bela mulher em trajes marrons de ginete, que já estivera lá.

— É um prazer recebê-los — disse Gatsby, parado no pórtico. — Fico feliz com a visita.

Como se eles se importassem!

— Venham, sentem-se. Aceitam um cigarro ou charuto? — Andou rapidamente pela sala, tocando sinetas. — Trarei algo para vocês beberem em um minuto.

Ele estava profundamente afetado com a presença de Tom. Mas, em todo caso, não sossegaria até arrumar uma bebida para os convidados, presumindo de forma vaga que eles haviam vindo para isso. O sr. Sloane dispensou a bebida. Uma limonada? Não, obrigado. Um pouco de champanhe? Não quero nada, obrigado... Me desculpe...

— Fizeram um bom passeio?

— Há belas trilhas por aqui.

— Na certa os automóveis...

— É.

Movido por um impulso irresistível, Gatsby voltou-se para Tom, que havia sido apresentado como um estranho.

— Acho que já nos conhecemos, senhor Buchanan.

— Ah, sim — disse Tom num jeito rispidamente educado, mas era óbvio que não se lembrava. — É verdade. Lembro-me muito bem.

— Há mais ou menos duas semanas.

— Claro. Você estava com Nick.

— Conheço sua esposa — continuou Gatsby, de modo quase agressivo.

— É mesmo?

Tom virou-se para mim.

— Você mora por aqui, Nick?

— Na casa ao lado.

— É mesmo?

O sr. Sloane não participou da conversa e continuou largado desdenhosamente em sua poltrona; a mulher também não disse uma palavra — até que, de repente, após dois uísques com soda, se fez simpática.

— Nós todos iremos comparecer a sua próxima festa, senhor Gatsby — ela sugeriu. — O que me diz?

— Ótimo, será um prazer recebê-los.

— Que bom — disse o sr. Sloane, sem demonstrar gratidão. — Bem, acho que é hora de irmos para casa.

— Por favor, não se apressem — Gatsby os encorajou. Ele agora assumira o controle de si mesmo e gostaria de saber mais sobre Tom. — Por que vocês não... por que não ficam para o jantar? Não seria nenhuma surpresa se aparecesse por aqui mais gente de Nova York.

— *Você* venha jantar *comigo* — disse a moça com entusiasmo. — Vocês dois.

Aquilo me incluía. O sr. Sloane levantou-se.

— Vamos — ele disse, dirigindo-se apenas à esposa.

— É sério — ela insistiu. — Adoraria tê-los em casa. Temos bastante espaço.

Gatsby olhou para mim interrogativamente. Ele queria ir, mas não tinha reparado que o sr. Sloane já decidira em contrário.

— Acho que não vou poder ir — eu disse.

— Bem, então venha você — ela pediu, concentrando-se em Gatsby.

O sr. Sloane sussurrou alguma coisa ao pé do seu ouvido.

— Não ficará tarde se sairmos agora — ela insistiu, em voz alta.

— Não tenho cavalo — respondeu Gatsby. — Costumava montar na época do Exército, mas nunca cheguei a comprar um. Terei que segui-los em meu carro. Com licença, volto em um minuto.

Fomos sem Gatsby até o pórtico, onde Sloane e a mulher começaram uma discussão inflamada.

— Meu Deus, e não é que o homem vai mesmo? — exclamou Tom. — Será que não percebe que ela não quer que vá?

— Mas ela disse que quer.

— Haverá um grande jantar festivo e ele não conhece ninguém. — Tom franziu as sobrancelhas. — Fico imaginando de onde diabos ele conhece Daisy. Por Deus, posso ter ideias antiquadas, mas as mulheres de hoje em dia circulam demais para o meu gosto. Elas acabam conhecendo todo tipo de gente esquisita.

De súbito, o sr. Sloane e a mulher desceram os degraus e montaram seus cavalos.

— Vamos — disse o sr. Sloane para Tom —, estamos atrasados. Temos que ir.

E então, para mim:

— Diga a ele que não pudemos esperar, certo?

Tom e eu nos cumprimentamos, troquei um aceno indiferente com os outros dois e eles trotaram às pressas pela entrada da casa, desaparecendo sob a folhagem de agosto no exato instante em que Gatsby surgia à porta de chapéu e casaco leve.

Tom ficara claramente incomodado com as andanças solitárias de Daisy, pois no sábado seguinte ele a acompanhou à festa de Gatsby. Talvez sua presença tenha conferido àquela noite um caráter singularmente opressivo — destacando-se em minha memória das outras festas de Gatsby naquele verão. Eram os mesmos convidados, ou pelo menos o mesmo tipo de convidados, a mesma profusão de champanhe, a mesma comoção colorida e dissonante, mas havia um desconforto no ar, uma aridez penetrante que nunca esteve lá. Ou talvez eu tenha me habituado às festas e passado a aceitar West Egg como um mundo em si mesmo com suas próprias regras e celebridades, sem nada que lhe fizesse frente, pois era tudo involuntário. E agora me via forçado a analisar tudo de novo, através dos olhos de Daisy. É invariavelmente triste ver com novos olhos situações às quais você já havia despendido esforços para se ajustar.

Eles chegaram ao anoitecer e, enquanto passeávamos entre centenas de convidados entusiasmados, Daisy cantarolava baixinho.

— Essas coisas me deixam *tão* animada — ela sussurrou. — Se quiser me beijar em algum momento, Nick, é só dizer e ficarei feliz em atendê-lo. Basta chamar o meu nome. Ou me apresentar um cartão verde. Estou distribuindo cartões...

— Olhe bem à sua volta — sugeriu Gatsby.

— Estou olhando. É uma noite marav...

— Você precisa ver o rosto de todas essas pessoas de quem já ouviu falar.

Os olhos arrogantes de Tom perscrutaram a multidão.

— Não costumamos sair muito de casa — ele disse. — Na verdade, eu estava justamente pensando que não conheço uma única alma aqui dentro.

— Talvez conheça aquela moça. — Gatsby apontou para uma mulher estonteante que mais parecia uma orquídea, dificilmente humana, sentada com pompa sob uma ameixeira branca. Tom e Daisy olharam com aquela sensação irreal que temos ao reconhecer alguma celebridade do cinema, até então etérea.

— Ela é linda — disse Daisy.

— O homem inclinado sobre ela é seu diretor.

Ele os conduziu cerimoniosamente de grupo em grupo:

— Senhora Buchanan... e senhor Buchanan... — Após um instante de hesitação, ele acrescentou: — O jogador de polo.

— Ah, não — protestou Tom imediatamente —, de maneira alguma.

Mas era óbvio que aquela alcunha agradava a Gatsby, de modo que Tom permaneceu "o jogador de polo" pelo resto da noite.

— Nunca vi tantas celebridades — exclamou Daisy. — Gostei daquele homem — como se chama mesmo? —, aquele com o nariz azulado.

Gatsby o identificou, informando que era um pequeno produtor.

— Bem, em todo caso gostei dele.

— Eu realmente preferia não ser o jogador de polo — disse Tom amigavelmente. — Gostaria de poder olhar para todas essas pessoas famosas do alto de meu... de meu anonimato.

Daisy e Gatsby foram dançar. Lembro-me de ficar surpreso com seu jeito altivo e conservador de bailar o foxtrote — eu nunca o tinha visto dançar. Então eles caminharam até a minha casa e passaram meia hora sentados nos degraus, enquanto, a pedido de Daisy, eu permanecia de vigia no jardim.

— Para o caso de haver um incêndio ou uma inundação — ela explicou —, ou qualquer outro ato da natureza.

Tom retornou de seu anonimato quando nos organizávamos para o jantar.

— Vocês se importam se eu me sentar com aquela turma logo ali? — ele perguntou. — Tem um sujeito contando umas histórias muito engraçadas.

— Vá em frente — respondeu Daisy com alegria —, e se quiser anotar algum telefone, aqui está o meu lápis dourado...

Após um instante, ela olhou para trás e me contou que a garota era "comum, mas bonita", e eu percebi que, excetuando-se aquela meia hora que passara a sós com Gatsby, ela não estava se divertindo.

Havíamos escolhido uma mesa particularmente bêbada. A culpa era minha — Gatsby saíra para atender o telefone e eu havia me divertido com essas mesmas pessoas duas semanas antes. Mas o que outrora me entusiasmara agora apodrecia em pleno ar.

— Está se sentindo bem, senhorita Baedeker?

A referida garota tentava, sem sucesso, tombar sobre o meu ombro. Diante da pergunta, ela se aprumou e abriu os olhos.

— Ahn?

Uma mulher robusta e letárgica, que até então tentava convencer Daisy a jogar golfe com ela no clube, falou em defesa da srta. Baedeker:

— Ah, ela está bem agora. Quando toma uns cinco

ou seis coquetéis, costuma gritar desse jeito. Eu sempre falo para ela parar de beber.

— Eu parei de beber — afirmou a acusada, só por falar.

— Todo mundo ouviu os seus gritos, então eu disse para o doutor Civet: "Alguém aqui precisa da sua ajuda, doutor".

— Ela ficou muito agradecida, tenho certeza — disse outro amigo, sem um pingo de gratidão —, mas você lhe molhou todo o vestido ao meter a cabeça dela na piscina.

— Se tem uma coisa que eu odeio é meterem a minha cabeça na piscina — balbuciou a srta. Baedeker. — Uma vez, em Nova Jersey, quase me afogaram.

— Então você devia parar de beber — retrucou o dr. Civet.

— Olha quem está falando! — gritou a srta. Baedeker agressivamente. — A sua mão está tremendo. Eu nunca deixaria você me operar!

E assim por diante. A última lembrança que tenho foi de estar com Daisy observando o diretor de cinema e sua estrela. Eles continuavam sentados sob a ameixeira branca e seus rostos quase se roçavam, separados apenas por um pálido e tênue fio de luar. Ocorreu-me que ele passara a noite toda se debruçando em sua direção só para alcançar essa proximidade, e, enquanto eu o observava, venceu o último degrau e a beijou na bochecha.

— Eu gosto dela — disse Daisy —, é muito encantadora.

Mas o resto da festa lhe desagradava — e não havia o que discutir, já que não se tratava de gestos, mas de emoções. Daisy estava chocada com West Egg, esse lugarzinho inaudito que a Broadway havia engendrado num vilarejo de pescadores de Long Island —, chocada com o vigor brutal que se ocultava por trás dos velhos eufemismos e com o destino absolutamente importuno que forçava os moradores a viver nessa espécie de atalho que levava de nada a lugar algum. Ela via naquela simplicidade algo terrível que não conseguia explicar.

Sentei-me ao lado de Tom e Daisy nos degraus, enquanto eles esperavam o carro. A frente da casa era um verdadeiro breu; a luz da porta projetava apenas um minúsculo retângulo sobre a branda e escura madrugada. Às vezes uma sombra se mexia por trás da veneziana de algum quarto de vestir, dando lugar a outra sombra e a uma infinita sucessão delas, que passavam rouge e pó de arroz diante de um espelho invisível.

— Afinal, quem é esse Gatsby? — perguntou Tom de repente. — Algum figurão contrabandista?

— Onde você ouviu isso? — perguntei.

— Em lugar nenhum. Eu presumi. Você sabe que muitos desses novos-ricos não passam de contrabandistas.

— Não o Gatsby — eu disse, sucinto.

Ele ficou calado por um instante. Esmagou com o pé uns pedregulhos da entrada da casa.

— Bem, ele deve ter se desdobrado para juntar essa turma exótica.

Uma brisa soprava a névoa cinzenta da gola de pele do casaco de Daisy.

— Pelo menos são mais interessantes do que as pessoas que nós conhecemos — ela disse, com esforço.

— Você não parecia tão interessada.

— Mas estava.

Tom deu risada e voltou-se para mim.

— Você reparou na cara que Daisy fez quando aquela moça lhe pediu que a metessem debaixo do chuveiro?

Daisy resolveu acompanhar a música com um sussurro rouco e melodioso, conferindo às palavras um novo sentido, que jamais tiveram e nunca mais terão. Quando a música se erguia, a voz de Daisy irrompia docemente em seu encalço, como fazem as vozes de contralto, e cada mudança de tom exalava no ar um pouco de sua magia cálida e humana.

— Gostaria de saber quem é Gatsby e o que ele faz — insistiu Tom. — E acho que vou conseguir descobrir.

— Posso te dizer agora mesmo — ela respondeu. — Era proprietário de *drugstores*, de uma rede de *drugstores*. Que ele mesmo construiu.

A vagarosa limusine veio avançando pela entrada.

— Boa noite, Nick — disse Daisy.

Ela desviou o olhar e procurou o topo iluminado da escadaria, onde "Three o'clock in the morning", uma valsa simples e triste daquele ano, emanava da porta aberta. Havia, na própria informalidade da festa de Gatsby, possibilidades românticas totalmente ausentes de seu mundo. O que se passava naquela música que parecia atraí-la de volta para dentro? O que iria acontecer agora, naquelas horas indistintas e incalculáveis? Talvez surgisse algum convidado incrível, uma pessoa infinitamente rara e feita para ser admirada, uma garota radiante de verdade que pudesse, com um único olhar a Gatsby, num momento mágico de encontro, anular aqueles cinco anos de devoção inabalável.

Naquela noite, fiquei até tarde. Gatsby me pediu para esperar até que estivesse livre, e eu me demorei no jardim aguardando a volta dos remanescentes de uma inevitável festa na praia, trêmula e exaltada, após a qual as luzes se apagaram nos quartos de hóspedes. Quando ele enfim desceu a escada, sua pele bronzeada estava singularmente esticada, e seus olhos estavam brilhantes e exaustos.

— Ela não gostou — ele disse de imediato.

— É claro que gostou.

— Não gostou — ele insistiu. — Ela não se divertiu.

Ele ficou em silêncio, e reconheci sua inefável tristeza.

— Estou me sentindo distante dela — afirmou. — É difícil fazê-la entender.

— Você quer dizer, a dança?

— A dança? — Ele afastou essa hipótese com um estalar de dedos. — Meu velho, a dança não importa.

Gatsby não esperava outra coisa de Daisy senão que encarasse o marido e dissesse: "Nunca te amei". Após apagar quatro anos com essa frase, então ambos poderiam tomar medidas mais práticas. Uma delas era que, após a separação, Daisy retornaria a Louisville com Gatsby e se casaria em sua terra natal — como se fosse há cinco anos.

— E ela não consegue entender — ele disse. — Ela costumava entender. Ficamos sentados por horas...

Ele se deteve e passou a andar de lá para cá num caminho desolado de cascas de frutas, lembranças abandonadas e flores esmagadas.

— Veja, eu não pediria tanto assim dela — arrisquei. — Não dá para repetir o passado.

— Como assim, não dá para repetir o passado? — ele gritou, incrédulo. — É claro que dá!

Ele olhou furiosamente ao redor, como se o passado estivesse escondido à sombra de sua casa, bem ao alcance da mão.

— Vou refazer tudo como era — ele disse, assentindo de um jeito decidido. — Ela vai ver só.

Gatsby falou bastante sobre o passado e entendi que desejava recuperar alguma coisa, talvez a ideia de si mesmo, que perdera ao se apaixonar por Daisy. Desde então, sua vida fora confusa e desordenada, mas, se ao menos ele pudesse retornar a um determinado ponto de partida e refazê-lo vagarosamente, talvez conseguisse descobrir o que era...

...Numa noite de outono, cinco anos antes, eles estavam descendo a rua enquanto as folhas caíam, e chegaram a um lugar onde não havia árvores e a calçada era prateada de luar. Pararam por ali e se olharam. Era uma noite fresca repleta daquela excitação misteriosa que ocorre nas duas grandes mudanças de estação. As luzes silenciosas das casas sussurravam na escuridão e havia certa inquietude nas estrelas. Com o canto dos olhos,

Gatsby reparou que os blocos da calçada formavam uma escada perfeita que levava a um lugar secreto entre as árvores — que ele poderia escalar, se estivesse sozinho, e lá de cima sugar o seio da vida, absorvendo o incomparável leite de seu assombro.

Seu coração bateu mais rápido quando o rosto de Daisy se aproximou do seu. Gatsby sabia que, após beijá-la, associando para sempre suas fantasias inexprimíveis àquela respiração fugaz, seu espírito nunca mais seria divertido como o espírito de Deus. Portanto ele esperou, ouvindo por mais um segundo o som do diapasão que tinia ao tocar numa estrela. Então a beijou. Ao toque de seus lábios, ela se abriu como uma flor e a encarnação se completou.

De tudo o que ele me disse, em meio a um sentimentalismo alarmante, lembro-me de uma coisa: um ritmo elusivo, um fragmento de palavras perdidas que já ouvira antes. Por um instante, tentei formular uma frase e meus lábios se entreabriram feito os de um homem tolo, como se detidos por outros obstáculos além de um sopro de surpresa no ar. Mas não consegui dizer nada, e minha quase lembrança se fez incomunicável para sempre.

7

Foi quando a curiosidade acerca de Gatsby chegou ao ápice que as luzes de sua casa deixaram de se acender no sábado à noite — e, tão misteriosamente quanto começara, sua carreira de Trimálquio* chegou ao fim. Só aos poucos me atinei que os automóveis que aportavam esperançosamente à sua entrada ficavam só um minuto e iam embora a contragosto. Supondo que ele poderia estar doente, fui até lá conferir — um mordomo desconhecido de rosto repugnante me encarou da porta com um ar desconfiado.

— O senhor Gatsby está doente?

— Não. — Depois de uma pausa, ele acrescentou "senhor" de um jeito indiferente e relutante.

— Faz um tempo que não o vejo e fiquei preocupado. Diga a ele que o senhor Carraway passou por aqui.

— Quem? — ele perguntou rudemente.

— Carraway.

— Carraway. Certo, darei o recado.

E bateu a porta com força.

Minha finlandesa informou que Gatsby despedira todos os empregados da casa havia uma semana, substituindo-os por meia dúzia de outros, que nunca haviam

* Personagem de *Satyricon*, de Petrônio. É um milionário que oferece um banquete em sua casa com todo tipo de iguarias exóticas.

estado no centro do vilarejo para serem subornados pelos comerciantes. Estes, ao contrário, encomendavam uma quantidade moderada de suprimentos pelo telefone. O garoto da mercearia relatou que a cozinha parecia um chiqueiro, e a opinião geral do vilarejo era que os novos serviçais não eram empregados de verdade.

No dia seguinte, Gatsby me ligou.

— Estava viajando? — perguntei.

— Não, meu velho.

— Ouvi dizer que você demitiu todos os empregados.

— Não queria ninguém que pudesse fofocar. Daisy tem vindo me visitar com frequência, durante a tarde.

Portanto, diante da reprovação de Daisy, toda a hospitalidade de Gatsby ruíra como um castelo de cartas.

— É um pessoal para quem Wolfshiem estava tentando arrumar emprego. São todos da mesma família e cuidavam de um hotelzinho.

— Entendo.

Ele estava telefonando a pedido de Daisy — será que eu toparia almoçar na casa dela no dia seguinte? A srta. Baker estaria lá. Meia hora depois, a própria Daisy me ligou e pareceu aliviada de saber que eu iria. Havia algo no ar. E, ainda assim, eu não podia acreditar que eles escolheriam essa ocasião para fazer uma cena — sobretudo o tipo de cena aflitiva que Gatsby havia esboçado no jardim.

O dia seguinte foi provavelmente o último dia tórrido daquele verão, e o mais quente de todos. Quando meu trem emergiu do túnel em direção à luz do sol, só os apitos cálidos da Companhia Nacional de Biscoitos quebraram o silêncio fervente do meio-dia. Os assentos de palha do vagão borbulhavam à beira da combustão; a mulher ao meu lado transpirava delicadamente por toda a extensão de sua blusa branca, e, enquanto o jornal empapava entre seus dedos, ela se rendeu ao calor bestial com um grito de desolação. Seu livro de bolso caiu no chão.

— Meu Deus! — ela arfou.

Eu o apanhei do chão com uma mesura exausta e o devolvi à dona, segurando-o pelas pontas com o braço esticado, a fim de deixar claro meu desinteresse pelo objeto — mas todos à minha volta, incluindo a mulher, ficaram invariavelmente desconfiados.

— Quente! — disse o condutor a alguns rostos conhecidos. — Que calor!... Quente!... Quente!... Quente!... Está quente demais para você? Está quente? Está...?

Ele me devolveu o bilhete com uma mancha escura de suor dos seus dedos. E pensar que, nesse calor, houvesse gente interessada em beijar lábios ardentes ou ter alguém para se aninhar no colo, encharcando a frente do pijama!

...Uma brisa leve soprava pelo vestíbulo da casa dos Buchanan, levando o barulho do telefone até a porta, onde eu e Gatsby aguardávamos.

— O corpo do patrão? — rugiu o mordomo ao telefone. — Me desculpe, madame, mas não podemos providenciá-lo: com esse calor do meio-dia, está quente demais para tocá-lo!

O que ele realmente disse foi:

— Sim... Sim... Vou ver.

Ele devolveu o fone ao gancho e veio em nossa direção, vagamente satisfeito, para apanhar os nossos rígidos chapéus de palha.

— A madame está esperando no salão! — ele gritou, apontando desnecessariamente a direção. Naquele calor, qualquer gesto supérfluo era uma afronta ao resguardo geral de energia.

A sala, bem revestida por uma série de toldos, era escura e fresca. Daisy e Jordan estavam estendidas num sofá enorme, como ídolos de prata oferecendo seus vestidos brancos à brisa melodiosa dos ventiladores.

— Não conseguimos nos mexer — elas disseram em uníssono.

Os dedos de Jordan, empoados de branco sobre a pele bronzeada, enlaçaram os meus por um instante.

— E o senhor Thomas Buchanan, o atleta? — perguntei.

Na mesma hora ouvi sua voz rouca, abafada e áspera ao telefone do vestíbulo.

Gatsby ficou parado no centro do tapete vermelho e lançou à sua volta um olhar fascinado. Daisy olhou para ele e soltou uma gargalhada doce e empolgada; uma fina nuvem de pó de arroz emergiu de seu peito e perdeu-se no ar.

— Parece que é a namorada de Tom ao telefone — sussurrou Jordan.

Ficamos em silêncio. A voz no vestíbulo ergueu-se, irritada:

— Muito bem, então não venderei meu carro a você... Não tenho nenhuma obrigação... e não admito que venha me incomodar com esse assunto em plena hora do almoço!

— Está segurando o botão do gancho — disse Daisy com sarcasmo.

— Não está, não — eu garanti. — É uma negociação legítima. Calhou de eu saber a seu respeito.

Tom escancarou a porta, bloqueou o espaço com seu corpo por um instante e então irrompeu na sala.

— Senhor Gatsby! — Ele estendeu sua enorme mão aberta com uma antipatia bem disfarçada. — Prazer em vê-lo, senhor... Nick...

— Prepare um drinque gelado para nós — gritou Daisy.

Assim que ele saiu da sala, Daisy se levantou, foi até Gatsby e puxou seu rosto, beijando-o na boca.

— Você sabe que eu te amo — ela sussurrou.

— Esqueceu que há uma dama presente? — disse Jordan.

Daisy olhou em volta, hesitante.

— Você pode beijar o Nick também.

— Que garota baixa e vulgar!

— Eu não me importo! — exclamou Daisy, remexendo na lareira de tijolos. Então se lembrou do calor e sentou-se culpadamente no sofá, no instante em que uma governanta de banho recém-tomado entrou conduzindo uma garotinha pelas mãos.

— Mi-nha pre-ci-o-sa — ela cantarolou, estendendo os braços. — Venha com a mamãe que te ama tanto.

Liberada pela governanta, a criança cruzou a sala correndo e afundou a cabeça timidamente no vestido da mãe.

— Mi-nha pre-ci-o-sa! A mamãe sujou de pó de arroz os seus lindos cabelos loiros? Agora fique de pé e diga: "Como vai, pessoal?".

Um de cada vez, Gatsby e eu nos inclinamos para cumprimentar aquela pequena e relutante mão. Depois, ele seguiu olhando para a criança com surpresa. Acho que, até então, ele não havia cogitado a sério sua existência.

— Me vestiram antes do almoço — disse a criança, voltando-se avidamente para Daisy.

— É porque sua mãe queria se gabar de você. — O rosto de Daisy inclinou-se em direção àquele pescoço branco e pequeno. — Você é um sonho. O sonho lindo da mamãe.

— Eu sou — admitiu a criança com tranquilidade. — A tia Jordan também está de vestido branco.

— Você gosta dos amigos da mamãe? — Daisy virou a filha para trás, a fim de que desse uma boa olhada em Gatsby. — Eles são bonitos?

— Cadê o papai?

— Ela não se parece com o pai — explicou Daisy. — Mas se parece comigo. Tem o meu cabelo e o formato do meu rosto.

Daisy voltou a recostar-se no sofá. A governanta deu um passo à frente e tomou a mão da menina.

— Venha, Pammy.

— Até logo, querida!

Olhando para trás com relutância, a disciplinada menina aceitou a mão da governanta e foi levada para fora da sala, justamente quando Tom retornava com quatro drinques de gim e limão repletos de gelo.

Gatsby apanhou seu copo.

— Parecem muito refrescantes — afirmou, com uma tensão visível.

Bebeu em goles ávidos e exagerados.

— Li em algum lugar que o Sol está ficando mais quente a cada ano que passa — disse Tom alegremente. — Parece que em breve a Terra irá de encontro ao Sol... não, espere aí, é justamente o oposto: o Sol está ficando cada vez mais frio.

— Venha comigo — sugeriu a Gatsby em seguida —, quero lhe mostrar o lugar.

Acompanhei-os até o alpendre. Na água esverdeada e estagnada pelo calor, um único barco a vela navegava devagar em direção ao frescor do oceano. Os olhos de Gatsby o seguiram momentaneamente; ele ergueu a mão e apontou para o outro lado da baía.

— Eu vivo exatamente defronte a você.

— É verdade.

Nossos olhares baixaram em direção aos roseirais, ao gramado tórrido e às algas remanescentes dos dias de calor na costa. Lentamente, os flancos brancos do barco iam de encontro ao limite azul e frio do céu. Do lado de lá ficavam o oceano recortado e as ilhas abundantes e abençoadas.

— Aí está um bom esporte — disse Tom, assentindo com a cabeça. — Eu queria poder passar uma meia hora com ele por lá.

Almoçamos na escura sala de jantar, também protegida do calor, e engolimos toda a nossa alegria nervosa com um gole de cerveja gelada.

— O que vamos fazer hoje à tarde? — indagou Daisy — E amanhã, e nos próximos trinta anos?

— Não seja mórbida — disse Jordan. — A vida começa outra vez na brisa fresca do outono.

— Mas faz tanto calor — insistiu Daisy, à beira das lágrimas —, e tudo está tão confuso. Vamos todos à cidade!

Sua voz se debatia contra o calor, enfrentando-o e dando forma à sua falta de sentido.

— Já ouvi falar de gente que transformou um estábulo em garagem — Tom disse a Gatsby —, mas sou o primeiro a transformar uma garagem em estábulo.

— Quem quer ir à cidade? — insistiu Daisy. Os olhos de Gatsby flutuaram em sua direção. Então ela exclamou: — Ah, você parece tão calmo.

Os olhares se cruzaram e eles ficaram se olhando fixamente, sozinhos no mundo. Com esforço, ela conseguiu desviar os olhos para a mesa.

— Você sempre parece tão calmo — ela repetiu.

Daisy acabara de confessar que o amava, e Tom Buchanan percebeu. Ficou atônito. Sua boca se entreabriu e ele olhou para Gatsby, depois para Daisy, como se acabasse de reconhecer na esposa alguém de um passado distante.

— Você me lembra um homem de anúncio — ela prosseguiu inocentemente. — Sabe, esses homens de anúncio...

— Certo — interveio Tom depressa —, estou morrendo de vontade de ir à cidade. Vamos, estamos todos indo à cidade.

Ele se levantou, o olhar ainda fulminante se movendo da esposa para Gatsby. Ninguém se mexeu.

— Vamos lá! — Ele se deixara irritar um pouco. — Qual é o problema, afinal? Se vamos até a cidade, é bom sairmos agora.

Sua mão, trêmula pelo esforço de autocontrole, levou aos lábios o último gole de cerveja do copo. A voz de Daisy nos fez levantar e sair em direção à tórrida entrada de cascalho.

— Nesse exato momento? — ela protestou. — Assim, do nada? Não vamos deixar ninguém fumar um cigarro antes?

— Todo mundo fumou o que precisava durante o almoço.

— Ei, vamos nos divertir — ela implorou ao marido. — Está quente demais para brigar.

Ele não respondeu.

— Faça como quiser — ela disse. — Venha, Jordan.

As duas subiram para se aprontar enquanto nós três ficamos ali, remexendo os tórridos pedregulhos com os pés. Um contorno prateado da lua já pairava no céu a oeste. Gatsby arriscou dizer algo e mudou de ideia, mas só depois que Tom já havia se virado e o encarava com expectativa.

— Seu estábulo fica aqui perto? — perguntou Gatsby, não sem esforço.

— A uns quinhentos metros descendo a estrada.

— Ah.

Uma pausa.

— Não consigo entender essa coisa de ir à cidade — irrompeu Tom, furioso. — As mulheres enfiam essas ideias na cabeça e…

— Devemos levar algo para beber? — gritou Daisy de uma janela no andar de cima.

— Vou pegar um uísque — respondeu Tom. E foi para dentro.

Gatsby voltou-se para mim com severidade:

— Não posso dizer nada nesta casa, meu velho.

— Ela tem uma voz indiscreta — observei. — E cheia de…

Hesitei.

— A voz dela é cheia de dinheiro — ele falou de repente.

Era isso mesmo. Eu nunca tinha me dado conta. Era uma voz cheia de dinheiro — era esse o charme inesgotável e oscilante de sua fala, o ritmo, a música de címbalos... Lá no topo do palácio branco a filha do rei, a garota de ouro...

Tom saiu de casa com uma garrafa embrulhada numa toalha, seguido por Daisy e Jordan, que usavam pequenos e apertados chapéus de tecido metalizado e carregavam capas leves nos braços.

— Vamos todos no meu carro? — sugeriu Gatsby. Ele sentiu o calor do estofamento verde de couro. — Devia tê-lo deixado na sombra.

— É de câmbio normal? — perguntou Tom.

— É.

— Bem, então você leva o meu cupê e me deixa dirigir o seu carro até a cidade.

A ideia não agradou a Gatsby.

— Acho que não tem gasolina suficiente — ele objetou.

— Tem, sim — disse Tom ruidosamente. Olhou para o medidor. — E se faltar gasolina, posso parar numa *drugstore*. Pode-se comprar qualquer coisa numa *drugstore* hoje em dia.

Seguiu-se uma pausa a esse comentário que parecia sem sentido. Daisy olhou zangada para Tom, e pelo rosto de Gatsby passou uma expressão indefinida, a um só tempo decididamente desconhecida e vagamente reconhecível, como se só eu tivesse ouvido alguém descrevê-la em palavras.

— Vamos, Daisy — disse Tom, impelindo-a para o carro de Gatsby. — Eu te levo para passear neste vagão de circo.

Ele abriu a porta, mas ela se afastou do alcance de seus braços.

— Você leva Nick e Jordan. Nós iremos atrás no cupê.

Ela andou até Gatsby, tocando seu casaco com a mão. Eu, Jordan e Tom nos sentamos no banco da frente do carro de Gatsby. Tom experimentou a nova embreagem e disparamos rumo ao calor opressivo, deixando-os para trás.

— Vocês viram aquilo? — perguntou Tom.

— Vimos o quê?

Ele me fulminou com os olhos ao atinar, por fim, que eu e Jordan sabíamos o tempo todo.

— Vocês pensam que eu sou idiota, não é? — ele sugeriu. — Talvez eu seja, mas tenho... uma espécie de sexto sentido, às vezes, que me diz o que fazer. Pode ser que vocês não acreditem nessas coisas, mas a ciência...

Ele se deteve. Surpreendido por uma circunstância imediata, acabou se afastando da beira de um abismo hipotético.

— Fiz uma pequena investigação sobre esse sujeito — ele prosseguiu. — Podia ter ido mais fundo, se soubesse que...

— Quer dizer que você foi a um médium? — perguntou Jordan, bem-humorada.

— O quê? — Confuso, ele ficou nos encarando enquanto dávamos risada. — Um médium?

— Sobre Gatsby.

— Sobre Gatsby! Não, não fui. Eu disse que fiz uma pequena investigação a respeito de seu passado.

— E descobriu que ele é um homem de Oxford — completou Jordan.

— Um homem de Oxford! — Ele estava incrédulo. — Que piada! Ele usa um terno cor-de-rosa.

— Ainda assim, é um homem de Oxford.

— Só se for de Oxford, Novo México — bufou Tom, com desdém —, ou algo do tipo.

— Escute, Tom. Se você é tão esnobe, por que o convidou para almoçar? — perguntou Jordan, zangada.

— Foi Daisy que convidou. Ela o conhecia de antes do nosso casamento, Deus sabe como!

Estávamos todos irritados por haver passado o efeito da cerveja e, cientes disso, percorremos um bom trecho do caminho em silêncio. Então, quando os olhos desbotados do dr. T. J. Eckleburg despontaram no horizonte, lembrei-me do aviso de Gatsby sobre a gasolina.

— Temos o suficiente para chegar à cidade — disse Tom.

— Mas há uma oficina mecânica logo ali — protestou Jordan. — Não quero me ver em apuros neste calor de fritar.

Tom pisou nos freios a contragosto e paramos de forma abrupta e poeirenta sob o letreiro "Wilson". Após um instante, o proprietário surgiu de dentro e encarou o automóvel com um olhar cadavérico.

— Ei, nós precisamos de gasolina! — gritou Tom com grosseria. — Acha que paramos só para admirar a vista?

— Estou doente — disse Wilson, sem se mover. — Passei o dia doente.

— Qual é o problema?

— Estou esgotado.

— Bem, eu devo abastecer sozinho? — Tom perguntou. — Você parecia muito bem ao telefone.

Com esforço, Wilson deixou a sombra e o batente da porta que lhe suportava o peso, e, respirando pesadamente, desenroscou a tampa do tanque. À luz do sol, seu rosto estava verde.

— Não quis interromper seu almoço — disse. — Mas eu estava precisando de dinheiro e fiquei imaginando o que você ia fazer com seu carro velho.

— O que você acha deste? — perguntou Tom. — Comprei-o na semana passada.

— É um belo carro amarelo — disse Wilson, estendendo a mão para pegar a bomba.

— Quer comprar?

— Quem me dera — Wilson sorriu debilmente. — Não, mas posso tirar um dinheiro com aquele outro.

— E para que você quer o dinheiro, assim de repente?

— Cansei de viver aqui. Quero ir embora. Minha esposa e eu queremos ir para o Oeste.

— Sua esposa? — exclamou Tom, surpreso.

— Faz uns dez anos que ela só fala nisso. — Ele se recostou por um momento na bomba, protegendo os olhos da claridade. — E agora ela vai comigo, mesmo se não quiser. Vou levá-la embora.

O cupê passou voando, deixando para trás uma nuvem de poeira e o vislumbre de um aceno.

— Quanto eu lhe devo? — perguntou Tom friamente.

— É que nos últimos dias fiquei sabendo de uma coisa esquisita — comentou Wilson. — É por isso que quero sair daqui. Por isso tenho te incomodado com o carro.

— Quanto eu lhe devo?

— Um dólar e vinte centavos.

Aquele calor implacável e cortante estava começando a me confundir, pois passei por maus momentos até perceber que suas suspeitas ainda não recaíam sobre Tom. Ele descobrira que Myrtle tinha uma segunda vida num mundo à parte, e o choque o adoecera fisicamente. Encarei Wilson e depois Tom, que havia feito uma descoberta similar menos de uma hora antes — e me ocorreu que não havia diferença entre os homens, de raça ou de inteligência, mais profunda do que entre doentes e sãos. Wilson estava tão doente que parecia culpado, imperdoavelmente culpado — como se houvesse acabado de engravidar uma moça pobre.

— Vou vender aquele carro para você — disse Tom. — Amanhã à tarde alguém virá trazê-lo.

O lugar já era vagamente perturbador, mesmo na claridade ofuscante da tarde, e então me virei para trás como se houvesse alguém no meu encalço. Sobre as pilhas de cinzas, os olhos gigantes do dr. T. J. Eckleburg mantinham a vigilância, mas notei, após um instante, que outros olhos nos encaravam a uns cinco metros de distância com uma intensidade peculiar.

Em uma das janelas superiores da oficina, as cortinas haviam sido afastadas e Myrtle Wilson espiava o carro lá embaixo. Estava tão absorta que nem se deu conta de que a observavam, e as emoções dominavam seu rosto, uma a uma, feito objetos numa fotografia lentamente revelada. Sua expressão era curiosamente familiar — uma expressão que eu já vira em muitas mulheres, mas em Myrtle Wilson parecia despropositada e inexplicável, até que me dei conta de que seus olhos, com um terror invejoso, não estavam fixados em Tom, mas em Jordan Baker, que ela tomara por sua esposa.

Não há confusão maior que a de um espírito simples e, conforme nos distanciávamos, Tom sentiu uma violenta pontada de pânico. Sua esposa e sua amante, até uma hora atrás seguras e invioladas, estavam fugindo intempestivamente de seu alcance. O instinto o fazia pisar no acelerador com o duplo propósito de alcançar Daisy e deixar Wilson para trás, portanto disparamos rumo a Astoria a oitenta quilômetros por hora até que, entre as vigas emaranhadas do elevado, vislumbramos o indolente cupê azul.

— Os cinemas da rua 50 são muito frescos — comentou Jordan. — Adoro Nova York nas tardes de verão, quando todo mundo está fora. Há algo de sensual, algo de maduro, como se uma porção de frutas raras fosse cair a qualquer momento em nossas mãos.

A palavra "sensual" teve o efeito de inquietar ainda mais Tom, porém, antes que ele pudesse arriscar um protesto, o cupê parou de repente e Daisy gesticulou para que encostássemos.

— Para onde vamos? — ela gritou.

— Que tal o cinema?

— Está quente demais — Daisy reclamou. — Mas vocês podem ir. Nós vamos dar uma volta e encontraremos vocês depois. — Não sem esforço, ela aguçou sua esperteza. — Encontraremos vocês em alguma esquina. Eu serei o homem fumando dois cigarros.

— Não vamos discutir isso aqui — disse um impaciente Tom, assim que um caminhão buzinou atrás de nós. — Me sigam até o lado sul do Central Park, em frente ao Plaza.

No caminho, ele virou várias vezes para trás, a fim de certificar-se da presença do cupê, e reduziu a velocidade sempre que o automóvel era detido pelo tráfego, até que tornasse a aparecer. Acho que temia que eles escapassem por uma rua transversal e sumissem de sua vida para sempre.

Mas não o fizeram. E todos nós tomamos a incompreensível decisão de continuar o debate numa suíte do Plaza Hotel.

A discussão prolongada e tumultuada que acabou nos levando àquele quarto me foge à memória, embora eu tenha a nítida lembrança física de que, em seu decurso, minha roupa íntima grudava feito uma cobra ensopada pelas minhas pernas, e que gotas intermitentes de suor corriam pelas minhas costas. A ideia partiu de Daisy, que sugeriu que alugássemos cinco banheiros e tomássemos banhos frios, e acabou assumindo a forma mais tangível de "um lugar para tomar uísque com hortelã".* Ninguém deixou de observar que era uma "ideia maluca" — mas todos a comunicamos em coro ao desnorteado recepcionista, pensando (ou fingindo pensar) que estávamos sendo engraçados...

O quarto era amplo e sufocante, e, embora já fosse quatro da tarde, o ato de abrir as janelas só permitiu a entrada de um sopro quente vindo do parque. Daisy foi até o espelho e ficou de costas para nós, ajeitando o cabelo.

— É uma suíte bacana — murmurou Jordan respeitosamente, e todos deram risada.

— Abram mais uma janela — ordenou Daisy, sem virar para trás.

— Não há mais janelas.

— Nesse caso, vamos telefonar para pedir um machado...

— O melhor a fazer é esquecer o calor — disse Tom,

* No original, "*mint julep*". Pode ser traduzido como "julepo", bebida com uísque, açúcar, gelo e menta.

impaciente. — Ele fica dez vezes pior quando você resmunga.

Ele desembrulhou a garrafa de uísque da toalha e a pôs sobre a mesa.

— Por que não a deixa em paz, meu velho? — comentou Gatsby. — Foi você que quis vir à cidade.

Houve um momento de silêncio. A lista telefônica escorregou do suporte e se esborrachou no chão, enquanto Jordan murmurava: "Mil perdões" — só que dessa vez ninguém deu risada.

— Eu pego — me ofereci.

— Já peguei. — Gatsby examinou a lombada partida ao meio, resmungou um "humm" interessado e atirou a lista à cadeira.

— É uma de suas expressões preferidas, não? — disse Tom asperamente.

— Qual?

— Toda essa coisa de "meu velho". Onde foi que aprendeu isso?

— Escute aqui, Tom — disse Daisy, virando-se do espelho —, se você pretende fazer comentários pessoais, irei embora em um minuto. Ligue para a recepção e peça um pouco de gelo para o uísque.

Assim que Tom ergueu o fone do gancho, o calor sufocante explodiu em som e ouvimos os portentosos acordes da "Marcha nupcial" de Mendelssohn, que emanava do salão abaixo de nós.

— Imagine casar num calor desses! — gritou Jordan melancolicamente.

— E ainda assim... eu me casei em meados de junho — recordou Daisy. — Louisville em junho! Alguém desmaiou. Você lembra quem desmaiou, Tom?

— Biloxi — ele respondeu secamente.

— Um homem chamado Biloxi... "Blocks" Biloxi. Ele confeccionava caixotes, é sério, e era de Biloxi, Tennessee.

— Ele foi parar na minha casa — completou Jordan — porque eu morava a duas casas da igreja. E ficou lá umas três semanas, até que o papai o obrigou a ir embora. No dia seguinte, papai morreu. — Depois de um instante, ela acrescentou: — Uma coisa não tem nada a ver com a outra.

— Conheci um Bill Biloxi do Memphis — observei.

— Era primo dele. Conheci toda a árvore genealógica da família dele antes de ir embora. Me deu um taco de alumínio que uso até hoje.

A música cessou assim que a cerimônia teve início, e agora uma longa salva de palmas subia pela janela, seguida por gritos ocasionais de "Êê — êê — êê", e finalmente por um estrondo de jazz, dando início ao baile.

— Estamos ficando velhos — disse Daisy. — Se fôssemos jovens, nos levantaríamos para dançar.

— Lembre-se de Biloxi — alertou Jordan. — De onde você o conhecia, Tom?

— Biloxi? — Ele fez um esforço para lembrar. — Não o conhecia. Era amigo de Daisy.

— Não era, não — ela negou. — Nunca o tinha visto antes. Ele veio no automóvel particular.

— Bem, ele me falou que te conhecia. Disse que fora criado em Louisville. Asa Bird o trouxe no último minuto e perguntou se tínhamos onde acomodá-lo.

Jordan sorriu.

— Acho que ele estava tentando filar uma carona. Me disse que era representante da sua classe em Yale.

Tom e eu nos entreolhamos, sem entender.

— Biloxi?

— Em primeiro lugar, não tínhamos nenhum representante de classe...

Os pés de Gatsby não sossegavam, dando pancadas breves e angustiadas no chão, e Tom o encarou de súbito.

— A propósito, senhor Gatsby, me disseram que o senhor é um homem de Oxford.

— Não exatamente.

— Ah, sim, quer dizer, você estudou lá.

— É, estudei.

Uma pausa. Então a voz de Tom, incrédula e ofensiva:

— Deve ter ido na mesma época em que Biloxi esteve em New Haven.

Outra pausa. Um garçom bateu à porta e entrou com um balde de gelo e hortelã picada, mas não chegou a romper o silêncio com seu "obrigado" e com o barulho cuidadoso da porta sendo fechada. Um detalhe significativo estava prestes a ser finalmente esclarecido.

— Já te disse que estudei em Oxford — disse Gatsby.

— Eu ouvi, mas queria saber quando.

— Em 1919, e só fiquei cinco meses. É por isso que não posso me considerar um legítimo homem de Oxford.

Tom olhou em volta para ver se compartilhávamos de sua descrença. Mas estávamos todos olhando para Gatsby.

— Foi uma oportunidade que deram a alguns oficiais após o armistício — ele continuou. — Ganhamos o direito de frequentar qualquer universidade na Inglaterra ou na França.

Tive vontade de me levantar e dar um tapinha em suas costas. Era um daqueles instantes de restauração absoluta da fé em Gatsby que eu já experimentara antes.

Daisy levantou-se e, sorrindo debilmente, foi até a mesa.

— Abra a garrafa de uísque, Tom — ela ordenou —, e eu vou preparar um drinque para você. Garanto que não terá a sensação de ser tão idiota... Vejam esta hortelã!

— Só um momento — irrompeu Tom —, tenho mais uma pergunta para o senhor Gatsby.

— Vamos lá — disse Gatsby educadamente.

— Que tipo de confusão você está procurando na minha casa, afinal?

Eles enfim falavam às claras e Gatsby ficou contente.

— Ele não está procurando nenhuma confusão — interveio Daisy, olhando, desesperada, de um para o outro. — Você é que está procurando confusão. Por favor, controle-se.

— Me controlar, eu? — repetiu Tom, incrédulo. — Suponho que o certo é ficar de braços cruzados e deixar o senhor Ninguém de Lugar Nenhum fazer amor com a sua esposa. Bem, se é essa a ideia, vocês podem ir desistindo... Hoje em dia, as pessoas começam desprezando a vida em família e as instituições, e logo estão jogando tudo para o alto e defendendo casamentos entre brancos e pretos.

Ruborizado pelo discurso exaltado, ele se viu sozinho, de pé, como o último baluarte da civilização.

— Aqui somos todos brancos — murmurou Jordan.

— Sei que não sou tão popular. Não dou festas na minha casa. Ultimamente, parece que para ter amigos é preciso transformar a própria casa em chiqueiro.

Mesmo zangado, como aliás estávamos todos naquele quarto, tive vontade de rir sempre que ele abria a boca, tão completa era a transição de libertino para pedante.

— Eu também tenho algo a lhe dizer, meu velho — começou Gatsby. Mas Daisy adivinhou suas intenções.

— Por favor, não fale! — ela interveio, em vão. — Por favor, vamos todos para casa. Por que não vamos embora?

— Boa ideia — eu me levantei. — Vamos, Tom. Ninguém aqui está a fim de beber.

— Quero ouvir o que o senhor Gatsby tem a me dizer.

— Sua esposa não te ama — disse Gatsby — e nunca te amou. Ela me ama.

— Ficou louco? — exclamou Tom mecanicamente.

Gatsby caiu de joelhos, exaltado.

— Ela nunca te amou, ouviu? — gritou. — Só se casou com você porque eu era pobre e ela estava cansada de esperar. Foi um erro terrível, mas no fundo ela nunca amou ninguém além de mim!

Nesse ponto, eu e Jordan tentamos sair, mas Tom e Gatsby, rivalizando na firmeza, insistiram que ficássemos — como se nenhum deles tivesse o que esconder e como se fosse um privilégio compartilhar indiretamente de suas emoções.

— Sente-se, Daisy — a voz de Tom arriscou, sem sucesso, um timbre mais paternal. — O que está acontecendo? Quero saber.

— Eu já disse o que está acontecendo — afirmou Gatsby. — Está acontecendo nos últimos cinco anos, e você não sabe.

Tom voltou-se para Daisy de forma agressiva:

— Faz cinco anos que você está saindo com esse sujeito?

— Saindo, não — respondeu Gatsby. — Nós não podíamos nos encontrar. Mas continuávamos nos amando esse tempo todo, meu velho, sem você saber. Às vezes eu ria muito — mas não havia nada de sorridente em seus olhos — só de pensar que você não sabia.

— Chega. — Tom uniu a ponta dos dedos como um padre e recostou-se na cadeira.

— Você está louco! — explodiu, por fim. — Não posso falar sobre o que aconteceu há mais de cinco anos, pois eu ainda não conhecia Daisy, e mesmo assim não vejo como você possa ter conseguido chegar a um quilômetro dela, a menos que trouxesse as compras pela porta dos fundos. Mas o resto é mentira. Daisy me amou quando nos casamos e ainda me ama.

— Não ama — disse Gatsby, meneando a cabeça.

— Ama, sim. O problema é que às vezes ela põe umas ideias tolas na cabeça e não sabe o que está fazendo. — Ele assentiu sabiamente. — E mais: eu também a amo. De vez em quando dou uma de minhas escapadas e caio no ridículo, mas sempre volto para ela e, no fundo, sei que a amei esse tempo todo.

— Você é revoltante — disse Daisy. Ela se voltou para

mim e sua voz, descendo uma oitava, preencheu toda a sala com um escárnio faiscante: — Sabe por que fomos embora de Chicago? Incrível que ele ainda não o tenha brindado com a história dessa pequena escapada.

Gatsby aproximou-se e ficou ao lado dela.

— Está tudo acabado, Daisy — ele disse solenemente. — Nada disso importa. Apenas lhe diga a verdade, que você nunca o amou, e tudo se apagará para sempre.

Ela lhe lançou um olhar vazio:

— Ora... como eu poderia amá-lo... talvez?

— Você nunca o amou.

Ela hesitou. Seus olhos pousaram sobre Jordan e mim, numa espécie de apelo, embora ela afinal entendesse o que estava prestes a fazer — e como se nunca, em nenhum momento, tivesse tido a intenção de fazê-lo. Mas já estava feito. Era tarde demais.

— Nunca te amei — ela disse, com uma perceptível relutância.

— Nem em Kapiolani?[1] — perguntou Tom de repente.

— Não.

Vindos do salão lá embaixo, acordes abafados e sufocantes subiam em bolsas quentes de ar.

— Nem quando te carreguei por toda a descida do Punch Bowl[2] para não molhar os seus pés? — Havia uma ternura ríspida em sua voz... — Daisy?

— Por favor, não. — Sua voz era fria, mas o rancor já tinha passado. Ela olhou para Gatsby. — Ah, Jay — ela disse, mas sua mão tremia ao tentar acender um cigarro. De súbito, lançou o cigarro e o fósforo aceso no carpete.

— Ah, você está pedindo demais! — ela gritou para Gatsby. — Eu te amo agora, não é o suficiente? Não tenho culpa do que aconteceu no passado. — Ela começou a soluçar, desamparada. — Eu amei, sim, o meu marido, e amei você também.

Os olhos de Gatsby abriram e fecharam.

— Você me amou *também*? — ele repetiu.

— Até isso é mentira — disse Tom, agressivo. — Ela nem sabia que você estava vivo. Ora... Há coisas entre mim e Daisy que você nunca vai saber, coisas que nenhum de nós poderá esquecer.

Aquelas palavras pareceram atingir Gatsby fisicamente.

— Quero conversar com Daisy a sós — insistiu. — Ela está muito agitada e...

— Mesmo sozinha não posso dizer que nunca amei Tom — ela confessou numa voz deplorável. — Não seria verdade.

— É claro que não — concordou Tom.

Ela se voltou para o marido:

— Como se fizesse alguma diferença para você — disse.

— É claro que faz. Vou cuidar melhor de você daqui para a frente.

— Você não entendeu — disse Gatsby, com uma pontada de pânico. — Você não vai mais cuidar dela.

— Ah, não? — Tom arregalou os olhos e deu risada. Agora já conseguia se controlar. — E por que não?

— Daisy está se separando de você.

— Besteira.

— Estou, sim — ela disse, fazendo um esforço visível.

— Não está se separando de mim! — As palavras de Tom de repente tombaram sobre Gatsby. — Não por um charlatão que teria que roubar a aliança para colocar no seu dedo.

— Não aguento mais! — gritou Daisy. — Ah, por favor, vamos embora!

— Quem é você, afinal? — irrompeu Tom. — É da turma do Meyer Wolfshiem, isso eu sei. Fiz uma pequena investigação acerca de seus negócios, e irei mais fundo amanhã.

— Pode ficar à vontade, meu velho — disse Gatsby com firmeza.

— Descobri o que eram essas suas *drugstores*.[3]

Tom se voltou para nós e falou rapidamente:

— Ele e esse tal de Wolfshiem compraram uma porção de *drugstores* de esquina aqui e em Chicago, onde vendiam etanol no balcão. Foi um de seus pequenos embustes. Reconheci-o como contrabandista desde a primeira vez que o vi, e não estava nem um pouco equivocado.

— E daí? — disse Gatsby educadamente. — Parece que o seu amigo Walter Chase não era tão escrupuloso assim quando aceitou entrar no negócio.

— E você o largou na sarjeta, não é? Deixou-o ficar um mês preso em Nova Jersey. Deus! Você precisa ouvir Walter *falando de você*.

— Ele veio até nós sem um tostão. Ficou bem feliz de poder ganhar uns trocados, meu velho.

— Não me chame de "meu velho"! — gritou Tom. Gatsby não respondeu. — Walter podia acabar com vocês denunciando inclusive suas apostas ilegais, mas Wolfshiem o intimidou tanto que ele calou a boca.

Aquela expressão a um só tempo desconhecida e familiar retornou ao rosto de Gatsby.

— Esse negócio com as *drugstores* não é nada — prosseguiu Tom lentamente —, mas sei que está metido em algo que Walter tem pavor de me contar.

Voltei-me para Daisy, que olhava aterrorizada de Gatsby para o marido, e depois olhei para Jordan, que começara a equilibrar um objeto invisível, porém fascinante, na ponta do queixo. Então me voltei para Gatsby e fiquei assustado com sua expressão. Ele parecia — digo isso sem validar os boatos infames que circulavam em seu jardim — alguém capaz de "matar um homem". Por um instante, sua expressão só podia ser descrita dessa maneira fantástica.

A expressão se desvaneceu e Gatsby passou a dirigir-se freneticamente a Daisy, negando tudo e defendendo sua honra até de acusações que nem sequer haviam sido formuladas. Mas a cada palavra Daisy se afastava mais e mais, de modo que ele cedeu, e apenas um sonho morto continuou resistindo conforme a tarde terminava, tentando tocar o que não era mais tangível, buscando de forma melancólica e desanimada o rastro perdido daquela voz na sala.

A voz voltou a implorar que fossem embora.

— *Por favor*, Tom! Não aguento mais.

Seus olhos assustados garantiam que qualquer intenção, qualquer bravura que ela tenha demonstrado, tudo isso desaparecera em definitivo.

— Vocês dois podem ir para casa, Daisy — disse Tom. — No carro do senhor Gatsby.

Ela olhou para Tom, agora apavorada, mas ele insistiu com um escárnio magnânimo:

— Pode ir. Ele não vai incomodá-la. Acho que já percebeu que esse flertezinho presunçoso chegou ao fim.

Eles saíram sem dizer uma palavra, despedaçados e acidentados, isolados, como fantasmas, de nossa própria piedade.

Depois de um instante, Tom levantou-se e tornou a embrulhar a garrafa de uísque, ainda intocada.

— Alguém quer um gole? Jordan? ...Nick?

Eu não respondi.

— Nick? — ele tornou a perguntar.

— O quê?

— Quer um gole?

— Não... Acabo de lembrar que hoje é meu aniversário.

Eu estava completando trinta anos. Diante de mim se estendia a estrada portentosa e ameaçadora de uma nova década.

Eram sete horas quando entramos no cupê e partimos para Long Island. Tom falou sem parar, exultante e risonho, mas sua voz estava tão distante de nós quanto o clamor de estranhos nas calçadas ou o burburinho do elevado. A empatia humana tem limites, e estávamos aliviados de poder deixar para trás toda aquela trágica discussão, assim como as luzes distantes da metrópole. Trinta anos — a promessa de uma década de solidão, uma lista cada vez menor de amigos solteiros, uma bagagem cada vez menor de entusiasmo e os cabelos também cada vez mais ralos. Mas Jordan estava ao meu lado, e ela, ao contrário de Daisy, sempre fora esperta o bastante para não cultivar sonhos esquecidos de outra época. Enquanto atravessávamos a ponte escura, seu rosto pálido caiu preguiçosamente no meu ombro e o impiedoso golpe dos trinta desapareceu com a pressão reconfortante de sua mão.

Então rumamos em direção à morte através do frescor do crepúsculo.

A principal testemunha do inquérito foi o jovem grego Michaelis, proprietário da cafeteria vizinha às pilhas de cinzas. Por causa do calor, ele havia dormido até depois das cinco, quando foi à oficina e encontrou George Wilson doente — doente de verdade, tão pálido quanto seu cabelo e tremendo da cabeça aos pés. Michaelis aconselhou-o a ir para a cama, mas Wilson se recusou, dizendo que desse jeito perderia uma porção de clientes. Enquanto o vizinho tentava persuadi-lo, explodiu uma barulheira violenta no andar superior.

— Minha esposa está trancada lá em cima — explicou Wilson calmamente. — Vai ficar lá até depois de amanhã, quando iremos embora daqui.

Michaelis ficou atônito; haviam sido vizinhos por quatro anos e Wilson nunca parecera minimamente capaz de fazer uma coisa dessas. Em geral ele era um desses homens exaustos: quando não estava trabalhando, sentava-se numa cadeira à porta de casa e ficava vendo as pessoas e carros passarem. Quando alguém lhe dirigia a palavra, ele sempre ria de um jeito cordato e entediante. Wilson pertencia à esposa, e não a si mesmo.

De modo que Michaelis naturalmente tentou descobrir o que havia ocorrido, mas Wilson não dizia nada — em vez disso, começou a lançar olhares curiosos e desconfiados ao vizinho e perguntar-lhe onde estava em determinados horários de determinados dias. Quando este último já começava a ficar constrangido, um grupo de operários passou pela porta rumo a seu restaurante, de modo que Michaelis aproveitou a oportunidade para escapar, dizendo que voltaria mais tarde. Mas não voltou. Ele deve ter se esquecido, só isso. Quando saiu de novo, pouco depois das sete, lembrou-se da conversa ao ouvir a voz da sra. Wilson, berrando e ralhando no andar térreo da oficina.

— Vamos, pode bater em mim! — ele a ouviu gritar. — Pode me empurrar e me bater, seu homenzinho imundo e covarde!

Então ela saiu correndo em direção à penumbra, gesticulando e gritando — e antes que ele pudesse dar um passo para fora de sua porta, tudo estava acabado.

O "automóvel da morte", como os jornais o apelidaram, não chegou a parar; ele se materializou em meio à densa escuridão, sofreu um trágico e breve solavanco e desapareceu na curva seguinte. Mavro Michaelis não estava seguro nem quanto à cor — ao primeiro policial, disse que era verde-claro. Um outro carro, que ia na direção contrária, parou a uns cem metros dali e o motorista correu para onde Myrtle Wilson jazia estatelada, a vida brutalmente interrompida, com os cabelos negros misturados à poeira.

Michaelis e o motorista foram os primeiros a acudi-la, mas, assim que rasgaram sua blusa, ainda empapada de suor, viram que o seio esquerdo estava dependurado livremente como um trapo, e que não havia necessidade de checar o pulso. A boca estava escancarada e um pouco rasgada nos cantos, como se ela tivesse engasgado ao libertar a enorme vitalidade que acumulara por tanto tempo.

Vimos os três ou quatro automóveis e toda aquela multidão quando ainda estávamos a certa distância.

— Um acidente! — disse Tom. — Que bom. Até que enfim Wilson vai ter algum trabalho com que se ocupar.

Ele desacelerou, ainda sem a intenção de parar, até que, ao chegarmos à porta da oficina, alguns rostos mudos e solícitos o fizeram brecar automaticamente.

— Vamos dar uma olhada — ele disse, hesitante. — Só uma olhada.

Eu agora conseguia distinguir um gemido oco e incessante que emanava da oficina, um som que, conforme saíamos do cupê e caminhávamos em direção à porta, consistia nas palavras: "Oh, meu Deus!" pronunciadas à exaustão, num lamento ofegante.

— Algo muito grave aconteceu por aqui — disse Tom, excitado.

Ficamos na ponta dos pés e, vencendo um círculo de cabeças, enxergamos o interior da oficina, iluminada por uma única lâmpada amarela numa cesta oscilante de metal. Então Tom soltou um ruído gutural e, com um violento empurrão de seus braços musculosos, abriu caminho para o interior da oficina.

O círculo voltou a se fechar num murmúrio contínuo de reprovação; passou-se um minuto até que eu pudesse enxergar alguma coisa. Os recém-chegados bagunçaram a fila e eu e Jordan fomos empurrados subitamente para dentro.

O corpo de Myrtle Wilson, embrulhado num lençol e depois em outro, como se sofresse calafrios naquela noite quente, jazia numa escrivaninha junto à parede, e Tom, de costas para nós, estava debruçado sobre ele, imóvel. Próximo a Tom havia um policial motociclista anotando nomes numa caderneta com muita diligência e correção. De início não consegui distinguir a origem das palavras exaltadas e queixosas que ecoavam ruidosamente através da oficina vazia — então vi Wilson parado à soleira saliente da porta de seu escritório, balançando-se para a frente e para trás e segurando o umbral com ambas as mãos. Um homem falava com ele em voz baixa e tentava, de vez em quando, pousar a mão em seus ombros, mas Wilson não ouvia nem enxergava. Seus olhos vagavam da luz oscilante para a mesa ocupada junto à parede, e então retornavam à lâmpada e ele emitia um grito alto, terrível e incessante:

— Oh, meu De-eus! Oh, meu De-eus! Oh, meu De--eus! Oh, meu De-eus!

Imediatamente Tom ergueu a cabeça com um movimento abrupto e, após examinar a oficina com os olhos vidrados, grunhiu um comentário incoerente ao policial.

— M-A-V... — o policial dizia — O...

— Não, R... — corrigiu o homem — M-A-V-R-O...

— Ei, você — resmungou Tom ferozmente.

— R... — disse o policial — O...

— G...

— G... — ele ergueu os olhos assim que a mão enorme de Tom caiu pesadamente em seu ombro. — Que foi, colega?

— O que houve? É o que eu quero saber.

— Atropelamento. Morreu na hora.

— Morreu na hora — repetiu Tom, os olhos fixos no vazio.

— Ela correu para o meio da pista. O filho da mãe nem parou.

— Eram dois carros — disse Michaelis. — Um indo e outro vindo, entende?

— Indo para onde? — perguntou o policial com avidez.

— Um para cada lado. Então ela... — sua mão tentou apontar para o lençol mas parou no meio, deixando-se cair ao lado do corpo. — Ela saiu correndo e o carro que vinha de Nova York a pegou em cheio, a uns cinquenta ou sessenta quilômetros por hora.

— E como se chama esta oficina? — perguntou o policial.

— Não tem nome nenhum.

Um negro pálido e bem vestido se aproximou:

— Foi um carro amarelo — ele disse. — Um carro grande e amarelo. Novinho.

— Você viu o acidente? — perguntou o policial.

— Não, mas um automóvel passou por mim na estrada a mais de sessenta por hora. Acho que a uns oitenta ou até cem.

— Venha cá para eu anotar o seu nome. Abram caminho, pessoal. Preciso pegar o nome dele.

Algumas dessas palavras devem ter chegado a Wilson, que ainda balançava na porta do escritório, pois de repente um novo tema encontrou ressonância em seus gritos ávidos:

— Nem precisam me falar sobre o carro! Eu sei bem qual é o carro!

Observando Tom, reparei num feixe de músculos se retesando em seus ombros, por dentro do casaco. Ele caminhou rapidamente até Wilson e, parando à sua frente, agarrou-o com firmeza pelos antebraços.

— Você tem que se controlar — ele disse, com uma frieza apaziguadora.

Wilson pousou os olhos em Tom; pôs-se na ponta dos pés e teria caído de joelhos se Tom não o estivesse segurando firme.

— Escute — disse Tom, chacoalhando-o de leve. — Acabo de chegar de Nova York, há menos de um minuto. Estava naquele cupê de que lhe falei. O carro amarelo que você viu hoje cedo não era meu. Entendeu? Passei a tarde inteira sem vê-lo.

Apenas eu e o negro estávamos próximos o bastante para ouvir o que ele disse, mas o policial captou alguma coisa pelo tom de voz e ergueu seus olhos truculentos.

— O que está havendo? — perguntou.

— Sou amigo dele. — Tom virou a cabeça, mas manteve as mãos firmes no corpo de Wilson. — Ele disse que conhece o carro que a atropelou... Era um carro amarelo.

Algum estranho impulso fez o policial lançar um olhar desconfiado para Tom:

— E de que cor é o seu carro?

— É azul, um cupê.

— Nós viemos direto de Nova York — eu acrescentei.

Alguém que dirigia logo atrás de nós confirmou a informação e o policial deu as costas.

— Agora, se você puder me confirmar de novo o seu nome...

Erguendo Wilson como uma boneca, Tom o conduziu ao escritório, acomodou-o numa cadeira e voltou.

— Se alguém puder vir lhe fazer companhia — ele irrompeu de forma autoritária. Ficou observando enquanto os dois homens mais próximos dele se entreolhavam e iam para dentro da sala, desanimados. Tom fechou a porta atrás deles e desceu o único degrau, evitando olhar para a mesa. Quando passou por mim, ele sussurrou:

— Vamos embora.

Constrangidos, abrimos caminho com a ajuda dos braços autoritários de Tom e vencemos a multidão que só aumentava. Passamos por um médico apressado de maleta em punho que havia sido chamado meia hora antes, numa louca demonstração de esperança.

Tom dirigiu devagar até que viramos na curva — então ele pisou no acelerador e o cupê disparou através da noite. Após um tempo, ouvi um tênue e rouco soluço e vi que as lágrimas rolavam abundantemente em seu rosto.

— Aquele maldito covarde! — gemeu. — Ele nem parou o carro.

A casa dos Buchanan veio subitamente ao nosso encontro em meio às árvores escuras e farfalhantes. Tom estacionou junto ao pórtico e ergueu os olhos para o segundo andar, onde duas janelas irradiavam luz por entre as videiras.

— Daisy está em casa — ele disse. Conforme saíamos do carro, olhou para mim e franziu a testa.

— Eu devia tê-lo deixado em West Egg, Nick. Não há nada que possamos fazer esta noite.

Uma mudança havia se operado em Tom, que falava de forma grave e decidida. Conforme percorríamos a estrada enluarada de cascalhos até o pórtico, ele dispôs sobre a situação em poucas e bruscas frases.

— Vou chamar um táxi para levá-lo pra casa, e enquanto isso é melhor você e Jordan irem comer alguma coisa na cozinha, se estiverem com fome. — Ele abriu a porta. — Entrem.

— Não, obrigado. Mas ficaria agradecido se você me chamasse um táxi. Vou esperar aqui fora.

Jordan pousou a mão no meu braço:

— Não quer entrar, Nick?

— Não, obrigado.

Eu estava me sentindo mal e queria ficar sozinho. Mas Jordan insistiu mais um pouco.

— Ainda são nove e meia — ela disse.

Eu não entraria naquela casa por nada neste mundo; já tivera o suficiente de todos eles por um dia, e de repente isso incluía Jordan também. Ela deve ter captado alguma coisa em minha expressão, pois virou-se abruptamente e galgou os degraus do pórtico em direção à casa. Fiquei sentado por uns minutos com as mãos na cabeça até ouvir o mordomo lá dentro pegar um telefone e chamar um táxi. Então atravessei devagar a entrada da casa, com a intenção de esperar no portão.

Não andara nem vinte metros quando ouvi meu nome e Gatsby saiu de trás de dois arbustos. Àquela altura, eu devia estar bastante perturbado, pois só conseguia pensar na luminosidade de seu terno cor-de-rosa sob a luz da lua.

— O que está fazendo? — perguntei.

— Estou aqui parado, meu velho.

Por algum motivo, pareceu-me uma ocupação abominável. De minha parte, ele poderia estar prestes a assaltar a casa; não ficaria surpreso se visse os rostos sinistros da "turma do Wolfshiem" atrás dele, em meio à densa folhagem.

— Você viu alguma confusão na estrada? — ele perguntou após um minuto.

— Vi.

Gatsby hesitou.

— Ela morreu?

— Morreu.

— Foi o que imaginei. Disse a Daisy que era o que eu achava. É melhor que o choque venha de uma só vez. Ela aguentou muito bem.

Ele falava como se a reação de Daisy fosse a única coisa que importava.

— Voltei a West Egg por uma estrada secundária — ele continuou — e deixei o carro na garagem. Acho que ninguém viu a gente, mas é claro que não posso ter certeza.

Àquela altura, eu o odiava tanto que não julguei necessário dizer que ele estava errado.

— Quem era a mulher? — ele perguntou.

— Seu nome era Myrtle Wilson. O marido é o dono da oficina. Como diabos isso foi acontecer?

— Bom, eu tentei virar o volante, mas... — Ele parou, e de súbito entendi a verdade.

— Daisy estava dirigindo?

— Estava — ele disse após um instante —, mas é claro que eu vou assumir a culpa. Veja bem, quando saímos de Nova York ela estava muito nervosa e achou que dirigir poderia acalmá-la. Então essa mulher veio correndo justo quando estávamos ultrapassando um carro vindo da outra direção. Foi tudo num piscar de olhos, mas tive a impressão de que ela queria falar com a gente, como se nos conhecesse. Bem, de início Daisy desviou da mulher em direção ao outro carro, mas então perdeu a coragem e virou de volta. No instante em que a minha mão tocou o volante, senti o impacto. Deve tê-la matado instantaneamente.

— Rasgou-a pela metade...

— Não me conte, meu velho. — Ele recuou. — Em todo caso, Daisy pisou no acelerador. Tentei fazê-la parar, mas ela não conseguiu, até que eu puxei o freio de mão. Então ela tombou no meu colo e eu peguei o volante.

— Amanhã ela estará bem melhor — disse Gatsby logo em seguida. — Ficarei aqui esperando para ver se ele irá incomodá-la com aquela coisa desagradável de hoje à tarde. Ela se trancou no quarto e, se ele tentar alguma brutalidade, combinou de acender e apagar a luz várias vezes.

— Ele não vai encostar nela — eu disse. — Não está com a cabeça nisso.

— Não confio nele, meu velho.

— Você vai ficar quanto tempo esperando?

— A noite inteira, se for preciso. Em todo caso, até todos irem dormir.

Então me ocorreu um novo pensamento. Suponhamos que Tom descobrisse que Daisy estava dirigindo. Ele poderia ver uma relação entre os fatos — podia imaginar qualquer coisa. Olhei para a casa; havia duas ou três janelas acesas no andar de baixo e a luz rosada do quarto de Daisy refletindo no térreo.

— Não saia daqui — eu disse. — Vou ver se há algum sinal de tumulto.

Caminhei de volta pela beira do gramado, percorrendo com cuidado o caminho de cascalho, e subi pé ante pé os degraus do alpendre. As cortinas da sala estavam abertas e vi que não havia ninguém no aposento. Atravessando o pórtico onde jantáramos naquela noite de junho três meses antes, aproximei-me de um pequeno retângulo de luz que julguei ser a janela da copa. A persiana estava fechada, mas descobri uma fenda no umbral.

Daisy e Tom estavam sentados na mesa de jantar, com um prato de frango frito frio e duas garrafas de cerveja diante deles. Tom falava gravemente e, em toda a sua seriedade, pousou a mão sobre a dela. De vez em quando, ela erguia os olhos e meneava a cabeça em consentimento.

Eles não estavam felizes, visto que ninguém chegou a encostar no frango ou na cerveja — mas também não pareciam infelizes. Havia um clima inequívoco de intimidade natural naquela cena, e qualquer um poderia jurar que estavam conspirando.

Enquanto eu me afastava do pórtico na ponta dos pés, ouvi o táxi tatear seu caminho pela estrada escura em direção à casa. Gatsby estava esperando onde eu o deixara, na entrada.

— Está tudo calmo? — ele perguntou, ansioso.

— Está. — Eu hesitei. — Você devia ir para casa comigo e dormir um pouco.

Ele fez que não com a cabeça.

— Vou ficar esperando até Daisy ir deitar. Boa noite, meu velho.

Ele meteu as mãos nos bolsos do casaco e retornou avidamente ao escrutínio da casa, como se minha presença profanasse a santidade de sua vigília. Então fui embora e o deixei parado à luz do luar — vigiando coisa alguma.

8

Passei a noite em claro; uma sirene de nevoeiro ressoou sem parar pelo estreito, e oscilei quase febril entre a realidade grotesca e pesadelos violentos e assustadores. Perto do amanhecer, ouvi um táxi encostando na entrada de Gatsby, ao que imediatamente saí da cama e fui me vestir — senti que precisava dizer-lhe alguma coisa, alertá-lo contra algo, e de manhã seria tarde demais.

Ao cruzar o gramado, vi que a porta da frente de Gatsby ainda estava aberta e ele se escorava numa mesa do vestíbulo, prostrado de tristeza ou de sono.

— Não houve nada — ele disse debilmente. — Fiquei esperando, e lá pelas quatro ela foi até a janela, ficou parada por um instante e então apagou a luz.

Sua casa nunca me pareceu tão grande quanto naquela madrugada, quando passamos em revista todos os salões em busca de cigarros. Afastamos cortinas que eram como tendas, e tateamos inúmeros palmos de parede escura em busca de interruptores de luz — a certa altura, tropecei com estrondo e caí nas teclas de um piano fantasmagórico. Havia um inexplicável acúmulo de poeira por toda parte e os quartos estavam mofados, como se não tivessem sido arejados por um bom tempo. Sobre uma mesa desconhecida, achei uma caixa de charutos com dois cigarros velhos e secos.

— Você devia partir — eu disse. — É quase certo que irão rastrear o seu carro.

— Partir *agora*, meu velho?

— Vá passar uma semana em Atlantic City ou Montreal.

Ele nem sequer considerou a hipótese. Não podia abandonar Daisy até que soubesse o que ela pretendia fazer. Agarrava-se a uma última esperança e eu simplesmente não suportava o fardo de trazê-lo à razão.

Foi naquela noite que ele me contou a estranha história de sua juventude com Dan Cody — e o fez porque "Jay Gatsby" havia se despedaçado feito vidro perante a dura malícia de Tom, e com isso a longa e secreta teatralidade se esgotara. Naquele momento, ele teria me confessado qualquer coisa sem reservas, mas queria mesmo era falar sobre Daisy.

Ela foi a primeira garota "sofisticada" que Gatsby conheceu. Em diversas e obscuras funções, ele havia tido contato com esse tipo de gente, mas sempre existia uma barreira invisível no meio. Daisy lhe parecia extraordinariamente desejável. Ele foi visitá-la, primeiro com outros oficiais de Camp Taylor, e mais tarde sozinho. Ficara impressionado com a casa — nunca havia estado num lugar tão bonito. Mas o que mais o impressionava era o fato de Daisy viver ali — e, para ela, aquilo era tão normal quanto a barraca do alojamento militar onde ele morava. A casa tinha um perfeito ar de mistério, uma insinuação de que havia quartos no andar de cima mais belos e sofisticados do que os outros, de atividades alegres e radiantes acontecendo em seus corredores, e de romances nada bolorentos ou com cheiro de naftalina, mas, pelo contrário, muito frescos, arejados e com o perfume dos reluzentes carros do ano e de bailes cujas flores ainda não haviam murchado. Outra coisa que o excitava era que muitos homens já haviam amado Daisy — e aquilo, a seus olhos, lhe aumentava o valor. Ele sentia a presença deles por toda a casa, preenchendo o ar com suas sombras e ecos de emoções ainda vibrantes.

Mas ele sabia que estava na casa de Daisy por um gigantesco acidente. Por mais glorioso que pudesse ser seu futuro como Jay Gatsby, naquele momento ele era um jovem miserável e sem passado, e a qualquer hora o manto invisível de seu uniforme poderia escapar de seus ombros. Então ele aproveitou o máximo possível. Tomou tudo o que pôde, de modo voraz e inescrupuloso — e acabou tomando a própria Daisy numa noite calma de outubro, só porque não tinha sequer o direito de tocar sua mão.

Gatsby poderia ter sentido desprezo por si mesmo, pois certamente a tomara sob falsos pretextos. Não que ele tenha alardeado uma fortuna inexistente, mas fornecera de propósito a Daisy uma sensação de segurança; deixou-a acreditar que era um homem de estirpe, plenamente capaz de tomar conta dela. Na realidade, Gatsby não possuía recursos — não tinha nenhuma família próspera para apoiá-lo e estava sujeito aos caprichos de um governo impessoal que podia despachá-lo a qualquer hora para qualquer parte do mundo.

Mas Gatsby não sentira desprezo por si mesmo e nada se dera conforme o esperado. Ele talvez pretendesse tomar tudo o que podia e ir embora — mas então descobriu que havia se lançado a uma verdadeira busca ao Graal. Sabia que Daisy era extraordinária, mas não imaginava o quanto uma garota "sofisticada" podia ser extraordinária. Ela se recolheu à mansão, em sua vida rica e completa, deixando Gatsby de mãos vazias. Ele se sentia casado com ela, mas isso era tudo.

Quando se encontraram novamente, dois dias depois, era Gatsby que estava ofegante e se sentia de certa forma traído. O pórtico da casa estava iluminado por uma riqueza que emulava a luz das estrelas; as fibras de vime do canapé chiavam elegantemente conforme Daisy oferecia seus lábios curiosos e encantadores para um beijo. Ela pegara um resfriado, o que deixava sua voz mais rouca e charmosa do que nunca, e Gatsby tinha plena consciência de toda a juventude e mistério que a riqueza detém e preserva, da qualidade de seu vestuário e da presença luminosa de Daisy, que reluzia feito prata — segura, orgulhosa e muito acima das preocupações dos pobres.

— Não saberia lhe dizer o quanto fiquei surpreso ao descobrir que a amava, meu velho. Por um momento, até cheguei a querer que ela me dispensasse, mas ela não o fez porque também estava apaixonada por mim. Daisy me achava inteligente por conhecer coisas que ela não sabia... Bem, ali estava eu, afastando-me das minhas ambições, apaixonando-me cada vez mais, e de repente nada disso importava. De que me adiantaria executar grandes feitos se eu podia me divertir muito mais contando a ela o que eu iria fazer?

Na noite anterior a seu embarque, ele se sentou com Daisy no colo por um bom tempo, em silêncio. Era um dia frio de outono, havia fogo na lareira e suas bochechas estavam rosadas. De quando em quando, ela se mexia e ele ajeitava o braço, e a certa altura ele beijou seu cabelo escuro e brilhante. A noite os tranquilizara por um instante, como se quisesse proporcionar-lhes uma lembrança mais profunda para a longa despedida que o dia seguinte prenunciava. Em todo aquele mês de namoro, eles nunca estiveram tão próximos nem se comunicaram tanto quanto naquela noite em que ela roçou os lábios em seus ombros e ele tocou gentilmente a ponta de seus dedos, como se ela estivesse dormindo.

Gatsby se saiu extraordinariamente bem na guerra. Tornou-se capitão antes mesmo de ir para o front, e após as batalhas de Argonne foi promovido a major e ganhou o comando do batalhão de artilharia. Com o armistício, tentou de todas as formas voltar para casa, mas algum tipo de complicação ou mal-entendido o desviou para Oxford. Agora ele estava preocupado — havia um tom de desespero angustiado nas cartas de Daisy. Ela não entendia por que Gatsby não podia voltar. Sofria com a pressão do mundo lá fora, queria encontrá-lo, sentir sua presença e certificar-se de que estava fazendo a coisa certa, no fim das contas.

Pois Daisy era jovem e seu mundo artificial estava repleto de orquídeas, esnobismo amável e alegre, e orquestras que tocavam o ritmo da vez, resumindo a tristeza e as possibilidades da vida em novas melodias. Todas as noites, os saxofones gemiam os versos desesperados de "Beale Street blues",[1] enquanto uma centena de pares de sapatilhas prateadas e douradas se arrastavam pela poeira resplandecente. À hora cinzenta do chá, havia sempre algum salão pulsando incessantemente numa espécie de febre branda e doce, enquanto rostos jovens circulavam aqui e ali como pétalas de rosas sopradas no chão pelas tristes cornetas.

Em meio a esse universo poente, Daisy voltou a seguir a estação; de repente, estava de novo marcando meia dúzia de encontros por dia com meia dúzia de homens e indo dormir ao amanhecer, com as contas e o *chiffon* de um vestido de noite enroscados entre orquídeas no chão ao lado da cama. Durante todo esse tempo, algo em seus olhos clamava por uma decisão. Ela queria definir sua vida imediatamente — e essa decisão precisava dar-se por algum tipo de força — de amor, de dinheiro, de praticidade inquestionável — que estivesse à mão.

Essa força tomou forma no meio da primavera, com a chegada de Tom Buchanan. Havia uma grandeza saudável em sua pessoa e em sua posição, e Daisy se sentiu lisonjeada. Havia, sem dúvida, um tanto de resistência e um tanto de alívio. A carta alcançou Gatsby quando ele ainda estava em Oxford.

Já era manhã em Long Island e nos pusemos a abrir o resto das janelas do térreo, preenchendo a casa com uma luz que oscilava entre o cinzento e o dourado. A sombra de uma árvore desceu abruptamente em meio ao orvalho e pássaros invisíveis começaram a cantar entre as folhas azuis. Havia um movimento lento e brando no ar, que não se podia chamar de vento, mas que prenunciava um dia fresco e agradável.

— Não acho que ela chegou a amá-lo. — Gatsby virou-se da janela e olhou para mim desafiadoramente. — Lembre-se, meu velho, de que ela estava muito exaltada ontem à tarde. Ele lhe disse aquelas coisas de um jeito que a assustou, como se eu fosse uma espécie de vigarista barato. E o resultado é que ela mal sabia o que estava dizendo.

Sentou-se melancolicamente.

— É claro que ela pode tê-lo amado por um breve período, quando eram recém-casados... e me amar ainda mais, entende?

De repente, ele fez uma observação curiosa:

— Em todo caso, foi apenas pessoal.

O que se pode concluir disso, exceto haver uma intensidade incomensurável em sua concepção daquele caso amoroso?

Gatsby retornou da França quando Tom e Daisy ainda estavam em lua de mel, e empreendeu uma deprimente porém inevitável viagem a Louisville com os últimos recursos que poupara do Exército. Passou uma semana na cidade, percorrendo as ruas onde seus passos e os de Daisy se uniram nas noites de novembro e revisitando os lugares afastados onde estacionaram seu carro branco. Assim como a casa de Daisy sempre lhe parecera mais misteriosa e alegre do que as outras, a ideia daquela cidade também se revestia de uma beleza melancólica, mesmo que Daisy não estivesse mais lá.

Gatsby partiu com a impressão de que a encontraria caso tivesse procurado melhor — de que estava deixando

Daisy para trás. O vagão de passageiros — ele não tinha um tostão — era muito abafado. Saiu para o vestíbulo aberto e sentou-se numa cadeira dobrável, enquanto a estação lhe escapava e dava lugar a uma sucessão de fundos de edifícios desconhecidos. Depois o trem atravessou os campos primaveris, sendo acompanhado brevemente por um bonde repleto de gente que deve ter visto uma vez, na rua, a magia pálida de seu rosto.

Agora a ferrovia fazia uma curva e se afastava do sol, que, ao descer no horizonte, parecia abençoar a cidade evanescente onde Daisy uma vez respirou. Desesperado, ele estendeu a mão para fora, como se quisesse agarrar um mísero filete de ar, salvando um fragmento do local que Daisy tornara tão encantador. Mas tudo passava rápido demais diante de seus olhos embaçados, e ele sabia que tinha perdido aquele detalhe da paisagem, o melhor e mais puro, para sempre.

Eram nove da manhã quando terminamos o café e saímos para o pórtico. A noite trouxera uma considerável mudança no clima e havia um toque de outono no ar. O jardineiro, último dos empregados originais de Gatsby, aproximou-se do pé da escada.

— Vou esvaziar a piscina hoje, senhor Gatsby. Logo as folhas irão começar a cair e teremos problemas com os canos.

— Hoje não — ele respondeu. E voltou-se para mim, a título de justificativa: — Sabe de uma coisa, meu velho? Não usei a piscina nenhuma vez neste verão.

Eu consultei o relógio e me levantei:

— Meu trem sai em vinte minutos.

Eu não queria ir à cidade. Não estava em condições de encarar um expediente de trabalho, mas não era só isso — eu não queria deixar Gatsby sozinho. Perdi aquele trem e depois outro, até que enfim consegui sair de lá.

— Eu te ligo mais tarde — falei.

— Faça isso, meu velho.

— Ligarei lá pelo meio-dia.

Descemos lentamente os degraus.

— Acho que Daisy também vai ligar. — Ele me olhou ansiosamente, na expectativa de minha anuência.

— Acho que sim.

— Bem, adeus.

Apertamos as mãos e eu me afastei. Pouco antes de alcançar a cerca, lembrei-me de uma coisa e me virei para trás.

— É uma gente ordinária — gritei, através do gramado. — Você vale muito mais do que todos eles juntos.

Até hoje fico feliz por ter dito isso. Foi o único elogio que lhe fiz, pois o reprovara do começo ao fim. Primeiro ele assentiu com a cabeça de forma educada, e então abriu aquele sorriso radiante e sábio, como se houvéssemos concordado nesse ponto o tempo todo. Seu vistoso paletó cor-de-rosa se destacava contra os degraus brancos, e me lembrei da primeira vez que visitei sua casa ancestral, três meses antes. O gramado e a entrada estavam apinhados de gente que apostava em sua malícia — e ele havia ficado de pé naqueles degraus, ocultando seu sonho inocente, enquanto se despedia de todos.

Agradeci a Gatsby pela hospitalidade. Estávamos sempre lhe agradecendo por isso — eu e os outros.

— Adeus — eu gritei. — Adorei o café, Gatsby.

No trabalho, passei um tempo tentando listar as cotas de uma quantidade interminável de ações, mas acabei cochilando em minha cadeira giratória. Fui despertado pelo telefone pouco antes do meio-dia, e ergui o rosto empapado de suor. Era Jordan Baker; ela costumava me ligar àquela hora porque, de outro modo, suas perambulações em hotéis, clubes e casas de amigos tornariam impossível localizá-la. Em geral, sua voz ao telefone era revigorante e calma, como se um trecho de grama do campo de golfe entrasse voando pela janela do escritório, mas naquela manhã sua voz era seca e áspera.

— Não estou mais na casa de Daisy — ela disse. — Estou em Hempstead[2] e vou para Southampton esta tarde.

Fora provavelmente educado de sua parte sair da casa de Daisy, mas aquilo me irritou, e seu comentário seguinte me deixou petrificado.

— Você não foi muito legal comigo ontem à noite.

— Teria feito alguma diferença?

Momento de silêncio. E então:

— Em todo caso, quero te ver.

— Eu também.

— Digamos que eu não vá a Southampton e apareça na cidade hoje à tarde?

— Não. Hoje à tarde não.

— Certo.

— Hoje à tarde é impossível. Vários...

Passamos um tempo nessa conversa, e então de repente não estávamos mais conversando. Não sei qual de nós desligou o telefone com um golpe seco, mas sei que não me abalei. Não conseguiria tomar um chá com Jordan naquela tarde, mesmo que jamais voltasse a vê-la nesta vida.

Liguei para Gatsby poucos minutos depois, mas deu ocupado. Tentei quatro vezes; por fim, uma exasperada telefonista da central me disse que a linha estava reservada para receber um interurbano de Detroit. Apanhando minha tabela de horários, fiz um pequeno círculo em torno do trem das quinze e cinquenta. Então me recostei na cadeira e tentei raciocinar. Ainda era meio-dia.

Naquela manhã, quando o trem passou pelas pilhas de cinzas, troquei deliberadamente de lado no vagão. Imaginei que haveria uma multidão de curiosos por ali, com garotinhos procurando manchas escuras em meio à poeira e uma porção de fofoqueiros repetindo várias vezes o que aconteceu, até que o incidente se tornasse menos real inclusive para eles e não houvesse mais como contá-lo, e assim o fim trágico de Myrtle Wilson fosse esquecido. Agora quero retroceder um pouco e narrar o que houve na oficina depois que saímos de lá, na noite anterior.

Foi com dificuldade que localizaram a irmã de Myrtle, Catherine. Naquela noite, ela deve ter quebrado sua promessa de não beber, pois quando chegou à oficina estava embotada de álcool e incapaz de entender que a ambulância já havia ido para Flushing.* Quando enfim conseguiram convencê-la, ela desmaiou imediatamente, como se essa fosse a parte mais intolerável da coisa toda. Por bondade ou curiosidade, algum desconhecido a levou de carro até o velório da irmã.

Até bem depois da meia-noite, uma multidão variável se amontoou na entrada da oficina, enquanto, lá dentro, George Wilson se balançava para a frente e para trás na cadeira do escritório. Houve um momento em que a porta se abriu, e ninguém resistiu a dar uma espiada. Por fim, alguém disse que aquilo era uma vergonha e fechou a porta. Michaelis e outros homens estavam com ele; no início, quatro ou cinco pessoas, e, depois, só duas ou três. Mais tarde, Michaelis teve que pedir ao último desconhecido restante que esperasse mais uns quinze minutos, enquanto ele ia para casa fazer um bule de café. Depois disso, ficou sozinho com Wilson até o amanhecer.

Por volta das três da madrugada, a natureza dos resmungos incoerentes de Wilson sofreu uma mudança — ele ficou mais quieto e passou a falar sobre o carro amarelo. Disse que tinha um meio de identificar o dono do carro, e então deixou escapar que, meses antes, sua esposa voltara da cidade com o rosto machucado e o nariz inchado.

* Flushing é um bairro do distrito de Queens, a oeste de Long Island, onde há um famoso cemitério.

Porém, ao perceber o que havia dito, ele se retraiu e voltou a gritar "Oh, meu Deus!" com sua voz lastimosa. Michaelis fez uma patética tentativa de distraí-lo.

— Vocês estavam casados havia quanto tempo, George? Olhe para mim, tente ficar parado um minuto e responda a minha pergunta. Há quanto tempo estavam casados?

— Vinte anos.

— Tiveram filhos? Vamos, George, sente-se direito, eu lhe fiz uma pergunta. Vocês tiveram filhos?

Uma porção de besouros marrons e cascudos insistia em bater contra a luz mortiça e, sempre que Michaelis ouvia um carro cortando a estrada, pensava naquele que não freara algumas horas antes. Ele não queria voltar para a oficina porque a mesa de trabalho trazia as manchas de onde estava o corpo, então perambulava desconfortavelmente pelo escritório — antes de amanhecer, já conhecia de cor todos os objetos — e, de vez em quando, sentava-se ao lado de Wilson na tentativa de acalmá-lo.

— Você vai a algum tipo de igreja, George? Mesmo que não a frequente mais? Talvez eu possa ligar e pedir para um padre vir falar com você. Que tal?

— Não tenho religião.

— Você devia ter, George, para ocasiões como esta. Provavelmente já foi à missa pelo menos uma vez. Não se casou numa igreja? Preste atenção, George, olhe para mim. Você não se casou numa igreja?

— Isso faz muito tempo.

O esforço de responder quebrou o ritmo de seu balanço — por um instante, ele ficou parado. Então aquela expressão meio consciente, meio perplexa, retornou aos seus olhos embotados.

— Abra aquela gaveta — ele disse, apontando para a escrivaninha.

— Qual delas?

— Aquela ali. Aquela.

Michaelis abriu a gaveta mais próxima. Não havia

nada além de uma pequena e caríssima coleira de cachorro, feita de couro com tiras de prata. Parecia nova.

— Isto aqui? — ele perguntou, erguendo a coleira.

Wilson olhou para o objeto e assentiu com a cabeça.

— Encontrei ontem à tarde. Ela tentou me explicar o que era, mas eu sabia que havia algo suspeito.

— Quer dizer que a sua esposa comprou esta coleira?

— Estava em cima da cômoda, embrulhada em papel de seda.

Michaelis não viu nada de estranho naquilo e deu a Wilson uma dúzia de razões para a esposa ter feito a compra. Mas evidentemente ele já havia ouvido várias dessas explicações da boca de Myrtle, pois tornou a dizer "Oh, meu Deus" num sussurro — fazendo com que seu consolador deixasse no ar inúmeras outras explicações.

— Então ele a matou — disse Wilson. Sua boca escancarou-se de súbito.

— Quem?

— Tenho um jeito de descobrir.

— Você está sendo mórbido — disse o amigo. — Passou por uma situação terrível e não sabe o que está dizendo. É melhor ficar quieto por aqui até amanhecer.

— Ele a matou.

— Foi um acidente, George.

Wilson balançou a cabeça, em negativa. Estreitou os olhos e abriu ligeiramente a boca sugerindo um altivo "Hum!".

— Eu sei — afirmou, num tom decidido. — Sou desses caras que confiam nos outros e não pensam mal de *ninguém*, mas quando fico sabendo de alguma coisa, é porque sei mesmo. Foi o homem daquele carro. Ela saiu correndo para falar com ele, mas ele não parou.

Michaelis havia presenciado a mesma cena, mas não lhe ocorrera dar-lhe um significado especial. Acreditava que a sra. Wilson estava fugindo do marido, e não tentando parar um automóvel específico.

— Mas como ela pode ter feito isso?

— Era uma mulher intensa — disse Wilson, como se isso respondesse à pergunta. — Ah-h-h...

Ele tornou a balançar na cadeira e Michaelis ficou de pé, girando a coleira na mão.

— Quem sabe eu possa telefonar para algum amigo seu, George?

Era uma tentativa desesperada — ele estava quase certo de que Wilson não tinha amigos: era completamente absorvido pela esposa. Pouco depois, ficou aliviado ao notar uma mudança na sala, uma luz azulada despontando na janela, e viu que a manhã não tardaria a chegar. Por volta das cinco horas, o ambiente ficou azul o bastante para poderem apagar a luz.

Os olhos vazios de Wilson se voltaram para as pilhas de cinzas, onde pequenas nuvens cinzentas assumiam formas fantásticas e corriam para lá e para cá com a brisa leve da manhã.

— Eu conversei com ela — Wilson balbuciou, após um longo silêncio. — Falei que ela podia me enganar, mas não podia enganar a Deus. Levei-a até a janela — ele fez um esforço para se levantar, andou até a janela dos fundos e pressionou o rosto contra o vidro — e lhe disse: "Deus sabe o que você está fazendo, tudo o que você faz. Você pode me enganar, mas não pode enganar a Deus!".

De pé ao seu lado, Michaelis viu espantado que ele olhava para os olhos do dr. T. J. Eckleburg, que haviam acabado de surgir, desbotados e gigantescos, daquela noite que se dissipava.

— Deus está vendo tudo — repetiu Wilson.

— É só um outdoor — Michaelis lhe garantiu. Algo o fez afastar-se da janela e voltar a se concentrar na sala. Wilson, por sua vez, ficou ali por um bom tempo, o rosto colado à vidraça, assentindo para a penumbra.

Lá pelas seis horas, Michaelis estava exausto e ficou feliz de ouvir o som de um carro parando lá fora. Era um dos acompanhantes da noite anterior que havia prometido voltar, de modo que ele preparou um café da manhã para todos — que foi partilhado apenas entre ele e o desconhecido. Wilson estava mais calmo e Michaelis foi para casa dormir; assim que acordou, quatro horas depois, foi correndo para a oficina e Wilson não estava mais lá.

Seus passos — ele estava a pé — foram posteriormente traçados até Port Roosevelt e depois a Gad's Hill,[3] onde comprou um café e um sanduíche que não comeu. Ele devia estar cansado e andando muito lentamente, pois não chegou a Gad's Hill antes do meio-dia. Até ali foi fácil rastrear seus passos — garotos aludiram a um homem "agindo feito doido" na rua e inúmeros motoristas se intimidaram com seu olhar assustador no acostamento da estrada. Então ele sumiu por completo durante três horas. A polícia, com base no que disse Michaelis, de que ele "tinha um jeito de descobrir", supôs que ele estivesse peregrinando pelas oficinas da região, perguntando sobre um carro amarelo. Por outro lado, nenhum dono de garagem chegou a se apresentar na polícia, e talvez ele tivesse um jeito mais fácil e confiável de descobrir o que queria. Lá pelas duas e meia, foi visto em West Egg, onde perguntou o caminho para a casa de Gatsby. De modo que, àquela altura, ele já sabia o nome de Gatsby.

Às duas horas, Gatsby vestiu seu traje de banho e avisou o mordomo que, se alguém telefonasse, ele estaria na piscina. Parou na garagem para pegar um colchão inflável que alegrara seus convidados por todo o verão, e aceitou a ajuda do motorista para enchê-lo. Então deu instruções de que o conversível não fosse removido sob nenhuma circunstância — o que era estranho, pois o para-choque da frente precisava de reparos.

Gatsby apoiou o colchão nos ombros e foi caminhando em direção à piscina. Parou uma vez para ajeitá-lo, ao que o motorista lhe perguntou se precisava de ajuda, mas ele fez que não com a cabeça e desapareceu entre as árvores amareladas.

Ninguém telefonou, mas o mordomo ficou sem dormir esperando uma ligação até as quatro da tarde — muito tempo depois de haver alguém para recebê-la. Sou da opinião de que o próprio Gatsby estava ciente de que ninguém lhe telefonaria, e talvez nem se importasse mais. Se isso é verdade, deve ter percebido que perdera seu bom e velho mundo, pagando um preço alto por viver tanto tempo com um único sonho. Deve ter erguido os olhos para um céu desconhecido por entre as folhas ameaçadoras, e estremecido ao notar que a rosa é uma coisa grotesca e que a luz do sol castiga violentamente a grama que acaba de brotar. Um novo mundo, palpável sem ser real, onde vagavam pobres fantasmas, respirando sonhos como se fossem ar... como aquela figura cinzenta e fantástica que deslizava em sua direção por entre as árvores amorfas.

O motorista, que era um dos protegidos de Wolfshiem, ouviu os disparos — mais tarde confessou não ter dado importância ao barulho. Fui direto da estação à casa de Gatsby e minha escalada ansiosa pelos degraus da frente foi a primeira coisa que os deixou alarmados. Mas eles já sabiam, tenho certeza. Sem dizer praticamente nada, corremos os quatro (eu, o motorista, o mordomo e o jardineiro) rumo à piscina.

Havia um movimento débil e quase imperceptível na água conforme ela vertia de um cano, abrindo caminho rumo ao escoadouro na outra extremidade. Em meio a pequenas marolas que mal podiam ser chamadas de ondas, o colchão ocupado boiava à deriva. Uma breve rajada de vento que mal corrugaria a superfície da água era suficiente para perturbar acidentalmente seu trajeto já acidental. O cair das folhas o fazia girar lentamente, traçando, como a perna de um compasso, um fino círculo vermelho na água.

Foi só depois que saímos com o corpo de Gatsby em direção à casa que o jardineiro viu o cadáver de Wilson caído na grama, um pouco distante, e o holocausto estava completo.

9

Dois anos depois, lembro-me do resto daquele dia, e daquela noite, e do dia seguinte, apenas como uma sucessão interminável de policiais, fotógrafos e jornalistas que entravam e saíam da casa de Gatsby. Estendeu-se uma corda no portão principal e um policial ficava a postos para afastar os curiosos, mas os moleques logo descobriram que era possível entrar pelo meu quintal, de modo que sempre havia alguns deles apinhados e boquiabertos diante da piscina. Naquela tarde, alguém com ar convencido, talvez um detetive, usou a expressão "lunático" ao debruçar-se sobre o corpo de Wilson, e a súbita autoridade de sua voz deu o tom das notícias que saíram nos jornais da manhã seguinte.

Muitas dessas reportagens eram um pesadelo — grotescas, circunstanciais, sensacionalistas e mentirosas. Quando, no inquérito, Michaelis mencionou as suspeitas de Wilson sobre a esposa, pensei que a história toda viria à tona numa pasquinada eufórica — mas Catherine, que podia ter dito algo, não se manifestou. Ela também demonstrou um surpreendente traço de caráter — encarou o investigador com os olhos decididos sob as sobrancelhas desenhadas e jurou que a irmã nunca tinha visto Gatsby, que era completamente feliz com o marido e que jamais se comportara de forma duvidosa. Ela mesma se convenceu disso e chorou um lenço inteiro, como se a mera sugestão do ato fosse mais do que ela podia suportar. Wilson foi então reduzido a um homem "louco de tristeza", para que o caso pudesse permanecer o mais simples possível. E ficou por isso mesmo.

Mas toda essa parte me parecia remota e desimportante. Eu era a única pessoa ao lado de Gatsby. A partir do momento em que liguei para a polícia de West Egg reportando a catástrofe, todas as conjecturas e questões práticas a seu respeito foram encaminhadas a mim. De início, fiquei surpreso e confuso; depois, como ele permanecia deitado, sem se mover ou falar, hora após hora, me dei conta de que eu era o responsável por Gatsby, pois ninguém mais estava interessado — quer dizer, interessado no sentido pessoal e intenso a que todo mundo teria o direito ao morrer.

Liguei para Daisy meia hora depois de encontrarmos o corpo, de forma instintiva e automática. Mas ela e Tom haviam partido no início da tarde, levando bagagem.

— Não deixaram nenhum endereço?

— Não.

— Nem disseram quando pretendem voltar?

— Não.

— Tem alguma ideia de para onde foram? Como posso entrar em contato com eles?

— Não sei. Não sei dizer.

Eu queria chamar alguém para ficar ao seu lado. Queria ir à sala onde ele estava e confortá-lo: "Vou arrumar alguém para ficar com você, Gatsby. Não se preocupe. Confie em mim e eu chamarei alguém para você...".

O nome de Meyer Wolfshiem não estava na lista telefônica. O mordomo me deu seu endereço comercial na Broadway e liguei para o serviço de informações, mas, quando consegui o número, já passava das cinco e ninguém atendeu.

— Pode tentar mais uma vez, por favor?

— Já tentei três vezes.

— É muito importante.

— Me desculpe. Acho que não tem ninguém lá.

Retornei à sala de estar e pensei por um instante que todos aqueles policiais que enchiam a casa eram visitantes ocasionais. Porém, embora eles afastassem os lençóis e olhassem para Gatsby com um ar comovido, seu protesto seguiu ecoando na minha cabeça:

— Escute aqui, meu velho, você precisa arrumar alguém para ficar do meu lado. Precisa se esforçar. Não posso passar por isso sozinho.

Alguém começou a me fazer perguntas, mas saí correndo e subi as escadas, examinando apressadamente as partes destrancadas de sua escrivaninha — ele nunca havia me dito, com todas as palavras, que seus pais estavam mortos. Mas não havia nada — só o retrato de Dan Cody, testemunha de violências passadas, me encarando da parede.

Na manhã seguinte, mandei o mordomo a Nova York com uma carta para Wolfshiem, pedindo informações e rogando-lhe que viesse no próximo trem. Enquanto escrevia, o pedido me pareceu supérfluo. Eu tinha certeza de que ele viria correndo ao ver a notícia nos jornais, assim como tinha certeza de que Daisy me enviaria um telegrama antes do meio-dia — mas nem o telegrama nem o sr. Wolfshiem chegaram; ninguém apareceu além de mais policiais, fotógrafos e repórteres. Quando o mordomo trouxe de volta a resposta do sr. Wolfshiem, passei a nutrir um sentimento de desafio, de desprezo solidário a Gatsby contra todos eles.

Prezado sr. Carraway,

Foi um dos choques mais terríveis de minha vida, mal posso acreditar que é verdade. Um ato tão maluco assim nos faz pensar. No momento não posso ir até aí, pois estou ocupado com um negócio muito importante e não posso me envolver nisso agora. Se houver algo que eu possa fazer mais tarde, me envie uma carta através de Edgar. Sinto-me desnorteado ao ouvir notícias desse tipo, e estou completamente arrasado.

Atenciosamente,

MEYER WOLFSHIEM

E um rápido adendo, na sequência:

Me informe sobre o funeral e tudo o mais, pois não conheço ninguém da família.

Quando o telefone tocou naquela tarde, e a telefonista anunciou uma ligação interurbana de Chicago, pensei que finalmente seria Daisy. Mas do outro lado da linha havia uma voz masculina, muito débil e distante.

— Aqui é o Slagle...

— Pois não? — O nome me era desconhecido.

— Belo recado, não? Recebeu meu telegrama?

— Não recebi telegrama nenhum.

— O jovem Parke está em apuros — ele disse rapidamente. — Foi preso no instante em que entregava os títulos no guichê.[1] Os policiais receberam uma circular de Nova York com todas as dicas cinco minutos antes. O que você sabe sobre isso, hein? Nunca se sabe o que vai acontecer nessas cidades do interior...

— Ei! — Eu interrompi, ofegante. — Escute, aqui não é o senhor Gatsby. O senhor Gatsby está morto.

Fez-se um longo silêncio do outro lado da linha, seguido por uma exclamação... e um breve chiado quando a conexão foi perdida.

Acho que foi no terceiro dia que chegou um telegrama assinado por Henry C. Gatz, vindo de uma cidade em Minnesota. Dizia apenas que o emissor estava a caminho e pedia que o funeral fosse adiado até sua chegada.

Era o pai de Gatsby, um velho solene, indefeso e consternado, metido num casaco comprido e barato em pleno calor de setembro. As lágrimas corriam incessantemente de seu rosto agitado e, quando apanhei sua mala e o guarda-chuva, ele passou a puxar a barba rala e grisalha com tanta força que tive dificuldade em lhe tirar o casaco. Ele estava à beira de um colapso, de modo que o levei à sala de música e pedi que se sentasse, enquanto lhe arrumava algo para comer. Mas ele não queria comer e suas mãos trêmulas derrubaram o copo de leite.

— Fiquei sabendo pelo jornal de Chicago — ele explicou. — A história inteira estava no jornal. Vim o mais rápido que pude.

— Eu não sabia como encontrá-lo.

Seus olhos vazios se moviam incessantemente pela sala.

— Foi um maluco — acrescentou. — Ele devia estar doido.

— Aceita um café? — perguntei.

— Não quero nada. Já estou melhor, senhor…

— Carraway.

— Bem, já estou melhor. Onde eles colocaram Jimmy?

Levei-o à sala de estar onde estava o corpo do filho, e o deixei por lá. Alguns moleques haviam vencido os degraus e espiavam o vestíbulo; quando lhes contei quem havia chegado, eles foram embora, relutantes.

Após um instante, o sr. Gatz abriu a porta e saiu da sala, a boca entreaberta, o rosto levemente ruborizado, as lágrimas brotando isoladas e dispersas. Ele chegara a uma idade em que a morte já não implicava necessariamente um choque intolerável e, quando olhou ao redor pela primeira vez e viu a grandiosidade e o esplendor do vestíbulo, além dos salões que se abriam em outras salas, o pesar se misturou a um orgulho assombrado. Ajudei-o a se instalar num quarto no andar de cima; enquanto ele tirava o casaco e o colete, informei que todos as providências haviam sido adiadas até sua chegada.

— Não sei bem o que você prefere, senhor Gatsby...

— Meu nome é Gatz.

— ...Senhor Gatz. Talvez o senhor queira levar o corpo de volta para o Oeste.

Ele balançou a cabeça em negativa.

— Jimmy sempre preferiu o Leste. Ele alcançou seu status aqui no Leste. Você era amigo do meu filho, senhor...?

— Sim, éramos muito próximos.

— Ele tinha um grande futuro pela frente, você sabe. Era muito jovem, mas tinha uma inteligência enorme.

Ele apontou para a própria cabeça e eu concordei.

— Se não tivesse morrido, seria um grande homem. Um sujeito como James J. Hill.[2] Ele teria ajudado a construir o país.

— É verdade — eu disse, constrangido.

Gatz tateou a colcha bordada, tentando afastá-la da cama, e se deitou, rígido — dormindo na mesma hora.

Naquela noite, um sujeito obviamente assustado telefonou, perguntando-me quem eu era antes de se identificar.

— Aqui é o senhor Carraway — eu disse.

— Ah! — Ele parecia aliviado. — Aqui é o Klipspringer.

Também fiquei aliviado, pois era a esperança de mais um amigo de Gatsby no enterro. Eu não queria que o serviço saísse nos jornais e atraísse uma multidão de curiosos, então decidi chamar algumas pessoas por conta própria. Todas foram difíceis de encontrar.

— O funeral é amanhã — eu informei. — Às três da tarde, aqui na casa dele. Gostaria que você repassasse a informação para quem possa se interessar.

— Pode deixar — ele interrompeu, apressadamente. — Acho que não verei ninguém por esses dias, mas, se houver oportunidade...

Seu tom de voz me deixou desconfiado.

— Mas você vem, certo?

— Bem, certamente vou tentar. Liguei por causa de...

— Só um segundo — interrompi. — Que tal me dizer que vem com certeza?

— Bem, a verdade é que... Veja, estou hospedado na casa de uns amigos aqui em Greenwich[3] e eles esperam que eu fique com eles amanhã. É que vai haver uma espécie de piquenique ou algo assim. É claro que farei o possível para dar uma escapada.

Soltei um "arrã" incontrolável que ele deve ter ouvido, pois prosseguiu nervosamente:

— Liguei porque esqueci um par de sapatos aí. Fico pensando se daria muito trabalho mandar o mordomo trazê-los. Veja bem, é um par de tênis, e eu fico meio indefeso sem eles. Envie aos cuidados de B. F....

Não escutei o resto do nome, pois bati o telefone.

Depois disso, senti muita pena de Gatsby — um certo cavalheiro a quem telefonei deu a entender que ele teve o que merecia. No entanto, a culpa foi minha, pois era um dos que costumavam zombar cruelmente de Gatsby à custa de sua bebida, e eu devia ter pensado melhor antes de lhe telefonar.

Na manhã do enterro, fui ver Meyer Wolfshiem em Nova York; não estava conseguindo contatá-lo de nenhuma outra forma. Na porta que eu empurrei, seguindo a indicação do ascensorista, estava escrito: "Suástica Companhia Holding",[4] e de início parecia não haver ninguém lá dentro. Mas, depois que gritei "olá?" várias vezes, em vão, uma discussão irrompeu atrás de uma divisória, e em seguida uma judia amável apareceu numa porta e me examinou com os olhos pretos e hostis.

— Não há ninguém aqui — ela disse. — O senhor Wolfshiem está em Chicago.

A primeira parte da afirmação era obviamente falsa,

pois começaram a assobiar desafinadamente "The rosary" lá dentro.*

— Por favor, diga que o senhor Carraway está aqui para vê-lo.

— Não posso trazê-lo de Chicago, posso?

Naquele momento, uma voz, sem dúvida alguma de Wolfshiem, gritou "Stella!" do outro lado da porta.

— Deixe seu nome no balcão — ela disse rapidamente. — Eu lhe darei o recado assim que ele voltar.

— Mas eu sei que ele está aqui.

Ela deu um passo em minha direção e pôs a mão na cintura, indignada:

— Vocês, jovens, acham que podem chegar e entrar em qualquer lugar quando bem entendem — ela ralhou. — Já estamos perdendo a paciência. Quando eu digo que ele está em Chicago, é porque ele *está* em Chicago.

Mencionei o nome de Gatsby.

— Ah! — Ela me examinou outra vez. — Você podia... Qual é o seu nome?

Ela desapareceu. Num instante Meyer Wolfshiem apareceu solenemente na porta, com os braços estendidos. Levou-me ao seu escritório, observando com um tom de voz reverente que era um momento triste para todos nós, e me ofereceu um charuto.

— Lembro-me do dia em que o conheci — ele contou. — Um jovem major recém-saído do Exército e coberto de condecorações de guerra. Estava tão falido que precisava continuar usando o uniforme, pois não tinha como comprar roupas normais. Na primeira vez em que o vi, ele estava no bilhar Winebrenner, na rua 43, pedindo emprego. Não se alimentava havia vários dias. "Venha

* "The rosary" era uma popular canção católica dos anos 1920, composta por Robert Cameron Rogers e Ethelbert Nevin. É provavelmente irônico que seja assobiada por Wolfshiem, cuja etnicidade judia é tão enfatizada no livro.

almoçar comigo", eu disse. Em meia hora ele devorou mais de quatro dólares em comida.

— Você iniciou Gatsby nos negócios?

— Não só isso. Eu o criei.

— Ah.

— Ergui-o do nada, direto da sarjeta. Vi na hora que era um jovem de boa aparência, educado, e quando me contou que havia frequentado Oggsford, soube que me seria muito útil. Consegui que ele ingressasse na Legião Americana, onde formou sua reputação. Imediatamente fez um trabalho para um cliente meu em Albany. Ficamos assim — ele esfregou os dois indicadores inchados —, sempre próximos em tudo.

Fiquei imaginando se essa parceria incluía a manipulação da World's Series de 1919.

— Agora ele está morto — eu falei, após um instante. — Você era seu amigo mais próximo, então sei que gostaria de ir ao funeral hoje à tarde.

— Gostaria, sim.

— Bem, então venha.

Os pelos de seu nariz tremularam de leve, e seus olhos se encheram de lágrimas conforme ele balançava a cabeça:

— Não posso. Não posso me envolver nisso — disse.

— Não há nada com que se envolver. Está tudo acabado.

— Quando um homem é assassinado, não gosto de me meter de forma alguma. Fico de fora. Em meus anos de juventude, era diferente: se um amigo meu morria, não importava como, eu ficava ao seu lado até o fim. Você pode achar piegas, mas é verdade: até o mais amargo fim.

Percebi que, por uma razão desconhecida, ele estava decidido a não ir ao enterro, então me levantei.

— Você foi à universidade? — ele me perguntou de repente.

Por um instante, pensei que ele iria me propor "um

licação nas necócios”, mas apenas assentiu com a cabeça e apertou minha mão.

— É preciso demonstrar a amizade quando a pessoa ainda está viva, e não depois que morreu — observou. — Quando isso ocorre, minha regra particular é deixar tudo para trás.

Quando saí do escritório, o céu havia escurecido e tive que voltar a West Egg debaixo de chuva. Após trocar de roupa, fui à casa ao lado e encontrei o sr. Gatz andando de lá para cá no vestíbulo, muito agitado. O orgulho do filho e de suas posses crescia cada vez mais, e agora ele queria me mostrar uma coisa.

— Jimmy me mandou esta foto. — Com os dedos trêmulos, ele tirou a carteira do bolso. — Veja só.

Era uma foto da casa, lascada nos cantos e repleta de impressões digitais. Ele me mostrou cada detalhe com avidez. “Veja só!”, e procurava sinais de admiração em meus olhos. Gatz já havia se gabado tanto daquela foto que, a seus olhos, ela devia ser mais real do que a própria casa.

— Jimmy me mandou pelo correio. Acho que é uma foto muito bonita. Causa boa impressão.

— Ótima. Quando foi a última vez que o viu?

— Ele foi me visitar há dois anos e comprou a casa onde moro hoje. É claro que estava falido quando saiu de casa, mas vejo agora que havia um motivo. Ele sabia que tinha um grande futuro pela frente. E assim que sua vida deu certo, foi muito generoso comigo.

Ele parecia relutante em guardar a foto e a segurou por mais um minuto, demoradamente, diante dos meus olhos. Então a devolveu à carteira e tirou do bolso uma edição surrada e velha de um livro chamado *Hopalong Cassidy*.[5]

— Veja só, ele lia isto quando era garoto. Este livro diz tudo.

Gatz abriu o livro pela contracapa e o virou para o meu lado. Na última folha de guarda, havia a palavra agenda e a data 12 de setembro de 1906. E embaixo:

Levantar da cama 6h
Musculação e escalada ...... 6h15 às 6h30
Estudar eletricidade etc. ...... 7h15 às 8h15
Trabalhar ...... 8h30 às 16h30
Beisebol e esportes ...... 16h30 às 17h
Praticar oratória, postura e como alcançá-la ...... 17h às 18h
Estudar invenções necessárias .... 19h às 21h

RESOLUÇÕES GERAIS
Não perder tempo no Shafters e no [nome indecifrável]
Parar de fumar e mascar chicletes
Tomar banho em dias alternados
Ler um livro ou revista edificante por semana
Economizar ~~5 dólares~~ 3 dólares por semana
Tratar melhor os meus pais

— Achei este livro por acaso — disse o velho. — Ele diz tudo, não é?

— É mesmo.

— Jimmy estava destinado ao sucesso. Sempre vinha com resoluções ou coisas do tipo. Você reparou no que ele disse sobre aprimorar o intelecto? Ele fazia isso muito bem. Certa vez, disse que eu comia feito um porco, então eu bati nele.

Gatz relutou em fechar o livro, lendo cada item em voz alta e olhando avidamente para mim. Acho que ele esperava que eu copiasse a lista para usá-la em meu proveito.

Pouco antes das três, o ministro luterano veio de Flushing e eu passei a olhar mecanicamente pela janela, à espera de outros automóveis. O pai de Gatsby também. Conforme o tempo passava e os empregados apareciam e se punham a postos no vestíbulo, seus olhos começaram a piscar com inquietação e ele falou da chuva de um jeito preocupado e hesitante. O ministro consultou várias vezes o relógio, de modo que o chamei de lado e pedi que esperasse mais meia hora. Mas não adiantou. Ninguém apareceu.

Lá pelas cinco horas, nossa procissão de três veículos chegou ao cemitério e parou ao lado do portão, sob um denso chuvisco — primeiro o carro fúnebre, terrivelmente negro e molhado, depois a limusine em que estávamos eu, o sr. Gatz e o ministro, e em seguida a caminhonete de Gatsby, de onde saíram quatro ou cinco empregados e o carteiro de West Egg, molhados até os ossos. Quando ultrapassamos o portão e entramos no cemitério, ouvi o barulho de um carro estacionando e o som de alguém chapinhando no nosso encalço através do chão empapado. Olhei para trás. Era o homem com os óculos de coruja que eu encontrara três meses antes admirando os livros da biblioteca de Gatsby.

Eu não tornara a vê-lo desde então. Não sei como ficou sabendo do funeral, tampouco sei seu nome. A chuva toldava seus óculos de lentes grossas; ele os tirou do rosto para enxugá-los e ver a lona protetora sendo desenrolada sobre a cova de Gatsby.

Tentei pensar em Gatsby por um momento, mas ele já se achava muito distante. Além disso, não conseguia deixar de pensar, sem ressentimentos, que Daisy não mandara nenhuma mensagem ou flores. Ouvi alguém sussurrar vagamente: "Abençoados os mortos sobre os quais cai a chuva", e o homem com os óculos de coruja respondeu: "Amém", numa voz firme.

Dispersamo-nos rapidamente pela chuva, em direção aos carros. No portão, o homem com os óculos de coruja veio falar comigo.

— Não pude ir ao velório — ele observou.

— Ninguém pôde.

— Não diga! — ele exclamou. — Por quê, meu Deus? Eles costumavam aparecer às centenas.

Ele tirou os óculos do rosto e os enxugou outra vez, de ambos os lados.

— Aquele pobre filho da puta — disse.

Uma das minhas lembranças mais vivas é a de voltar para casa no Natal, vindo da escola e, mais tarde, da faculdade. Os que iam além de Chicago se reuniam na velha e obscura Union Station às seis horas de uma noite de dezembro, junto a alguns amigos locais, já envolvidos em suas próprias festividades de Natal, para uma breve despedida. Lembro-me dos casacos de pele das garotas saídas do colégio da sra. Fulana ou Sicrana, das conversas com a respiração congelada, dos acenos ao divisar velhos conhecidos, dos preparativos de fim de ano: "Você vai ficar na casa dos Ordway? Nos Hersey? Nos Schultze?", e dos compridos bilhetes verdes bem seguros em nossas mãos enluvadas. E, por fim, lembro-me dos vagões amarelados e escuros da ferrovia de Chicago, Milwaukee e St. Paul, parados nos trilhos ao lado do portão, tão alegres quanto o próprio Natal.

Assim que adentrávamos a noite de inverno e a neve de verdade, a nossa neve, começava a cair lá fora e cintilar contra as janelas, e as luzes débeis das pequenas estações de Wisconsin iam passando, uma súbita sensação revigorante surgia no ar. Respirávamos fundo para absorvê-la conforme voltávamos do jantar através dos vestíbulos frios, indescritivelmente conscientes, por uma estranha hora, de nossa identificação com essa região, antes de nos misturarmos a ela outra vez.

É esse o meu Meio-Oeste — não o dos campos de trigo, das pradarias ou das cidades perdidas dos suecos,* mas dos retornos emocionantes de trem da minha juven-

* Refere-se à predominância de imigrantes dessa nacionalidade entre os primeiros habitantes de Minnesota.

tude, dos postes de luz e dos sinos na escuridão glacial, e das sombras de guirlandas refletidas na neve pelas janelas iluminadas. Sou parte disso, e um tanto cerimonioso com a lembrança daqueles longos invernos, um tanto indulgente por ter crescido na casa dos Carraway, numa cidade onde as residências ainda são chamadas pelo nome da família, há décadas. Hoje percebo que, afinal, esta é uma história do Oeste — Tom, Gatsby, Daisy, Jordan e eu éramos todos do Oeste, e talvez tivéssemos uma deficiência em comum que nos tornava sutilmente inadaptáveis para a vida no Leste.

Mesmo quando o Leste me empolgava, mesmo quando eu estava totalmente ciente de sua superioridade diante das cidades entediantes, dispersas e inchadas para além de Ohio, com suas intermináveis inquisições que poupavam apenas as crianças e os muito velhos — mesmo então, o Leste tinha para mim um caráter distorcido. Sobretudo West Egg, que ainda figura em meus sonhos mais fantásticos. Vejo-a como uma cena noturna de El Greco: centenas de casas a um só tempo convencionais e grotescas, apinhadas sob um céu carrancudo e ameaçador e uma lua pálida. Em primeiro plano, quatro homens sérios de terno caminham pela calçada levando uma maca com uma mulher bêbada num vestido branco de noite. Pendendo para o lado da maca, sua mão resplandece de joias. Sombriamente, o cortejo se dirige a uma casa — a casa errada. Mas ninguém sabe o nome da mulher e ninguém se importa.

Após a morte de Gatsby, o Leste me pareceu assim amaldiçoado, distorcido para além do poder corretivo de meus olhos. Assim, quando a névoa azulada das folhas secas subiu ao ar e o vento castigou as roupas endurecidas no varal, decidi que era hora de voltar para casa.

Havia algo a ser feito antes de partir, algo embaraçoso e desagradável que talvez fosse melhor ter sido esquecido. Mas eu queria deixar as coisas em ordem e não apenas confiar que esse mar prestativo e indiferente levasse para longe a bagunça que deixei para trás. Fui ver Jordan Baker e falei longamente sobre o que se passara entre nós, e o que acontecera comigo em seguida, e ela ficou o tempo todo escutando em absoluto silêncio numa cadeira larga.

Ela vestia um traje de golfe, e me lembro de ter achado que daria uma boa ilustração, o queixo ligeiramente erguido com elegância, os cabelos da cor das folhas de outono, o rosto com o mesmo matiz castanho da luva sem dedos largada em seu joelho. Quando terminei, ela me contou, sem maiores comentários, que estava noiva de outro homem. Eu duvidava disso, embora houvesse vários homens com quem ela poderia se casar só com um aceno de cabeça, mas fingi estar surpreso. Por um minuto, imaginei se não estava cometendo um erro, então repensei tudo rapidamente e me levantei para dizer adeus.

— Em todo caso, foi você que me dispensou — disse Jordan de repente. — Você me dispensou por telefone. Não dou a mínima para você agora, mas naquela época foi uma experiência nova e me senti um pouco desnorteada.

Nós nos cumprimentamos.

— Ah, e você se lembra — ela acrescentou — de uma conversa que tivemos uma vez sobre direção?

— Por quê? Não exatamente.

— Você disse que um mau motorista só está seguro até encontrar outro mau motorista, certo? Bem, eu encontrei outro mau motorista, não? Quer dizer, fui descuidada ao fazer uma aposta tão errada. Pensei que você fosse uma pessoa honesta e justa. Pensei que fosse esse o seu orgulho secreto.

— Eu tenho trinta anos — respondi. — Há cinco anos já passei da idade de poder mentir para mim mesmo e chamar isso de honra.

Ela não respondeu. Zangado e um pouco apaixonado por ela, além de tremendamente arrependido, fui embora.

Certa tarde, no fim de outubro, vi Tom Buchanan. Ele estava caminhando à minha frente pela Quinta Avenida com seu jeito alerta e agressivo, as mãos um pouco afastadas do corpo como se para evitar o contato, a cabeça balançando para lá e para cá, adaptando-se aos seus olhos impacientes. Assim que eu diminuí o passo para evitar alcançá-lo, ele parou e franziu a testa em direção à vitrine de uma joalheria. De súbito, ele me viu e aproximou-se com a mão estendida.

— Qual é o problema, Nick? Não vai apertar minha mão?

— Não. Você sabe o que penso de você.

— Você está louco, Nick — ele disse rapidamente. — Louco de pedra. Não sei qual o seu problema.

— Tom — eu perguntei —, o que você disse a Wilson naquela tarde?

Ele me encarou sem dizer palavra, e eu sabia que estava certo sobre aquelas horas inexplicadas. Fiz menção de ir embora, mas ele se adiantou e agarrou o meu braço.

— Eu lhe contei a verdade — ele disse. — Wilson apareceu quando estávamos prestes a partir e, quando mandei avisar que não estávamos, tentou forçar o caminho subindo as escadas. Estava louco o bastante para me matar, caso eu não lhe tivesse contado quem era o dono do carro. Ele não largou o revólver o tempo todo em que esteve na casa... — Ele fez uma pausa desafiadora. — E se eu tivesse mesmo contado? Aquele sujeito fez por merecer. Ele jogou areia nos seus olhos assim como fez com Daisy, mas era um cara durão. Ele atropelou Myrtle como se fosse um cachorro e nem parou o carro.

Não havia nada que eu pudesse dizer além de algo indizível: era tudo mentira.

— E se você acha que eu não tive a minha cota de sofrimento... Veja só, quando fui me desfazer daquele apartamento e vi aquela maldita caixa de biscoitos de cachorro no aparador, eu sentei e chorei como um bebê. Por Deus, foi horrível...

Eu nunca seria capaz de perdoá-lo ou de gostar dele, mas vi que seus atos eram, a seus olhos, inteiramente justificáveis. Tudo decorrera de forma descuidada e confusa. Eles eram todos descuidados e confusos. Eram descuidados, Tom e Daisy — esmagavam coisas e criaturas e depois se protegiam por trás da riqueza ou de sua vasta falta de consideração, ou o que quer que os mantivesse juntos, e deixavam os outros limparem a bagunça que eles haviam feito...

Apertei a mão de Tom; me pareceu tolo não fazê-lo, pois tive a súbita impressão de que estava lidando com uma criança. Então ele entrou na joalheria para comprar um colar de pérolas — ou talvez apenas um par de abotoaduras —, livre para sempre da minha sensibilidade provinciana.

A mansão de Gatsby ainda estava desocupada quando fui embora — a grama do jardim havia crescido até alcançar a minha. Um certo taxista do centro admitiu nunca ter feito uma corrida que passasse por ali sem encostar um minuto e apontar para a mansão; talvez tivesse sido ele quem levou Daisy e Gatsby até East Egg na noite do acidente, e talvez tenha inventado uma história por conta própria. Eu não queria escutá-la e evitei sua companhia ao descer do trem.

Decidira passar as noites de sábado em Nova York, pois aquelas festas resplandecentes e estonteantes de Gatsby permaneciam comigo tão nitidamente que eu ainda podia ouvir música e risadas de seu jardim, fracas e incessantes, e os carros indo e vindo pela entrada da casa. Certa noite, ouvi um carro de verdade por lá, e vi seus faróis iluminando os degraus da entrada. Mas não cheguei a investigar. Era provavelmente um derradeiro conviva que estivera fora o tempo todo, viajando nos confins do mundo, e não sabia que a festa havia acabado.

Na última noite, com as malas prontas e o carro vendido ao dono da mercearia, voltei para admirar outra vez aquele gigantesco e incoerente fracasso de residência. Sobre os degraus brancos, uma palavra obscena rabiscada por algum moleque com um caco de tijolo se destacava à luz do luar, e eu a apaguei, esfregando os sapatos com força na pedra. Então perambulei até a praia e me estiquei na areia.

Àquela hora da noite, os estabelecimentos ao longo da costa estavam fechados e já não havia quase nenhuma luz, exceto o brilho obscuro e indefinido de uma barca cruzando o estreito. Conforme a lua subia no céu, as casas insignificantes passaram a se dissolver até que, pouco a pouco, meus pensamentos desaguaram na antiga ilha selvagem que surgira aos olhos dos marinheiros holandeses neste exato lugar — o seio verde e frondoso de um Novo Mundo. Suas árvores extintas, aquelas que cederam lugar à casa de Gatsby, outrora estimularam os sonhos derradeiros e mais ambiciosos dos homens; por um momento transitório e mágico, alguém deve ter prendido o fôlego à vista deste continente, compelido a uma contemplação estética que não compreendia e tampouco desejava, face a face, pela última vez na história, com algo proporcional à sua capacidade de maravilhar-se. Enquanto estava ali, remoendo esse velho e desconhecido mundo, pensei no assombro de Gatsby ao ver pela primeira vez a luz verde da extremidade do cais de Daisy. Ele havia percorrido um caminho enorme até chegar a esse jardim azulado, e seu sonho lhe deve ter parecido tão próximo que dificilmente o deixaria escapar. O que ele não sabia é que já estava fora de seu alcance, em algum ponto da vasta obscuridade que seguia além da cidade, onde os campos escuros da república se estendiam através da noite.

Gatsby acreditava na luz verde, no futuro orgástico que, ano após ano, costuma recuar diante de nós. Ontem fomos iludidos, mas não importa — amanhã correremos mais rápido, esticando nossos braços mais além... E numa bela manhã...

E assim avançamos, botes contra a corrente, impelidos incessantemente de volta ao passado.

Notas*

Muitas destas notas foram baseadas no livro *Apparatus for F. Scott Fitzgerald's "The Great Gatsby"*, de Matthew J. Bruccoli (University of South Carolina Press, 1974). O professor Bruccoli é uma das maiores autoridades acadêmicas em Fitzgerald, e quem estiver interessado nos detalhes textuais deste romance deve consultar seu trabalho.

INTRODUÇÃO [PP. 7-58]

1 Até o último momento, Fitzgerald preferia o título *Under the red, white, and blue* [Sob o vermelho, branco e azul] e, de fato, atribuiu o fracasso inicial do romance ao título que acabou sendo impresso — um de seus poucos erros de julgamento durante o inspirado período de revisão das provas.

EPÍGRAFE [P. 63]

1 A epígrafe é de Fitzgerald. Thomas Parke D'Invilliers é personagem do romance *Este lado do paraíso*, baseado em John Peale Bishop.

* As notas a seguir são as originais da edição da Penguin Classics, compiladas por Tony Tanner.

1. [PP. 65-85]

1 *Duques de Buccleuch*: O duque de Buccleuch também possui o título de duque de Doncaster. Visto que Gatsby é fotografado ao lado do futuro conde de Doncaster em Oxford, no capítulo 4, Fitzgerald estaria sugerindo, quase como uma piada interna, que Nick poderia estar muito mais "ligado" a Gatsby do que ele imagina!

2 No romance, usa-se New Haven para designar a Universidade de Yale, que está localizada na cidade de New Haven, em Connecticut.

3 *A mesma fraternidade universitária*: havia seis irmandades secretas em Yale. Ser aceito em uma delas era considerado um êxito social.

4 *A ascensão dos impérios de cor* é uma alusão ao livro *The rising tide of color* [A maré crescente da cor], de Lothrop Stoddard (Nova York: Scribners, 1920). Bruccoli alega que Fitzgerald "não quis usar o título e o autor corretos". Além disso, também não queria que o leitor confundisse Lothrop Stoddard com John L. Stoddard, mencionado no capítulo 3.

5 Westchester fica no subúrbio do estado de Nova York.

6 O nome de Jordan Baker é uma superposição do carro esportivo Jordan e do Baker elétrico de 1889. Fitzgerald admitiu a Maxwell Perkins que a personagem é baseada na campeã de golfe Edith Cummings.

7 *Asheville, Hot Springs e Palm Beach*: Balneários chiques da Carolina do Norte, Arkansas e Flórida, respectivamente.

2. [PP. 86-101]

1 *Vale das cinzas*: Segundo Bruccoli, é baseado em Flushing Meadow, área pantanosa transformada em depósito de lixo e de cinzas, e que mais tarde abrigou a Feira Mundial de 1939.

2 *Town Tattle*: revista de fofocas dos anos 1920.

3 *Simon called Peter*, best-seller do escritor Robert Keable (Nova York: Dutton, 1921), que Fitzgerald abominava e julgava imoral.

3. [PP. 102-22]

1 Joe Frisco (1889-1958), comediante e dançarino de *vaudeville*.

2 *Ziegfeld Follies* (1907-31): Espetáculo musical conhecido por suas belas dançarinas. Uma das mais famosas foi Gilda Gray (1901-59), que popularizou uma dança chamada *shimmy*.

3 O escritor John Lawson Stoddard publicou quinze volumes ilustrados de seus cadernos de viagem sob o título geral de *John L. Stoddard's lectures*. De acordo com Bruccoli, a casa próxima a Rochester onde viveu Charles Dickens, Gad's Hill, está ilustrada no nono volume. Ver nota adicional sobre Gad's Hill no capítulo 8.

4 David Belasco (1853-1931), produtor da Broadway famoso pelo realismo de seus cenários.

5 *Primeira Divisão, 28º Batalhão e 16º Batalhão de Infantaria*: Na segunda edição revisada pelo próprio Fitzgerald, os termos foram substituídos por "Terceira Divisão", "9º Batalhão de Artilharia" e "7º Batalhão de Infantaria". Bruccoli fez a pesquisa: "Em 3 de junho de 1918, o 9º Batalhão de Artilharia de Nick estava na comuna de Château-Thierry quando o 7º Batalhão de Infantaria de Gatsby foi chamado para defender a cidade no flanco sul do rio. Ambas as unidades faziam parte da Terceira Divisão [...]. Na floresta de Argonne, deu-se a ofensiva Meuse-Argonne (25 de setembro a 13 de novembro de 1918), na qual as tropas americanas exerceram papel crucial. Embora a Terceira Divisão de Gatsby tenha participado da campanha, atuou apenas no setor de Meuse — na extremidade oposta à linha de frente da floresta de Argonne. Por outro lado, a Primeira Divisão (a que pertenciam Nick e Gatsby na primeira impressão do livro) fora citada pelo general

Pershing como sendo de valor inestimável em Argonne. A mudança das unidades de Nick e Gatsby torna possível que eles tenham se visto em Château-Thierry, mas ao mesmo tempo torna bastante improvável a presença de Gatsby na floresta de Argonne. Essa discrepância não indica necessariamente que Gatsby está mentindo sobre seu registro na guerra: não há nenhuma alusão a isso no romance".

6 Nos anos 1920, o termo "hidroavião" se aplicava tanto aos barcos a motor quanto aos hidroplanos.

7 Warwick, em Nova York, é um subúrbio pertencente ao condado de Orange.

4. [PP. 123-42]

1 Na época da Lei Seca, os contrabandistas promoviam a venda ilegal de bebidas alcoólicas. No original, a palavra *bootlegger* deriva do hábito de esconderem as garrafas de uísque dentro de suas botas.

2 Paul von Hindenburg (1847-1934), general alemão da Primeira Guerra que se tornou mais tarde presidente da Alemanha.

3 *Orderi di Danilo*: "Montenegro tem uma ordem chamada Ordem de Danilo. Será que você poderia pesquisar para mim qual a sua aparência — por exemplo, se uma condecoração de cortesia dada a um americano traria ou não uma inscrição em inglês — ou algo que possa dar verossimilhança a essa medalha que parece ser horrivelmente amadora?" (carta de Fitzgerald a Perkins, dezembro de 1924). É sem dúvida adequado aos propósitos de Fitzgerald que Gatsby exiba uma medalha que *pareça* horrivelmente amadora (falsa), mas ainda assim tenha certa "verossimilhança"; e inclusive que seja essa a improvável medalha mostrada por Gatsby ao narrador, após afirmar que "todos os governos aliados me deram uma condecoração". Modéstia? Impostura? Zombaria?

4 *Port Roosevelt*: Segundo Bruccoli, o local não foi localizado ou relacionado a um porto de verdade, embora o

nome seja evidentemente sugestivo. Como ele enfatiza, "Fitzgerald superpõe uma geografia em parte mítica à geografia real de Long Island".

5 O personagem de Meyer Wolfshiem é parcialmente baseado no famoso gângster Arnold Rothstein: "em *Gatsby* [...], parti sempre de um *pequeno* ponto focal que me impressionava — meu encontro com Arnold Rothstein, por exemplo" (Fitzgerald para Corey Ford, em julho de 1937).

6 Referente ao "Escândalo de Black Sox", que abalou o beisebol americano. Em 1919, alguns jogadores do Chicago White Sox, favorito naquele ano, foram pagos para "entregar" a temporada ao Cincinnati Reds. (Os jogadores do Chicago foram tão descarados que, após o segundo jogo, o jornalista Ring Lardner caminhou pelo vagão do time cantando: "Estou sempre entregando o jogo", numa paródia da música "I'm forever blowing bubbles", de 1918.) O consenso entre os historiadores é que Arnold Rothstein não concebera a fraude, mas sabia a seu respeito e apostou de acordo com isso.

7 *Camp Taylor*: Base militar próxima a Louisville, Kentucky, onde o próprio Fitzgerald serviu por um tempo e onde conheceu Zelda Sayre.

5. [PP. 143-58]

1 *Coney Island*: Região do Brooklyn, Nova York, à beira do Atlântico, famosa por seu calçadão e parques de diversões.

2 *The Journal*: Periódico nova-iorquino de propriedade de William Randolph Hearst.

3 *Economics: An introduction for the general reader*, de Henry Clay (Nova York: Macmillan, 1918).

4 *Castelo de Rackrent*: Referência ao romance do século XIX de Maria Edgeworth, *Castle Rackrent*.

5 Diz-se que Immanuel Kant tinha o hábito de admirar um campanário enquanto pensava.

6 No original, *Adam's study*: Escritório no estilo clássico dos arquitetos escoceses Robert e James Adam.

6. [PP. 159-73]

1 *Oleoduto subterrâneo até o Canadá*: Durante a Lei Seca, dizia-se que o álcool estava sendo trazido do Canadá para os Estados Unidos por um sistema de encanamento.
2 *Madame de Maintenon*: Françoise d'Aubigné (1635--1719), marquesa de Maintenon, segunda esposa de Luís XIV, com vasta influência política no reino.

7. [PP. 174-206]

1 *Kapiolani*: Parque na ilha havaiana de Oahu.
2 *Punch Bowl*: Um vulcão na ilha havaiana de Oahu.
3 Durante a Lei Seca, as *drugstores* eram o único local onde se podia comprar uísque sob prescrição médica. Muitas se tornaram fachadas para a venda ilegal de bebidas.

8. [PP. 207-22]

1 "Beale Street blues" é uma famosa canção escrita por W. C. Handy em 1917.
2 Hempstead é uma localidade do condado de Nassau, em Long Island. Southampton é uma localidade rica do condado de Suffolk, na margem sul de Long Island.
3 *Gad's Hill*: De acordo com Bruccoli, o local não existe em nenhum mapa de Long Island nos anos 1920, portanto faz parte da "geografia mítica" de Fitzgerald. O nome remete obviamente a "Gatsby" (assim como a palavra *gat* em inglês quer dizer revólver). É também o local do ridículo assalto de Falstaff a mando do príncipe Hal, em *Henrique IV, parte I.*

9. [PP. 223-41]

1 Ao mencionar um sujeito que foi preso no momento em que entregava os títulos no guichê, Fitzgerald está insi-

nuando que Gatsby estava envolvido na movimentação de títulos roubados, como Arnold Rothstein provavelmente estava.

2 James J. Hill (1838-1916) foi um magnata das ferrovias que morava na cidade natal de Fitzgerald, St. Paul, em Minnesota. Construiu a ferrovia Great Northern, que interligava os Grandes Lagos à costa do Pacífico. O escritor faz inúmeras alusões a ele em sua obra.

3 Greenwich é uma localidade em Connecticut.

4 O nome da Suástica Companhia Holding não é uma sugestão de que o judeu Wolfshiem seria fascista! Hitler adotou o símbolo em 1920, mas, na época em que o livro estava sendo escrito, a notícia ainda não havia se disseminado, sendo a suástica um simples símbolo decorativo.

5 *Hopalong Cassidy*: Herói caubói do romance homônimo de Clarence E. Mulford (Chicago: McClurg, 1910). A anotação de Gatsby datada de 12 de setembro de 1906 é, portanto, um leve anacronismo.

Angela Carter

A menina do capuz vermelho e outras histórias de dar medo

Tradução de
LUCIANO VIEIRA MACHADO

Durante o início da década de 1990, a escritora inglesa Angela Carter coletou em dois volumes contos de fadas do mundo inteiro, tendo concluído a segunda coletânea pouco antes de morrer. Nesta edição, a Penguin-Companhia selecionou alguns dos mais célebres (e assustadores) contos de Carter, num breve painel do folclore mundial e das tradições narrativas dos mais variados povos.

Há poucas fadas nessas histórias, e o leitor também terá dificuldades em encontrar príncipes encantados e caçadores que salvam o dia no último momento. Escritas numa época em que fábulas não eram destinadas a crianças, eles dão lugar a uma série de tias malévolas, esposas traiçoeiras, irmãs excêntricas e perigosas feiticeiras.

Por terem sido registrados em papel pela primeira vez nos últimos duzentos ou trezentos anos, os contos oferecem um retrato do dia a dia no mundo pré-industrializado, das dinâmicas sociais e de outros detalhes que com o tempo se perderam. Mais que isso, na tradição das histórias italianas reunidas por Italo Calvino, oferecem um registro precioso de algumas matrizes que posteriormente acabaram assimiladas pela literatura ocidental.

Ovídio

Amores & Arte de amar

Tradução de
CARLOS ASCENSO ANDRÉ

Para o poeta latino Ovídio, o amor é uma técnica que, como toda técnica, pode ser ensinada e aprendida. Isso, porém, não é simples: "São variados os corações das mulheres; mil corações, tens de apanhá-los de mil maneiras", ele diz. Essas "mil maneiras" são ensinadas em sua *Arte de amar*, uma espécie de manual do ofício da sedução, da infidelidade, do engano e da obtenção do máximo prazer sexual, elaborado a partir das experiências vividas pelo poeta e descritas em *Amores*.

Autoproclamado mestre do amor, Ovídio versa sobre as regras da procura e da escolha da "vítima", o código de beleza masculino, o desejo da mulher, o ciúme, o domínio da palavra escrita e falada, o poder do vinho como aliado na sedução, o fingimento, a lisonja, as promessas, os homens que devem ser evitados, a técnica da carícia e os caminhos do corpo feminino, entre outros temas.

A edição da Penguin-Companhia das Letras tem tradução e introdução de Carlos Ascenso André, professor de línguas e literaturas clássicas da Faculdade de Letras de Coimbra, e apresentação e notas do inglês Peter Green, escritor, tradutor e jornalista literário.

Jane Austen

Orgulho e preconceito

Tradução de
ALEXANDRE BARBOSA DE SOUZA
Prefácio e notas de
VIVIEN JONES
Introdução de
TONY TANNER

Na Inglaterra do final do século XVIII, as possibilidades de ascensão social eram limitadas para uma mulher sem dote. Elizabeth Bennet, no entanto, é um novo tipo de heroína, que não precisará de estereótipos femininos para conquistar o nobre Fitzwilliam Darcy e defender suas posições com a perfeita lucidez de uma filósofa liberal da província. Lizzy é uma espécie de Cinderela esclarecida, iluminista, protofeminista.

Neste clássico da literatura mundial que já deu origem a todo tipo de adaptação no cinema, na TV e na própria literatura, Jane Austen faz uma crítica à futilidade das mulheres na voz dessa admirável heroína — recompensada, ao final, com uma felicidade que não lhe parecia possível na classe em que nasceu. Em meio a isso, a autora constrói alguns dos mais perfeitos diálogos sobre a moral e os valores sociais da pseudoaristocracia inglesa.

Esta edição traz uma introdução de Tony Tanner, professor de literatura inglesa e americana na Universidade de Cambridge, além de um prefácio de Vivien Jones, professora titular de inglês da Universidade de Leeds.

Essencial Franz Kafka

Seleção, introdução e tradução de
MODESTO CARONE

Aprisionado à sufocante existência burguesa que as convenções familiares e sociais o obrigavam, Franz Kafka chegou certa vez a afirmar que "tudo o que não é literatura me aborrece". Muitas narrativas que compõem o cerne de sua obra são produto de uma atividade criativa febril e semiclandestina, constrangida pela autoridade implacável do pai, e se originaram da forte sensação de deslocamento e desajuste que acompanhou o escritor durante toda a sua curta vida. Apesar de seu estado fragmentário, o espólio literário de Kafka — publicado na maior parte em edições póstumas — é considerado um dos monumentos artísticos mais importantes do século XX.

Esta edição de *Essencial Franz Kafka* reúne em um único volume diferentes momentos da produção do autor de *O processo*, 109 aforismos nunca publicados em livro no Brasil, e uma introdução assinada por Modesto Carone, também responsável pelos comentários que antecedem os textos. As traduções consagradas de Carone, realizadas a partir dos originais em alemão, permitem que clássicos como *A metamorfose*, *Na colônia penal* e *Um artista da fome* sejam lidos (ou relidos) com fidelidade ao estilo labiríntico da prosa kafkiana.

LEIA MAIS PENGUIN-COMPANHIA

CLÁSSICOS

Henry James

Pelos olhos de Maisie

Tradução de

PAULO HENRIQUES BRITTO

A separação de seus pais gerou uma situação inusitada para Maisie. Apesar de a guarda ter sido concedida ao pai, acabou sendo estabelecido que a menina ficaria com os dois. Dividida, Maisie vira um joguete na mão do casal e, aos poucos, expõe os contrastes, entre virtudes e defeitos, entre inocência e cinismo, de ambas as partes — ao mesmo tempo que descobre um modo próprio de ver o mundo.

A personagem está num lugar privilegiado para Henry James contar esta história admirável, feita de objetividade narrativa, observação detalhada e sutil ironia. Maisie já não é criança, mas ainda não é adulta. Situa-se ao mesmo tempo dentro e fora da trama. Por isso, sua vida ilumina e desvela costumes, princípios e fraquezas de uma família desagregada e de uma sociedade movediça.

Escrito na fase mais fértil da carreira de Henry James, o romance está entre as grandes realizações do autor. Esta edição traz, entre outros aparatos, o prefácio que o próprio autor escreveu, em 1908, para a *New York Edition* de suas obras, extraordinário depoimento em que comenta seu método de trabalho e o processo de construção do romance.

1ª EDIÇÃO [2011] 15 reimpressões

Esta obra foi composta em Sabon por Alice Viggiani e impressa em ofsete pela Lis Gráfica sobre papel Pólen da Suzano S.A. para a Editora Schwarcz em outubro de 2025

FSC
www.fsc.org
MISTO
Papel | Apoiando o manejo florestal responsável
FSC® C112738

A marca FSC® é a garantia de que a madeira utilizada na fabricação do papel deste livro provém de florestas que foram gerenciadas de maneira ambientalmente correta, socialmente justa e economicamente viável, além de outras fontes de origem controlada.